王子様の訳あり会計士

なりすまし令嬢は処刑回避のため円満退職したい！

JN010976

小津カヲル

illustration iyutani

ICHIJINSHA IRIS NEO

CONTENTS

この作品はフィクションです。
実際の人物・団体・事件などには関係ありません。

王子様の訳あり会計士　なりすまし令嬢は処刑回避のため円満退職したい！

第一章　新しい職場

私コレット＝レイビィは、小さく破かれた紙切れを片手に、高く聳《そび》える王城の通用門を見上げて感嘆のため息をこぼす。

国賓や王国軍の凱旋《がいせん》に使われる正門の比ではないものの、その扉の重厚さと巨大さは、この歴史ある国「フェアリス王国」の威厳を感じ、さすがとしか言いようがない。

「こちらです、ついてきてください」

「あ、はい」

足を止めそうになった私は、慌てて案内人の後について城門をくぐった。

今日こうして王城にやってくることになったのは、私にとって予想外の出来事だった。

私はフェアリス王国の城下町、庶民が利用する役所の中の、納税管理を担当する会計士をしていた。

担当は市場の個人商店から、それなりの商会まで様々。お城の中にある財務会計局本院のエリート会計士とは違い、国政や貴族たちのお金とは無縁だが、一応役人としてそれなりの給金と立場を得て、仕事に励んでいたはずだった。

だが今朝、いつものように勤務先の庶民納税課に出仕したところ、かねてから険悪な関係だった上司から、突然左遷を言い渡されてしまった。

――もうここに、お前のような生意気な女の居場所はない。ちょうど本院で雑用を募っていたから、出向させると返事をしておいた。クビにならないだけありがたく思え。

そう言われ、場所と時間が書かれてあるだけの、破ったメモ書きを投げつけられた。

以前から、この上司とは折り合いがつかないことが多く、嫌みばかり言われていたが、いよいよ放り出されることになったらしい。いつかはこうなるかもと予想しなかったわけではないが、思ったより早かった。

なぜなら、上司はお世辞にも仕事熱心というタイプではない。そんな彼が自ら動くこともないだろうと、少々高《たか》を括《くく》っていたのだ。仕事は部下に任せ、上手《うま》くいけば自分の業績、失敗は部下のもの。上役には腰が低く、部下には強気ないわゆる嫌われ者。

その嫌われ者から、納税課唯一の女性会計士である私は、特に煙たがられている自覚はあった。だからといって、こんなだまし討ちのような異動をさせられるなんて。

「あのぅ、道を、間違っていませんか？」

考え事をしつつ歩いていると、どうも連れて行かれる先がおかしい。次第に敷かれている絨毯《じゅうたん》が豪華になり、煌《きら》びやかな装飾のある壁に変わってきているのだ。そしてシャンデリアが現れたところで、恐る恐る案内役に声をかけてみた。

目の前を歩く彼は、どうも私の左遷……いや、出向先と思《おぼ》しき財務会計局の人間にはとても見えない。

そもそも彼は、会計士を表す燕尾《えんび》型の襟《カラー》を着けていない。とても背が高くしっかりとした体格で、

簡素ながらも上質な絹で仕立てられたシャツと、装飾が施された艶《つや》やかで光沢のある上着を纏ってい
る。そして何より、長い上着の裾から美しい装飾のついた剣の鞘《さや》が見え隠れしているのだから、会計
士なわけがない。そして洗練された動きとともに、ゆるくまとめられたモスグリーンの髪が揺れる姿
は、貴族のそれとしか思えず。彼の後をついていくこと自体、間違いのような気がしてきたのだ。
「いいえ、道は間違っていませんよ」
「でも出向先の財務会計局は、中央行政庁がある棟の方ではないのですか？」
「出向？　財務会計局本院へ行けと告げられているのですか？」
どうやら何か行き違いがありそうだ。だが振り返った案内役は、それに気分を害するどころか、面《おも》
白《しろ》い問いかけでもされたかのような笑顔で聞き返してきた。
「いいえ、待ち合わせの場所を伝えられただけでしたが、私は会計士ですので、てっきり……」
「まず第一に、今回の件は出向ではありません。そもそも城下の庶民納税課に籍を残したまま、ここ
から先の奥の院に通うことは不可能です」
「ちょ、ちょっと待ってください、奥の院っていうと行政庁のさらに先、王族が住まわれている領域
のことですよね？」
会計士の私を奥の院まで連れていき、いったい何をさせようというのだろうか。もしかして、彼は
人違いをしているのではないのだろうか。
「貴女《あなた》は、レイビィ嬢に間違いないのですよね？」
「はい、そうです」

人違いでないことに、なおさら不安が募る。

確かに、仕事の詳細は聞いていない。いわゆる左遷だと思っていたし、嫌みな上司に聞いたところでげんなりするだけだろうから、聞く気も起きなかった。だけど、よく考えたらいつも以上に、上司の挙動が不審だったような。

まさか、嵌《は》められた？

「では、私が任される仕事って、いったい？」

私にできることといえばお金の勘定くらい。侍女のような仕事なら、他を当たった方がいいと胸を張ってお勧めする。

そんなことを考えていた私に、彼はとんでもない爆弾を投下した。

「貴女の仕事は、王子殿下の私財を管理する会計係です」

「…………は、い？」

会計係というのは、分かる。それが私の本分だから。

だけどその前に、何と言いました？

「本当に、何も聞いてなかったようですね、大丈夫ですか？」

開いた口が塞《ふさ》がらない、そういう状況の私を心配するように窺《うかが》う案内役の彼。

「正気、ですか？　王子殿下だなんて！」

「ええ、もちろん」

「どうして私が!?」

何がどうなったら平民の私が、王子殿下の私財管理を任されることになるのだろうか。

平民でも大きな商家のお嬢さんならまだしも、本当の下町育ち。前職だって、町役場の庶民納税課で会計係をしていた程度の人間だ。もちろん庶民納税課を統括するのは都の最も栄える中央行政庁の財務会計局本院という由緒正しい政府機関。だがその本院にすら足を踏み入れたことがない私が、どうしてそこを飛び越えて王子殿下の元で働くことになるのだろう。登城だってこれが初めてなのに！

「そう不安がらずとも大丈夫ですよ。この先が職場になる部屋なので、そこで詳しく説明しましょう。書類が山積みで、片付いていないのが申し訳ないのですが」

「かまいません。とにかく、詳しく聞かせてください」

そう答えると彼は微笑《ほほえ》み、豪華な装飾が続く廊下の先へ私を促した。

冷静さを保ちつつ歩きながらも、私は内心とても焦《あせ》っていた。思い込んでいた通りに会計局本院で雑用として働くことになったとしても、ここまで焦ってはいなかったろう。それならば仕事場が城内だとしても、王族に関わることなどないのだから。

でもまずい、これは非常にまずい。

いっそのこと今すぐ逃亡したいくらいだが、それは不可能。とりあえず話を聞くだけ聞いて、丁重《ていちょう》にお断りするしかない。そう心に決めて、重厚で大きな扉を見上げながら、招かれるまま部屋に入る。

足を踏み入れたその部屋は、忘れずに靴を磨いてきて良かったと思うほど、鏡のごとく磨かれた床に上質な絨毯、落ち着いた木彫と埃《ほこり》ひとつない壁いっぱいの書棚に囲まれた部屋だった。その書棚の合間にある窓から、ほどよく日差しが入り、穏やかな風がカーテンを揺らしている。

そんな部屋の中央には大きな机。その上には案内役が言った通り、たくさんの本が積み重なり、その隙間《すきま》にはまとめられていない書類がいる。

でもまあ、これまで働いていた庶民納税課の、雪崩《なだれ》を起こす寸前の机たちに比べたら、まだまだ可愛《かわい》いものだ。

そんな本の山の向こうに、動くものを見つけて私は息を呑《の》む。

固まった私の横で、案内役の彼が本の山を築く机に向かって、声をかけた。

「こちらにいらしたのですね、殿下。ちょうどよかった、手間が省けます」

「……ヴィンセントか」

遠目でも案内役の彼よりもさらに豪華と分かる、黒地に金糸の刺繍《ししゅう》が入った上着を羽織った男性がいた。眩《まぶ》しいほど真っ白い、仕立てのいい絹のシャツと、宝石がついたタイからも、やんごとない身分であることが察せられる。

書類を読み込んでいたのだろうか、赤銅《しゃくどう》色の髪を揺らしながら、その人物が頭を上げる。と同時に、端正な顔立ちのなかの、鋭い琥珀《こはく》色の瞳《ひとみ》と目が合った。

自分で褒めたいくらいの反射速度で、役場へ訪れる商会のお歴々との丁々発止《ちょうちょうはっし》で会得《えとく》した、営業スマイルを貼り付ける。

背筋に伝わる冷や汗を感じつつ、「で、殿下って王子殿下だよね!?　普通は簡単に会えない人だよ、なんでいるのよ！」と心の中で叫びながら。

「殿下、彼女がようやく見つけた後任の会計士、レイビィ嬢です」

そう告げられると、ようやく殿下が視線を外してくれて、私はほっと息をつく。

王子殿下はにこやかな部下とは正反対に、硬い表情で口元を引き結んだままだ。とっつきにくそうな見た目は、さすが王族らしい威厳とも言うべきかもしれないが、堅物で人嫌いと巷《ちまた》に噂《うわさ》が出回る理由を垣間見《かいまみ》た気がした。

「殿下、どうやら手違いで、彼女は仕事の詳細を聞かされていなかったようです」

「ああ、それについてはヴィンセント宛の手紙が留守中に届いた。真実を伝えると邪魔が入る恐れがあるため、あえて誤解させたまま送り出したとある」

殿下から手紙を受け取った彼は、私に不憫《ふびん》なものを見るかのような目を向ける。

それと同時に、王子殿下が言った。

「私はラディス＝ロイド＝クラウザーだ。これは側近のヴィンセント＝ハインド、お前がコレット＝レイビィで間違いないな？」

私は慌てて膝を折りながら名乗る。

「はい。庶民納税課で会計士をしておりました、コレット＝レイビィと申します、王子殿下」

殿下からじっと射抜かれるような視線に、髪や服が乱れているだろうかと、癖のある金髪を手で撫《な》でつけ、役所所属を示す飾り房のついた、会計士の襟を正す。まさか王子殿下に会うとは思わず、職場に出仕するのと同じ地味な服装だ。こういう時だけは、見栄《みば》えのする金髪と紫の瞳が、多少なりとも役に立ってくれていると信じたい。

「コレット、会計局の上層部から平民職員の推薦状が出されることなど、滅多にないと聞いた。期待している」

はい？

私はしばし首を傾《かし》げる。誰《だれ》からの、推薦状ですって？

私は失礼にあたるのも承知で、自分の側《そば》に立つハインド卿《きょう》にどういうことかと視線で問う。

すると彼は苦笑いを浮かべて言った。

「殿下の会計士を募るにあたり、会計局へ適任者の紹介を依頼しました。貴女は、財務処理の間違いを指摘したゼノス商会の件を、覚えていますか？」

それはもちろんだ、私はしっかりと頷《うなず》いてみせた。

ゼノス商会とは、ここ王都の中でも大きな商会の一つだ。たまたま例の仕事嫌いの上司から、ゼノス商会の納税を受理した後の書類整理を頼まれて、目を通した財務会計簿からミスを発見したのが先々月。元から丁寧《ていねい》な仕事をする商会だから珍しいこともあったものだと、指摘して直させたのだ。

少々のミスはよくあるものだが、この件はかなり額が大きく、しかも既に税務処理済みとなっていた。これが故意ならば懲罰課税されるほどの金額だったこともあり、庶民納税課でちょっとした騒ぎになった。

「あれは商会主だったクリセリド＝ゼノス氏が、頭取とともに事故に巻き込まれて亡くなられたばかりで、急な代替わりに引き継ぎが上手くいかなかったゆえのミスです。最低ラインの懲罰金と訂正納付で収めていただいたはずですが」

「その通りですね。ただ貴女は知らなかったかもしれませんが、亡くなられたゼノス氏の奥方エリゼ様は、財務会計局の顧問をされているバギンズ子爵のお嬢様です」

驚く私に微笑みながら、ハインド卿は続けた。

「ご夫婦の長男アレクセル氏は、まだ支店での修業を始めたばかりだったそうです。恋愛結婚を許し降嫁する条件が、エリゼ夫人には商売に関わらせないこと。そう取り決めがなされていたこともあり、残された夫人が商会を取り仕切る力がありませんでした。不幸な巡り合わせとはいえ、故意の脱税を疑われるような失態を犯せば、ゼノス商会のような大店《おおだな》といえども、大打撃は免れなかったでしょう」

でもあのミスは、私が担当しなかったとしても、別の職員でも指摘できたものだ。

そう考えたところで、ふと同僚が口にしていた冗談が脳裏によぎる。

――黙って商会だけに言って帳簿を訂正させておけば、追徴金と同額が懐に入ったかもしれないのに、お前は馬鹿だな。

その愚かな言葉に肩をすくめ鼻で笑う者もいたが、大抵の職員は言葉を返すことはなかった。一年で一番忙しい時期だったし、その言葉を放った者も忙しさの鬱憤《うっぷん》を晴らしたかっただけだろう。

けれども、ゼノス商会がバギンズ子爵とつながりがあると知っていたなら、ことが公になること自体を避けるべきだったのだろうか。同僚の言葉も、そういう意味だったのだろうか。

いいや。私は首を横に振る。

納税課に提出され処理された後の発覚だ。ゼノス商会だけでなく、納税課のミスでもある。決して見過ごしていいものではない。銅銭一枚たりとも徴収過不足は許せない。あれ以外、私に選択肢はない、今までも、これからも。

それが私、コレット＝レイビィなのだから。

頑固者で守銭奴《しゅせんど》、折れることがない私を、女だてらにはしたないと罵る人もいるが、お金に関しては絶対に誤魔化《ごまか》さない。これは同じく会計士を名乗る父を尊敬する、私の矜持《きょうじ》であり、約束でもある。

だからどこに左遷されようとも、負けない。そう気負っていたのに……。

「そのバギンズ子爵から、貴女を推す紹介状をいただきました。感謝されていたとは、思いもよらなかった？」

「はい。私は、庶民納税課の上司や同僚から、煙たがられている自覚がありますので、今回の異動も左遷だとばかり……」

正直にそう言うと、黙していても圧を感じる王子殿下が相貌を崩し、哀れなものを見るかのような顔。そしてハインド卿も、声をあげて笑いながら言った。

「受け取りようによっては、左遷よりも過酷かもしれません。ですが仕事内容は至極真っ当なものですから、これまで以上の報酬を提示する用意があります」

「え、お給金が上がるんですか!?」

つい食い気味に返してしまって、我に返る。

咳払《せきばら》いをしながら前のめりの姿勢を正す。本の山の向こうで王子の頬《ほお》が引きつっているのは、気のせいということにしておきたい。

「給金はまず庶民納税課の頃の、三倍ほどでと考えています」

「さ、三倍⁉」

叫んでしまってから、あわあわと両手で口を塞ぐ。

とはいえ、ハインド卿の提案に驚愕《きょうがく》してしまうのも仕方がないと思う。庶民納税課のお給金だって、私のような若い女性の収入としては、破格の金額だったのだ。その三倍というと、あの嫌みな上司よりも高給取りになるかもしれない。そりゃあ、ここに辿《たど》り着く前に邪魔されるかもという、上層部の判断は間違ってない。

だけどそんな高額な仕事、ぜったい怪しくない？

そんな私の疑念など、お見通しだったのだろう。ハインド卿の言葉を補完するように、王子殿下が自ら説明してくれた。

「高い報酬は、実務の対価だけではない。機密保持を要求する仕事だからだ。業務は私の私財管理。帳簿を把握するということは、王族の動向が筒抜けも同然。公務には予算として公費があてられるが、私的な行動には私財を使っている。だが同じ視察のなかでもそれらは混ざることがあり非常に複雑だ。私財には王族といえども納税義務が生じる、その必要手続きのための知識を有する者を探していた」

王子殿下が忌々《いまいま》しそうに目を向けたのは、今まさに堆《うずたか》く積みあがっている書類の山。

なるほど、つまり王子殿下の私的な家計簿管理みたいなものか。でもそれって。

「殿下が早く妃《きさき》を得てくだされば、レイビィ嬢を雇わなくともこの問題は解決するのですが……」

ハインド卿が横から、代弁してくれた。

そうよ、貴族家でも家計簿管理は妻が、家令とともにこなすのが普通なはず。

だが当の殿下はというと、ハインド卿の言葉を受け流す。

「いないものはあてにしても仕方がないだろう、ヴィンセント」

そういえば王子殿下は確か、御年二十二歳。婚約者がいてもいい年齢なのに、そのような話を聞いたことがない。

「すみません、一つ聞いてもよろしいでしょうか？」

「なんだ、言ってみろ」

「私は平民です。仕事の都合上、大きな金額を扱うのに慣れているとはいえ、王子殿下の私財を管理するだなんて恐れ多すぎます。他に……例えば貴族令嬢なら、そういう財産管理を学んでおられる方が、大勢いらっしゃるのでは？」

「それこそ無理な話だ」

王子殿下に即時却下されてしまった。

私の提案は、決して的外れではないはずだ。貴族子女へ教育を施す学園も用意されており、資産運用と管理はもちろん、国法についても学んでいるはず。貴族令嬢とて、着飾って社交界でもてはやされるのは人生のうちほんの一時でしかない。いずれ嫁ぐ家の財産を上手《じょうず》に管理し、運営していく能力がなければ、実家に戻されることもあると聞く。

なのに「無理」と断言してしまうその理由とはなにか。

「レイビィ嬢、残念ながら、それについては殿下の言う通りです。貴族令嬢に財産管理を任せた時点で、その方が殿下の婚約者と受け取られてしまいます」

「ああ……つまり、誤解を生みかねないから、ご令嬢では不可ということですか」

「はい、ですので貴女の任期は、次期王子妃が決まるまでとなります。大変申し訳ありませんが、後任が決まった暁《あかつき》には、誠意をもって次の勤め先を用意します。もし希望があれば、申し分ない相手の嫁ぎ先をご用意することも可能です」

「いいえ、仕事は助かりますが、嫁ぎ先の斡旋《あっせん》はいりません」

遮るようにして断りを入れると、殿下とハインド卿が顔を見合わせる。

けれどもこうして説明されてみたら、ああそうかと納得せざるを得ない。短い期間の仕事だからこそ、給料で上乗せがあるのだろう。短ければ一年、長くても三年だろうか。三年あれば充分すぎる貯金が……。

いやいやいや、計算してどうする私！

ついお金に目がくらんで……ぐぐぐ。

気を取り直して、私はさらなる疑問をぶつけてみる。

「でも会計士なら、私でなければならない理由はありませんよね。そのお給金でしたら、短期でも名乗りを上げる男性は少なくないはずですよ」

これで翻意してもらえなかったら、あとは病弱設定か泣き落としかない。

そう考えて構えていると、ハインド卿が王子殿下をチラリと窺い、困ったような顔を見せた。

「それについては、少々事情がありまして」

急に歯切れが悪くなった気がするけれど、私の立場でそれ以上突っ込んだことを聞けるわけもなく。

このまま押し切られるくらいなら、適当な言い訳をしてしまえ。

「あの、実は私、持病を抱えていまして、お側にお仕えするには差し障《さわ》りが」

すると王子殿下の冷ややかな声が返ってきた。

「事前調査では、実に健康そのものだと報告を受けているが？」

「えっ？　いやあの、母が臥《ふ》せっていて……」

「食堂で人気の給仕だそうな」

なんでそれを？

怯《ひる》む私に、殿下は続けた。

「役場に内緒で、露天市場の店主に帳簿指導の副業を……」

「わー、わー、やめてください！」

信じられない、そんな事まで調べられているんですかっ！

青くなった私に、王子殿下がヒラヒラと紙を掲げて見せる。

「近所の評判では、金の計算だけは嘘《うそ》をつかないそうだな」

目を細めて口角を上げる殿下に、私は追い詰められた鼠《ねずみ》も同然。

殿下の厳格で人嫌い、偏屈で気難しいお方という噂に、悪魔という項目を付け加えたい。

「ええと、このお仕事をお受けするかどうか選択権は、無いということですか」

一縷《いちる》の望みをかけて、恐る恐る訊《たず》ねると。

「もちろん選択肢はある。三倍の給金を取るか、元の職場の上司に頼み込んで復職するか。それを厭《いと》い結果的に無職になるか」

ひ、酷《ひど》っ！

それもそうだよね。一国の王子様から直々《じきじき》の徴用を、平民が断ればまあそうなるよね。元の職場である庶民納税課に戻るためには、課長の推挙による会計局本院への書類提出が必須だ。私を左遷したがっていた張本人である、あの上司が私のために署名してくれるはずがない。

降参のため息をつくと。

「何が不満だ？　報償が足りないならば、一定期間で査定を実施し、その評価次第でさらに上乗せしてもいいぞ」

「ええ、これ以上にですか⁉」

っと、つい大声を出してしまい、ハッとする。

「あ、いえ……その、それは結構です」

お金は大好きだけれど、あまり欲をかくとろくなことにならない。

私は気を取り直して、危うく罠《わな》にかかって緩みかけた頬を引き締める。

王子殿下の側に移動したハインド卿の肩が揺れている気がするのは、この際気がつかなかったことにしたい。

こうなったら、腹を括るしかないだろう。

「あの、私の方から条件というか、お願いが一つあります」

「内容による、話してみるがいい」

「ありがとうございます。なるべく、人と出会わずに済むような仕事場をいただけたら、助かります。私は平民です、それも下町と呼べる地区で育ちました。一般的な礼儀作法は学びましたが、いざという時に身分の高い方への接し方で、失敗をしてしまいそうで怖いのです」

「堂々と私と交渉しているどの口が、それを言うのか」

散々、口から出まかせで逃げようとしたせいか、懐疑的な反応だ。

「いいえ殿下、今でも緊張で心臓が口から飛び出そうですよ。どうか、ここよりももっと奥まって容易に人が出入りできないような、目につかない隅っこに置いてください」

私は口元を指で押さえて、伏し目がちに足先前方二メートル地点に視線を落とす。

これは、庶民納税課の人気受付嬢レリアナ直伝の追及回避技。ただし多用厳禁との注釈つき。

「まあいいだろう、許可する。そもそも溜《た》まりに溜まった書類の仕分けからだ、問題はない」

「ありがとうございます、ご期待に添えるよう、務めさせていただきます」

私はそう言いながら、深々と頭を下げた。内心ではレリアナに向けて「ありがとう！」と叫びながら。

そうして思いもかけない上司との対面から、ようやく解放されることになった。


……あぁぁ、びっくりした。

肩の力が抜けたのは、来た時と同じくハインド卿に案内されて、城門を出たところだった。

まさか、王子殿下の元で働く羽目になるなんて、誰が想像しただろうか。

「レイビィ嬢、本日はこちらを持ち帰ってください」

手を取られて握らされた小さな革袋には、ずしりと覚えのある感触が。

「ハインド卿、これって」

「支度金です。毎日城門をくぐって殿下の執務室まで通うことになるのです。色々と準備が必要でしょう。経費として、受け取ってください」

「ありがたいお申し出ですが、さすがにこれは多いと思います」

押し戻そうとした革袋を、逆にハインド卿の大きな手で握り込まされてしまう。

「初出仕日は、明後日です。業務もかなり溜まってしまっていますので、しっかり準備をしていらしてください。それでは当日、またこちらでお待ちしています」

穏やかながらも有無を言わさない微笑みに、今後の未知なる日々への緊張感が増す。今までのような、嫌みを言うがどこか足りない上司や、ちゃっかり目配せがきくが気の良い商人たちを相手にするのとは、訳が違うだろう。

否が応でも、ため息が出てしまう。

ああ、やっぱり断ることは許されなかった。なんでこんなことになったのだろう。いやそもそも、軽率に推薦状を書いたバギンズ子爵もどうかと思う。

「父さんと母さんに、何て報告したらいいのかしら」

私はもう何度目か分からないため息をつきながら、重くなる心と足を引きずり帰路についたのだった。

翌朝、久しぶりに遅い朝を迎えた私は、大きなあくびを噛《か》み殺しながら、自宅の階段を降りた。

「おはよう、コレット。久しぶりのお休みでしょう、もう少しゆっくり寝ていてもよかったのに」

「おはよう母さん。あれ、父さんもいるの？　昨日も帰宅が遅かったみたいだけど、もしかして今日はお休み？」

いつもより遅い時間なのに、まだ食卓の席についている父さんの姿があった。

「おはよう、コレット。とりあえず席に着きなさい」

「はーい、わあ、美味《おい》しそう！」

「卵が安く手に入ったのよ。先日、新しい街道が開通したでしょう、そのおかげらしいわ。この冬は物不足に悩まされることなく終わったし、便利になって助かるわね」

「そうね、ここ数年、特に豊かになったわ」

朝食は私の好きな卵焼きのバゲットサンド。大きな一口を頬張ったところで、父さんが言った。

「その街道も、王子殿下が政《まつりごと》に参加なされて、最初に計画なさった事業だな」

ゲホッ……。

危うく喉に詰まりかけて、母さんが淹《い》れてくれていたハーブティーで流し込む。

「父さん、もしかして、母さんから聞いたのね」

「ああ昨夜、帰宅後に聞かせてもらったよ」

父さんもお茶に口をつけながら、そう答えた。近頃、父さんの帰宅が遅い日が多いのは、新しい品目の貿易が許可されたことにより、新規事業の立ち上げがそこかしこで興っているから。そのために人の雇用が活発になるのはいいことなのだけれど、同時に怪しい人物も流れ込んできていて、採用するにあたって身辺調査に時間を取られているせいで、仕事が滞っているらしい。

「私だって行ってみて驚いたのよ。でも、私の立場では断れるものじゃないわ」

「それはそうだけど、王城勤めだなんて大丈夫なの？」

母さんも心配そうな顔で、側に座る。そんな二人に、私は明るく笑ってみせる。

「心配しないで母さん。私がするのはあくまでもお妃様が決まるまでの短い間、殿下の私財会計管理をするだけよ。それに、人と会わないような場所を用意してくれるって約束を取り付けたのよ。王城勤めだなんて名誉、そうそう機会が巡ってくることなんて無いわ。きっと勉強になるだろうし、三年もいたらたっぷり稼げるから、そう悪い話ではないと思うわ」

「コレット、お金のことはお前が心配するようなことはないんだぞ？」

父さんの言葉に同意するように、母さんも頷いている。

「それに父さんが心配しているのは、それだけじゃない。王子殿下は成人されてから陛下の業務を代行するなど、多くの政に関わっておられて優秀なお方だろう。だが御年二十を越えているにもかかわらず、婚約者候補すら名前が挙がらないのは、何か特別な理由でもあるのではと噂だ。コレットも聞いたことがあるだろう？　殿下の側には限られた人物しか置かれていないというし、人嫌いでかなり偏屈な人物なのではと」

「そうね、私もそう聞いたことがあるわ。でも……」

昨日会った殿下は、確かに気難しそうな雰囲気だった。だが一晩経《た》って冷静になって考えると、私の失礼な物言いに呆《あき》れてはいたが、苦しい言い逃れに対しても罰したりしなかった。初対面の私とは違い、ハインド卿とは気軽なやり取りをしていたし、本当に偏屈かどうかはまだ分からないけれど、人嫌いというのはちょっと違うような気もする。

「噂通り、とは少し違う印象だったかな」

あの少しの時間ですべてが分かるわけではないが、これでも仕事柄、人を見る目があると自負している。

「コレットがそう言うのなら、反対はしないが、しかし……よりにもよって王子殿下とは」

「そうよ、どうしてこう間が悪いのかしらねえ」

父さんの懸念に、母さんもため息交じりで同意する。そうなるだろうと分かっていたから、私も昨日、同じ思いで回避を試みたのだけれど。

私は残っていたパンの最後の一片を頬張り、飲み下した。

「二人とも心配性ね。殿下もそうそう昔のことなんて覚えてないわよ、それに私も昔とは違うわ、見て」

立ち上がって、くるりと回転してみせると、膝下丈のスカートがふわりと膨らみ、そして背の中ほどまで伸ばした金髪も同じように揺れて落ちる。

身長は少し低めで、細身。紫色の大きな目と細い顎《あご》、勝気な性格が表情に出てしまうのか、良く言えば中性的、悪く言えば少年のような顔立ちだと言われている。実際に、幼い頃は性別を間違われることが度々あったほどだ。

「自分で言うのも何だけれど、今はどこからどう見ても、十九歳の年頃の女性でしょう？　男の子みたいだったあの頃の私とは違うわ、だからきっと大丈夫」

「そうね……そうよコレット。あなたは私たちの大事な娘よ」

母さんがそう言いながら、私の手を取って少し切なそうに笑った。

「さて、私もそろそろ出かける時間だ」

父さんが立ち上がり、新しい上着に袖を通す。すると母さんがその父さんの上着の胸元に、虹色の石がついたピンバッジをつけてあげている。

この虹色の石は、通称「約束の石」と呼ばれる、民間会計士などが利用する特別な契約道具だ。

父さんは貴族家や商家の会計士を仕事にしている。それぞれの家で得た財政事情を漏らさないことを、契約相手に同意の上でこの「約束の石」に誓約している。

この「約束の石」は会計士だけが使うものではなく、その他の金額が多い個別事業での契約などにも用いられたりする。

ただしとても高価で貴重な石だから、誰でも気軽に手に入るわけじゃない。

約束の石は、かつて地上を支配していた精霊王の血からできていると伝えられていて、この世界唯一で、最後の魔法とされている。約束の石にこめた誓約は、必ず守られる。例えば、契約を交わした家の帳簿を漏らさないと石に誓ったら、その通りになる。まるで魔法にかかったように、本当に口にできなくなるのだそう。

石の誓約は絶対で、解除できるのは最初に定めた期日が訪れるまで、または目的が達成された時。それ以外では、契約者の死のみ。だから父さんのように複数の契約相手との仕事のため、誓約まですする者はそう多くない。

「それじゃあ、行ってくるよ。今日も遅くなるから、待たずに二人とも休んでいてくれ」

「いってらっしゃい、父さん。あまり根《こん》を詰めないでね」

母さんと二人で見送った後、私もまた街へ出る。

昨日渡されたお金を持って、必要な物を買い揃《そろ》えるつもりだ。いくら人と会わないようにしてもらうとはいえ、出勤には城門をくぐらねばならない。それなりに身支度が必要だ。

派手ではないけれど、仕立ての良いワンピースを何着か選んで買った。それから雑貨店に向かおうとしたところで、呼び止められた。

「そこにいるのは、コレットじゃない？」

駆け寄ってきたのは、庶民納税課の受付嬢レリアナ＝プラントだった。

「今日は休みだったの、レリアナ？」

「もうっ、左遷だって聞いて驚いたのよ！　いったいどこに転属になったの？　まさか辞めさせられてないでしょうね!?」

すごい勢いで聞いてくる。彼女は同僚でもあり、数少ない私の友人だ。

とはいえ、どこまで殿下のことを彼女に話してもいいのか分からず、言葉を濁すことに。

「うん、左遷じゃなかったみたいだから、そこは安心して。それに、会計のお仕事には変わりないから」

「左遷じゃなかったですって？　あのハゲ……違った、課長が自分の権限であなたを左遷させたんだって、それはもう得意げに言い回っていたわよ？」

「あぁー……」

　レリアナからの話をまとめると、自分に逆らうと私のようになると納税課の職員を脅し、好き勝手に拍車をかけるつもりらしい。本当に、彼はどうかしている。そんな課長に付き合わされるレリアナと残った同僚たちに、心底同情する。

「今回はお城で人手を募っていた仕事があって、上の方からたまたま、私が選ばれただけみたい。お給金も良くなるみたいだし、悪い待遇じゃないから安心して」

「本当に？」

「大丈夫だってば。もっとも真実が明るみになったら、恥をかくことになるのは課長の方ね。巻き込まれたら面倒だから、レリアナも知らない振りをしておきなよ」

　そうかいつまんで言うと、レリアナはようやく安心したようだった。

「なあんだ、やっぱりあの人の嘘だったのね。良かったわ」

「レリアナもさ、今後のことは考えた方がいいと思うよ。課長、たぶんまずい立場だろうから」

「まずいって、どういうこと？」

「うん、私の異動の内容までは課長にわざと伝えられてなかったみたい。だから彼は本当に、私を左遷できたと思っていたのよ」

「知らされてなかったって、どうして？」

「信用されてないってこと。たぶん、そろそろ上に知られているんじゃないかな、色々と好き勝手をしていたことをさ」

「ああ、なるほど」

近いうちに役職交替が起きると、レリアナも悟ったようだ。恐らく課長と近い存在、これまで彼に色々と手を貸している者は、ともに責任を負わされるのではないだろうか。レリアナも巻き込まれないよう、注意しておいた方がいい。

「分かったわ、気をつけておく。けど、私もそう長くないから」

にやりと笑うレリアナ。その彼女が弧を描く口元に当てた手に、キラリと光る指輪が見えた。

「その指輪って、もしかして」

「ふふふ、私もついに玉の輿《こし》よ」

「今度はどこのお坊ちゃんを誘惑したの？」

「失礼ね。向こうから熱烈に言い寄ってきたの。セシウス＝ブラッド、ブラッド＝マーティン商会の若頭取よ。隣国ベルゼ王国での修業を終えて帰国したばかり。それで挨拶《あいさつ》回りしている彼に偶然会って一目惚《ぼ》れされたの」

「へえ、恋多きレリアナも、ついに腰を据えるのね」

「なんとでも言いなさいよ。彼はこれまでの浮ついた男たちと違って、とっても大人《おとな》よ。それでいて独占欲も強くて情熱的だわ。まだ正式な婚約をしたわけじゃないけど、私に悪い虫がつかないようにって、贈ってくれたの」

レリアナの指にある指輪には、このフェアリス王国では珍しい青い石がついている。

既婚者や婚約者がいる者には、指輪を贈る習慣がある。それを左手の薬指につけていると、お相手がいますよというサインにもなる。絶対につけなくてはならないわけではないが、ある程度の牽制《けんせい》になる。

「あ、そうか、そういう手もあるよね」

「なに、突然納得しているのよ」

「うん、ちょっと私もつけておこうかなと」

「はあ？」

「レリアナ、せっかくだから付き合ってよ」

私に特定の男性がいないことをよく知っているレリアナが、怪訝《けげん》な顔をしている。

そんな彼女を引っ張って、私は入ったこともない宝飾店に向かう。そして一番シンプルでそこそこ安い金細工の指輪をひとつ買い求めた。

無いよりマシでも、保険は多い方が良い。

そうして買い出しを終え、私は翌日の初出勤に備えたのだった。

いよいよ初出勤となった日の朝、前回と同様に城の通用門前で、ハインド卿の迎えを待っていた。

私はレースのついた白いブラウスに、シンプルなリボンタイ、新調した紺のジャケットワンピースを合わせた。会計士という職種に相応《ふさわ》しくあるよう、シンプルなブーツに、目立つ金髪を編み上げてまとめ、なるべく貞淑な印象となるよう努めている。大きな鞄《かばん》を抱えているのは目立つかもしれないが、初回は愛用の事務用品が入っているので、仕方ないと諦めた。それから左手には、昨日急遽《きゅうきょ》買った金の指輪を嵌めている。これで不用意に声を掛ける者もいなければ、王子殿下の側にいたとしても、私は彼に近づこうとする邪《よこしま》な女ではありませんよと無言のアピール、つまり保険となるだろう。

「よし、完璧」

「それはよかった」

「わっ！」

振り向くと、そこには迎えに来てくれたハインド卿が立っていた。約束の時間よりずいぶんと早い。身分の高貴な人ほど遅れてくるものだと思っていたので、驚きもひとしおだ。

「独り言《ひとりごと》に返事を返されると、驚くのでやめてくださいませ、ハインド卿」

「驚かせるつもりはなかったのですが、申し訳ない。おはようコレット。僕のことはヴィンセントと呼んでください。長らく待たせましたか？」

「おはようございます。私もいま来たばかりです、本日からよろしくお願いいたします、ヴィンセント様」

私は笑みを貼り付けて、挨拶をする。ヴィンセント様は一昨日会った時と同じように、裾の長いジャケットの下に長剣が見える。

「ええ、こちらこそよろしくコレット……今日は少し印象が違いますね」

私は高い位置からマジマジと見下ろされる。

一応、小綺麗《こぎれい》にしてきたつもりだけれど、おかしかっただろうか。服のほつれ、髪の乱れを確認していると。

「あ、いえ。どこかおかしいわけではないのです。ただ、せっかく華やかな金の髪だから、上げない方も似合っていたなと思ったのです」

「え？　でも、成人女性はこれが正式ですから」

「うん、そうだね。まあ、僕の考えすぎかも……そうだ、通行証を作らせたので持っていてください」

いったいどうしたのだろう、そう思いつつも通行証を受け取り、促されるままに彼の後を追って城門をくぐった。

以前通されたのと同じ道を通り、次第に王城の奥、装飾の煌びやかな辺りにさしかかる。

「コレットの希望通り、限られた人としか顔を合わさずに済む仕事場を用意しました。さあ、ここを曲がるから道順を忘れないように」

絨毯の敷き詰められた廊下を進み、中庭が望める通路に出る。ここまでは以前来た通りだが、今日はそこから脇に逸《そ》れる細い通路に入った。

しばらく曲がりくねった通路を進むと、大きな扉が現れる。その前に衛兵が二人立っていて、貫った通行証を見せる。すると二人が大きな扉を開けてくれて、ヴィンセント様とともにくぐった。

扉があるのでそこが部屋かと思えばそうではなく、再び通路が続いている。

窓が一切ないその通路をしばらく行くと、再び扉が現れる。いったい何重に仕切られているのか。

そこにも一人、体の大きな衛兵が立っていて私たちを認めると、扉を叩《たた》いた。すると中から「入れ」という返事が聞こえる。

「この先の部屋が、貴女に与えられた仕事場です」

ヴィンセント様がなぜか申し訳なさそうに言いながら、扉を押した。

そこは以前訪れた書棚で囲われたような部屋とは、また様相ががらりと違っていた。床は磨かれた大理石、その上に配置された調度品は一層豪華で、白を基調としたもので揃えられている。その白を一層美しく引き立てるように、金細工が鏤《ちりば》められ、どこもかしこも触ったら指紋が付きそうだし、とにかく何かあっても責任を負えないし、近寄りたくない。

そんな圧倒的豪華さに足を止めていると、奥から声がかかる。

「突っ立ってないで、早く入ってこい」

その声は、一昨日も聞いた王子殿下のものだ。

仕事場というからには彼もいて当然だろうけれど、私はその声の方を向いてぎょっとする。なぜなら白いシャツ姿にジャケットを肩に羽織って釦《ボタン》も留めずにいるという、非常にラフな格好をした殿下が、大股でこちらに歩いてくるのだから。

そしてどうしたことか、殿下は近づくにつれて表情を険しくして、私に手を伸ばした。その大きな手が、私の頭をがっしりと掴《つか》む。

「で、殿下……？」

「少しの間、動くな」

短くそう言うと、殿下は私の頭をごそごそと両手でまさぐり、編み込んだ髪の間に差し込んであったピンを探し当てると、それらを容赦なく引き抜いたのだ。

すると当然、はらはらと金の髪がほどけて、顔と肩に落ちる。

「な、な、何するんですか！　せっかく綺麗にまとめてきたのに！」

ぼさぼさになっているだろう髪を両手で押さえながら、目の前の王子殿下に文句をぶつける。身分差があるからって……いや、あるからこそこういう失礼な態度はどうなの？

すると王子は、気が済んだのか険しい表情は消えたものの、悪びれる様子もなく言い放った。

「今後、髪はまとめることは許さない。常に下ろしておくように」

「お言葉ですが、机に向かって書類仕事をするのに邪魔ですし、子供じゃないんですから髪くらいまとめるのが普通です」

「髪をまとめ上げていると、お前のような中性的な顔立ちでは、男に見間違える者が出るかもしれない、だから髪は下ろしていろ。それから服装も男性用に近いジャケットは不可だ。これらは勤務条件に付け加えることにする」

「男に間違えるって……失礼ですね、そりゃあ顔立ちが女らしくないのは否定しませんが、それと仕事とどういう関係があるっていうんですか。長いと邪魔です、特に書き仕事は。殿下も一度やってみたらどうでしょう、カツラでも借りてきましょうか？」

売り言葉に買い言葉、つい納税課の勢いで喋《しゃべ》ってしまったことに気づき、遅ればせながら口を噤《つぐ》むと。私と殿下の間に、ヴィンセント様が割って入ってくれた。

「女性の髪をいきなりほどくなんて、さすがに殿下が悪いですよ。コレットも、この件の事情は後ほど説明します。まずは仕事場へ移動しましょう」

苦笑いを浮かべるヴィンセント様に窘《たしな》められると、殿下は私の失礼な反論には言及するどころか、ばつが悪そうにしながら、踵《きびす》を返す。

私は手櫛《てぐし》で髪を整えながら、ヴィンセント様とともに殿下を追って豪華な部屋の奥に進んだ。

どうやら仕事場は、その部屋を通り抜けた先にあるようだ。

だがふと歩きながら横を見ると、彫金の施された大きな衝立《ついたて》がある。通り過ぎながら衝立の反対側が目に入って、私はぎょっとして身をのけ反らせてしまう。

なぜなら、大きな天蓋付きの寝台が見えたのだ。

見たこともない豪華なレースが張られたそこは、大の大人が四人は寝られるほどの大きさ。なんとなく嫌な予感がして周囲をよく観察すると、どう考えても私のような会計士が仕事をする環境とは程遠い。本当にこの先に、仕事部屋があるのだろうかと、不安しかない。

その寝室らしき部屋を抜けると、もう一つ広い部屋に通される。そこには大きな長椅子《ながいす》やテーブル、チェストや小さな書棚があった。部屋の南側だろうか、日差しが入る大きな張り出し窓があり、テラスと手入れの行き届いた中庭が見える。

そんな貴人の居室らしき煌びやかな空間の片隅に、どこからどう見ても違和感しかない使い込まれた机が一つ、壁に寄り添うように設置されている。しかも、どっさりと書類と本と封筒が積まれた状態で。

豪華絢爛《けんらん》な場所に、突如現れる見慣れた日常風景。目を背けたくなるほどの違和感。

「コレット＝レイビィ。ここがお前の仕事場だ。何か、言いたそうな顔だな」

王子殿下の言葉に、私の顔は引きつっていたと思う。相手が相手だから言わないけど、心では叫んでいたもの。「なに言っているのか、この人は？」って。

「あの、殿下。聞いてもよろしいでしょうか」

「ああ、言ってみろ」

私はちらりと周囲の部屋を見る。

「ここはそもそも、どういったお部屋でしょうか」

「私の私室だ」

「はあ!?」

あ……いや。私はとりあえず両手で口を塞いで、横に立つヴィンセント様に目線で助けを請う。

「一応、僕は反対しましたよ？」

ヴィンセント様は肩をすくめながらも、ここが仕事場であることを否定してはくれない。

「コレット＝レイビィ。お前の要望通り、人に会わなくて済む場所を用意したのだ、文句を言われる筋合いはない」

殿下の言葉に、眩暈《めまい》がしそうだ。

だが頭を抱えている私に、殿下は悪びれもせずに続ける。

「お前が入ってきた通路は、あらかじめ定められた者しか決して通ることができない、いわば裏口にあたる。そこを通れば、出入りすら気づかれないはずだ。安心しろ」

「私はどこか、人目につかない端っこでって、お願いしましたよね？」

「こちらの扉の向こうが、公務の執務室に繋《つな》がる部屋になる。実際に端っこだろうが」

さも正論のように言い放たれた。確かに、殿下のだだっ広い私室の、端っこかもしれないですが、私が言ったのはそういう意味じゃなーい！

困惑する私に助け船を出してくれるのは、やはりヴィンセント様で。

「申し訳ないですが、しばらくはここで我慢してください。恐らく最初は書類の分類などで確認が必要なので、殿下と距離が近いと効率がいいと思います。そのあと、落ち着く頃には別に用意させますので」

「本当ですか？　そこは絶対に忘れないでくださいね？」

王城で人と会わずに済ませたい、その「人」に、殿下が真っ先に入るんです。とは言えなかった所為《せ》で、こんな目に遭うとは。

私は唸《うな》りながらも観念し、与えられた机に向かった。

山のように積まれた書類、メモ書き、領収書のようなものの束。どうやら、帳簿よりも前の段階から始めなければならないようだ。ああもう、色んな意味でため息が出る。

「まずは契約書に署名をしてもらいますので、よく読んでください」

ヴィンセント様から渡された紙の束を受け取り、細かく書かれた契約書に目を通す。主に守秘義務についての項目が多いが、想定していた以上の縛りは無い。あとは勤務日や時間について。王子の視察など不定期に行われる公務によって、調整することになりそうだ。

最後の項目は給金についてだった。約束通り以前の三倍の給金に加えて、先日断ったはずの定期的な評定を設けての加算とやらも、盛り込まれていた。それだけでなく、殿下の都合により退職となった場合には、給金半年分の退職金が貰えるらしい。うん、殿下にはぜひとも頑張って早急に、良いお妃様候補を見つけてもらいたいものだ。

「なにか不足はありませんか？」

「いいえ、私からは特に要望はありません」

「でしたらこちらに署名をお願いします」

ヴィンセント様からペンを渡され、私は素直に契約書にサインを書き込む。

そして王子殿下がペンを奪って、私の名の下にラディス＝ロイド＝クラウザーと名を書き込むと、ヴィンセント様が差し出した印を押してそのまま手渡してきた。

一連の呆気《あっけ》ないやり取りの後、私が差し出された契約書を手に突っ立ったままでいると。

「どうした、何か言いたそうな顔だな」

「あの……これだけですか？」

「これだけとは？　契約に不満はないと言ったはずではなかったのか？」

「いえ、不満はありません。ただ、仕事内容から、約束の石での契約もされるのかと思って」

殿下は私の言葉に、少しばかり間を置く。

「はじめから、約束の石など使うつもりはない」

それは意外な言葉だった。そこらの商家や貴族家との契約とは訳が違うと思っていたから、まさか約束の石無しでこの仕事ができるとは思っていなかった。

「それとも、石の縛りがなければ、これらの契約を履行できないとでも？」

「と、とんでもないです！　もちろん約束は必ず守ります。ただ……」

「ただ？」

「必要とあれば、仕方ないと覚悟をしていました」

「覚悟、か」

「はい、商会相手の会計士をしている父ですら使っています。石の重要性を知っているつもりですが、私個人としては、あまり好きではないものなので」

使うつもりがないと聞いて安心したせいか、つい思ったままを口にした。だが「好きではない」と聞いた王子殿下が、僅《わず》かに驚いた様子を見てから、それが失言だったことに気づく。

約束の石の特別な力は、精霊王の加護そのものだと伝えられている。その精霊王の血を受け継ぐというのが、このフェアリス王国の王族。だから初代国王が戴《いただ》く王冠は、虹色に輝く約束の石そのもので作られていると聞く。つまり約束の石は、王権の象徴でもある。それを好きではないと否定するには、相手が悪かった。

そんな風に焦る私を前に、王子殿下は突如黒い笑みが浮かべた。

「気が合うな、私もだ」

は、い――？

「精霊王も約束の石も、クソ食らえだ」

ちょっと待って、善良な一般市民になんて言葉を聞かせるのよ、この王子様は。

「いくら精霊王の伝説を信奉していようと、そもそも石は我が国で産出されるものではない、そのような物に依存する方が馬鹿げている」

殿下の話は、偏屈どころか至極真っ当なものではある。だが今はとりあえず使わずに済むならそれでいい。引きつりながらも、笑顔で話をもとに戻す。

「承知しました」

そして私は早速、仕事にとりかかる旨《むね》を告げる。するとヴィンセント様も同じ思いだったのだろう、私とさほど変わらない表情を浮かべながら、真新しい水色の会計士襟を手渡してくれた。会計士の身分を表す襟は、背中で燕尾のように二股に分かれていて、その二つの先端に紅玉と金の房が付けられている。紅玉は殿下の髪色、金は瞳、つまりこれを着けているだけで、王子殿下配下の会計士だという証《あかし》になるというわけ。

他の専門職でも、すべてではないが判別できる印がある。設計士は帽子を被り、人事局員はネクタイの形だったり、書士は袖の形が幅広く独特で、法務局の判事はマントをつけていたりといった具合だ。

私は受け取った会計士襟を取り付けると、書類の山を放置したまま過去の台帳を引っ張り出して、読み込むことから始めることにした。

五年ほど過去に遡《さかのぼ》り、そこから順にざっと目を通す。最初こそしっかり項目ごとに仕訳されていた帳簿が、どうも途中から書き損ない、訂正が増えて覚束《おぼつか》ない様子が見て取れる。そして最後の方に至っては、数字が殴り書きのように連なり、なんとか計算だけは合わせてあるといった状態だ。ただしそれすらも一年前まで。

それからまだまとめられていない、領収書や納品書などの束をほどく。日付も項目も種類も何もかもごっちゃ混ぜになったそれらを、一から仕分けねばならない。

引き受けたからには、銅貨一枚分の間違いも許されないのが会計士だ。そのために今から気が遠くなる作業が始まるのだと、気を引き締める。

腕まくりをして、持参した鞄の中から色紙を取り出し、無駄に広い大理石に並べる。そこに手当たり次第、項目で振り分けていくことにした。

ずらっと並べると、とても三十では足りない仕分けに、気づけば用意された机の周辺一帯の大理石が、書類で覆い尽くされていた。

そこに配置するには、当然ながら這《は》いつくばって手を伸ばす必要があり、届いたかと思ったら手前に自分の髪が落ちて散らばる。

地味にイライラが募るこの作業、舌打ちしたい気持ちを抑えて顔を上げると、長椅子に座り足組みをしたまま書類に目を通す殿下。私の視線に気づいたのか、書類を置いた殿下と目が合った。

「あの、邪魔なんですけど」

「ここは私の居室だと言ったはずだ」

「いえ、邪魔なのは殿下ではなくて、髪です」

本当のところ、殿下も邪魔です。こうした作業をやんごとなき身分の方に見られているのも、どうかと思う。でもそれは口にすべきではないと、私の生存本能が告げている。

だがさすがに殿下も、這いつくばって書類を整理する私を見て、妥協する気が起きたようだ。傍《かたわ》らにあったベルを鳴らすと。

「お呼びでしょうか、殿下」

衝立の向こうで待ち構えていたのか、すぐに年配の侍女がやってきた。

「あれの髪を整えてやってくれ。後ろ髪は下ろしたまま、作業の差支えにならないように」

王子の言葉を聞き、侍女は私の方を振り返る。

そして四つん這いになったままの私を見て、一瞬動揺したかのような表情だ。だがすぐに硬いものに戻して「かしこまりました」と答えた。

侍女は他の者に道具を取りに行かせて、私へ向き直り頭を下げた。

「私は王子殿下付きの侍女頭、アデル＝グランシェと申します、お見知りおきを」

「本日から殿下の私財会計を任されました、コレット＝レイビィです」

雑然とした書類の隙間から立ち上がり、アデルさんに頭を下げる。すると「こちらへ」と促され、殿下の部屋にある猫脚の上品な椅子に座らされる。そこで髪を梳《くしけず》られ、下を向いた時に髪が落ちないよう、こめかみから編み込んでもらった。

「コレットさん、さぞ驚かれたでしょう。ですが、明日からもこうしておけば、殿下はうるさくありませんよ」

アデルさんはどうやら、殿下が私の髪を崩したところを見ていたらしく、とても同情的だった。見たところ年齢は母さんくらい、王家の侍女とあってか黙していると厳《いかめ》しいお顔立ちで、立ち姿も凛《りん》としている。だから一見怖い人かと思いきや、笑うと一気に柔らかい雰囲気になる人だった。

良かった、少なくとも身近にまともな人がいてくれて。

うんうんと頷いていると、殿下からの鋭い視線を感じる。またダメ出しをされるのかと身構えていると。

「会計について、何か分からないことはあるか？」

殿下にそう尋ねられ、私は床に分類分けして広げたままの、いくつかの領収書の束を見る。

仕分けを始めてかれこれ二時間ほどになる。これまで見たところ、たいていの支払い先は、私も庶民納税課にいた手前、知っているところが多い。だが特別な事情がないと知らないはずの取引先もあって……それらを王子殿下が利用していることに純粋な疑問が湧いていた。

「お金の出入りをざっと見て、疑問に思ったことがあるんですけど」

「詳しく、言ってみろ」

私は迷いつつ、仕分けてもなお多く積もる紙の束を手にして、それらをめくる。

殿下の領収書の中で気になる取引先は、いわゆる情報屋さん。市中でも情報屋はあるが、利用する者は限られていて商会などだ。その中でも、この領収書の『ダディス』という情報屋は、特殊な仕事を請け負うことで、知る人ぞ知る存在。近頃の王都では、新しい仕事が増えて好景気だ。仕事を求める人たちが押し寄せているが、重要な仕事を任せる人間を雇う時には、素性調査を行うことがある。この調査を請け負っているのが、ダディス。大きな商会と深く関わる父さんから、彼らの話を聞いたことがある。ダディスは、信じられないくらい広く、網目のような人の繋がりを持っていて、どんな些細《ささい》な噂も逃さず拾うと。

そのダディスに、殿下は毎月といっていい頻度で、支払いをしている。しかも遠方調査の費用として、かなりの額を上乗せまでさせて。

「ええと……殿下は、誰かをお捜しなのですか？」

その言葉と同時に、なぜか場の空気が凍りつく。

え？　なんで？

殿下は私を凝視したまま動かず、アデルさんは目を細めながら口元を隠し、ヴィンセント様が困った顔で天井を仰ぐ。

まずいことを、聞いてしまったのだろうか。でも、言ってみろと促したのは殿下だ。

「コレット、なぜ、そう思った？」

重い空気のなか、口火を切ったのは殿下だった。

「ええと、支払い明細を見てです。こちらのダディスは、あまり知られてはいませんが、身辺調査や人捜しを得意とするところですから」

「それだけか？」

「あとは、遠方調査費も引っかかりますね。そもそも王城では身元がはっきりしない者を雇うはずもなく、見たところ多くの使用人を置いていなさそうな殿下が、事業収益の一割近くをつぎ込んでいるとなったら、普通に使用人に対する身辺調査とは考えられません。以前、私が相談を受けた商会で隠し子騒ぎがありまして、その時も同じように膨大な調査費用をダディスが請求していたのを見ていましたから……はっ、まさか殿下も⁉」

「隠し子などいるか！」

速攻、否定された。それも怒りながら。

「それで、人捜しは否定されないんですね」

今度は、殿下も返答に困ったらしく、不機嫌そうに口を引き結んだ。

「殿下、僕たちは会計士の判断能力を軽んじていたようですね」

ヴィンセント様がそう言うと、殿下はなにか諦めたようにひとつため息をつく。

「いずれ教えるつもりではいたが、まさか仕事初日に指摘されるとは思わなかった。だがお前の会計士としての知見は、正しいと認めよう」

会計士はこうした秘密を知る機会が多く、淡々と数字として処理することには慣れている。とはいえ褒められたら素直に嬉しい。だがそれも殿下の次の言葉を聞くまでの、束の間のことだった。

「お前の言う通りだ、コレット。私はある人物を捜している。相手は十年前、この王城に忍び込み、貴族の子息を装い、王子である私と接触した少年だ」

「十年、前？」

鼓動が、跳ねた。

「ああそうだ。その少年は私よりも少し年下で、ここに忍び込めるということは、貴族家の子息か、貴族家で使用人をしていた者だと考えられる。その少年は、取り返しのつかない事態を招いたのだ」

王子殿下は、今まさにその少年を目の前にしているかのごとく、その琥珀色の瞳に強い怒りの炎を乗せて語る。

「あ、あの……取り返しのつかないこととは、なにを？」

「この国を根底から揺るがすほどの、由々《ゆゆ》しき事態だ。言葉にするのも憚《はばか》られる」

真剣な殿下の表情に、私はただ気圧《けお》される。

怖《お》じ気《け》づいた私を気遣ってか、ヴィンセント様が殿下をなだめ、代わりにと詳細を語る。

「僕は当時、まだ殿下の側に仕える前でして、その少年とは会っていません。当日は側近候補だった高位貴族の子息たちが招かれた日でした。王城に入り込んだ少年は、殿下とともに王城にある『精霊王の宝冠』に触れたのです。そして宝冠は、王の徴《しるし》を現しました。その意味が、分かりますか？」

「いいえ。約束の石でできた精霊王の宝冠が、王位の継承に関わっているのは、知っていますけど」

精霊王の宝冠を所有する者が、このフェアリス王国の君主の証であると伝えられている。でもその宝冠が、実際にあるかどうかは平民には分からない。あるとされているが、表に出されたことがないからだ。

その宝冠に、王の徴？

「殿下が次の王であると宝冠に認められた、そういう徴が顕在化したのです」

「それは、おめでとうござい……ま、す？」

語尾が疑問形になったのは、聞いたそばから殿下の表情に厳しさが増したせい。

「おめでたいことなどあるものか。いいかコレット、これも守秘義務事項だ、覚えておくように。王の徴は、王妃となる者と触れることによって顕在化すると伝えられている。事実、父も母とともに触れて宝冠は徴を現した」

「はあ、なるほ……」

私は相槌《あいづち》しながら、事の重大さに気づく。

ともに触れる相手が……え、えええええ？

ってことは、殿下の妃となる相手が、その少年ってことで。

「何としても、見つけねばならないのだ。その少年を」

怖い怖い、悪魔のような笑みを浮かべる殿下を、事情を知るヴィンセント様とアデルさんがなだめようとオロオロしている。

「あ、あの、殿下、その人を見つけたとして、どうするつもりですか？」

「もちろん、相応の対処をすることになるだろう」

ひいい。精霊王の宝冠は、約束の石そのものでできているというのは、誰もが知る常識だ。ということは、契約を破棄する条件は、契約を達成するかどちらかの死。つまり、この国では男同士の婚姻は不可能なので、死？

でも、待って。だってそれ、もしかして……。

私が驚きのあまり言葉を失っている間も、殿下は積もる思いを吐き出すかのように続ける。

「精霊王の宝冠は、いまだ徴を顕在させたままだ。つまりあの少年は生きている。なんとしてでも見つけ出して、契約を解除せねばならない」

「そんな……ちょっと、それはさすがに酷くないですか!?」

「酷いと言いたいのはこちらの方だ。結婚できないと言われたも同然なのだぞ、血統を繋ぐ責を負う私が！　この十年、どれほどの屈辱を味わったと思っている？」

ああ、駄目だ。死ぬ。

その『少年』、絶対死ぬわ。

烈火のごとく怒る殿下を、私は背筋に脂汗を流しながら見守るしかなかった。

だって少年《それ》、もしかして……いや、もしかしなくとも私だ。

脂汗が額を伝う。


私、コレット＝レイビィには、誰にも言えない秘密があった。

それは生い立ちについてだ。かつて私は、美しい母と優しい父に囲まれて、何不自由なく暮らしていた。常に美しく着飾って、誕生日には食べきれないほどの食事やプレゼント、屋敷の誰もが優しく、可愛らしいと甘やかした。

私の本当の名前は、コレット＝ノーランド伯爵令嬢。生まれて十歳を迎えるまでは、そう呼ばれていた。

不幸があるとしたら、物心ついてしばらく経った頃に、母が儚《はかな》くなってしまったこと。だが父は変わらず優しかったし、母の代わりに、新しい伯爵夫人が屋敷にやってきて、継母《まはは》の連れ子という、可愛い弟を得た。

そんなノーランド伯爵家の歯車が狂いだしたのは、父であるロナウド＝ノーランドの急死がきっかけだった。それは私が十歳を迎える前。事業の視察からの帰り道、馬車が悪路で立ち往生し、運悪く土砂崩れに巻き込まれたそうだ。

伯爵家の跡取りは、唯一の血の繋がった私だけ。だが私はまだ十にも満たない子供。当然、家のすべてを継母が取り仕切り始めた。だが一ヵ月も経ないうちに、使用人たちが総入れ替えされてしまい、体の不調を理由に私は離れの塔に閉じ込められてしまった。出してと泣こうが叫ぼうが、継母は取り合ってくれず、幼い私にはどうすることもできなかった。

そんな私にとっての救いは、義弟のレスターだけだった。

継母との間を取りなすかのように立ち回り、暇を見つけては私のいる塔へ、好きな食べ物を差し入れてくれた。本当に、心根の素直な良い子だ。私を「姉さん」と呼び慕ってくれて、そんな状況にも絶望することなく過ごせたのは、レスターがいてくれたからだ。

そうして三ヵ月も塔で過ごしているうちに、私はすっかり達観してしまっていた。元々、逞《たくま》しい性分だったのもあるだろう。使用人たちが入れ替わったことをいいことに、こっそり塔を抜け出すようになった。レスターはそのことがバレたら、私が折檻《せっかん》でも受けないかとおろおろしていたが、自ら長い髪の毛を切り、レスターのお古の服を着て堂々と歩いた。

こんな正体不明な子供が厨房《ちゅうぼう》に入り、仕入れの商人にまぎれて出入りしていても、使用人たちの統制が取れていないせいで誰にも咎《とが》められなかった。しかも様子を窺っていると、どうやら新しい使用人たちは、継母すらも軽んじているほど。これは後から知ったのだが、父ロナウド＝ノーランド伯爵を死に追いやった悪女、家だけでなく社交界でもそう継母が噂されていたのが原因だったようだ。

けれどもそれを知らない子供だった私は、あることを企てる。きっかけは、義弟レスターが王子殿下の側近候補として、他の家の子供たちとともに王城に招かれたことだった。そこに私も入り込み、王様に己の窮状を訴えるという作戦だ。

招かれるのは貴族家の男児。ちょうど変装のために髪を短くして、しかも痩せ細った自分は、男児にしか見えない。そうして城へ向かうノーランド家の馬車に、私は忍び込んだ。

この企《たくら》みを知るのは、レスターのみ。彼は怯《おび》えていたけれど、私が大丈夫と説得したのだ。あの時の私は、いわゆる子供特有の、根拠のない自信に満ちあふれていた。本当に、今考えても無謀としか言いようがない。

忍び込んだ王城の控え室から出た私は、恐れ多くもお城のさらに奥へ向かって歩いたのだ。そうして入り込めた美しい庭園の一角で、燃えるような赤銅色の髪が印象的な少年に出会った。彼は貴族の子息らしい立派な身なりをしていた。レスターも裕福なノーランド伯爵家の子息として、良い服を仕立ててもらっていたはず。お古のなかから茶色で地味なものを選んだとはいえ、その弟の服を着た私より、数段も上質なものだったと思う。

その少年は琥珀色をした目を大きく開いて、背の低い痩せ細った私を見ると、怪しむことなく私の手を掴み、さらに奥に招いたのだ。

「顔色が悪い、しっかり食事をとっているのか？」

そう言って、綺麗な細工のあるガラス瓶の蓋を開け、飴《あめ》を掴んで私に持たせたのだ。

「側近候補に招かれたのなら、健康管理はしっかりせねばならない。それも勤めだと、トレーゼ叔父上が言っていたぞ」

彼は一つ飴の包みを開けると、貰った飴を手にしたまま立ち尽くす私の口に放り込んだ。飴は驚くほど甘くて、でもたっぷりの果汁を煮詰めたジャムのような香りと酸味が、しばらく忘れたままだった感覚を呼び覚まし、口を潤していく。

慌てて口の中の飴を転がしている私を見て、なぜか彼の方が嬉しそうに笑ったかと思うと、たくさんあるからともう一掴みの飴を、私のポケットに強引に押し込んだのだった。

そして彼は満足すると、再び私の手を引っ張って庭に向かった。

私より背が高い彼の歩幅は大きく、私は小走りでついていく。その間も、お前の名前は何だ、チェスの相手は務まるのかとか、最近剣術を習い始めたが師匠が厳しいから、弱そうなお前がいれば楽できそうだとか、矢継ぎ早に言葉がくる。

返事がないことを咎められると、口に飴を放り込んだのは誰だと指差しで伝える。すると彼は、それはもっともだと大らかに笑った。

「まだ迎えが来ないということは、招待客が揃ってない証拠だな。もしかして、お前がここにいるせいだろうか。だがちょうどいい、もっと遊んでやるからついて来い」

そう言うと、彼は悪戯《いたずら》っぽくにんまりと微笑んだ。

そして手を引かれるまま、中庭をさらに奥へ進んだと思う。そこからは少しうろ覚えな部分があるけれど、いくつか庭園を越えた先に、大きな石造りの彫像があったことは鮮明に覚えている。それは長い髪の美しい男性像で、ゆったりとした衣を纏い、片膝をつき両手を前に出して祈りを捧げていた。背中には鳥のごとく翼を生やし、頭上には虹色に輝く冠を戴いている。それはこの国に生まれたら、必ず一度は読み聞かせられるだろう絵本の中の、精霊王そのものだった。

私が像に見惚《みと》れていると、彼が特別だぞと念押しをしてくる。

何をするつもりなのかと見守っていると、彼は大きな像の膝部分に足をかけ、よじ登ろうとしているではないか。少年は同年代ではあるものの、上品な恰好《かっこう》と立ち振る舞いから、まさか登るとは思わず「危ないよ」と注意を促さねばと咄嗟《とっさ》に思った。

像にしがみつき、頭上の王冠に手を伸ばしていた彼を支えるつもりで、足に触れた。だがその瞬間、すさまじい音量の鐘の音が響いたのだった。

「うわっ！」

「なに？　耳が、いたい！」

突然響いた音の衝撃に、少年が足を滑らせる。私も耳を塞ごうと、彼を支えていた手を外してしまっていた。そうして、私たちはともに地面に投げ出されることになった。

地面に転がり落ちて受けた背や尻の衝撃と、頭にガンガンと鳴りやまない大きな音のせいで、そのあとのことは断片的にしか覚えていない。

恐らく、騒ぎを聞きつけた衛兵やら侍女たちが、すぐに現れたのだろう。覚えているのは、落ちた少年に駆け寄るのを見て、私はすぐにその場を逃げ出したことだ。

こっそり忍び込んだ私がここで見つかってしまったら、二度と塔から出られなくなるかもしれない。手を貸したレスターも叱られるだろう。それに何より、頭に痛いほど響く音を振り払いたかった。

どこをどう歩いて行ったのか覚えていないが、レスターと別れた控え室へ辿り着く前に、継母に見つかって叱責され、そのまま馬車に押し込められた。

つまり、幼い私の甘すぎる作戦は失敗したのだ。

無謀なことを企んだ罰が当たったのか、その後は三日ほど高熱にうなされたらしい。回復した時には既に下町のレイビィ家の父さん母さんの家に移されていて、ノーランド伯爵家が取り潰しになったと聞かされた。

理由は、ノーランド家唯一の後継者だったコレット＝ノーランドが、かねてからの病が悪化して、亡くなったからだ。驚くことに、レスターが王城に招かれたあの日よりも前に、死んだことになっているのだから、どれほど用意周到だったのか。

私が寝ているうちに書類が受理されて、ノーランド伯爵家は貴族院の名簿から削除されてしまった。残っていた僅かな財産も、負債を抱えた事業の整理に相殺《そうさい》されてしまい、それだけでは足らずに屋敷も人手に渡った。

継母とレスターは生家であるブライス伯爵家に戻り、レスターは遠縁であるバウアー男爵家へ養子に出されてしまった。言葉通り、一家離散である。

そうして独りになった私は、同時期に娘を流行《はや》り病で失ったレイビィ家の娘として収まり、レイビィ家の本当の娘……コリンの身代わりとして生きることになった。

奇《く》しくもコレット＝ノーランドは、書類上で死亡することで、王城へ忍び込んだ罪を免れたのだ。

私が今さらノーランド家の跡継ぎを名乗り出ても、罪に問われることはあっても一切の得はない。

しかも、あの時の出会いが、王子殿下の運命を変えてしまったと知らされた後では。


そんな過去を思い出し、ため息をつきながら帰路につく。

王子の怒りを込めた告白の後、どうにか平静をとりつくろって仕事を続け、とりあえず本日の業務を終了した。

今はまだ正体が知られていないとはいえ、自分を捜し出すことに執念を燃やす人の元で働く羽目になるとは、さすがに予想の斜め上をいく事態だ。このまま殿下の元で働いていて、彼が大金をかけてまで捜索している人物が、私なのだと判明したらいったいどうなるのだろうか。

いや、もしかしたらあの日の出来事のことじゃなくて、殿下の言う王の徴というのが別の現象で、実はまったくの別人を捜している……という可能性もなくはない、と思いたい。

などと、ぐるぐると悩みながら城門を背に歩いていると。

「姉さん！」

そう呼ばれて、腕を引かれた。

驚く間もなく、城下へ続く道から細い脇道へと連れ込まれると、暗い影の中で私を心配そうに見下ろしていたのは、詰襟の白い軍服姿のレスターだった。白地は栄誉ある近衛《このえ》兵を示し、肩にある房飾りはその中でも栄誉ある騎士の称号を表す。気が弱くて優しくて可愛いという形容詞が最も似合っていたかつての義弟レスターは、今は長剣を携えた近衛騎士として立派に城勤めをしている。

「ラディス殿下の元で働くって、いったいどういうことなの姉さん。手紙を貰ってから生きた心地がしなかったよ！」

真剣な面持《おももち》でそう問いかけるレスターは、既に私よりも頭一つ分大きい。私の腕を掴む手も、すっかり剣ダコのあるごつごつとしたものになり、ふわふわ柔らかくて触るのが大好きだったマロンクリーム色の髪は、今やしっかりとした毛質だ。

だが私を心配して眉《まゆ》を寄せる様が、愛らしい子犬にしか見えないのは、姉の贔屓目《ひいきめ》だろうか。

「心配かけてしまったのは謝るけれど、ここで声をかけるのはあなたにとっても良くないわ、レスター。あなたは近衛騎士に抜擢《ばってき》されたばかりじゃないの」

「僕にとって、姉さんより大事なものなんてないよ」

レスターとは離ればなれになってしまっても、変わらず姉と弟として手紙のやりとりをしている。血が繋がっていなくても、どんなに短い間だったとしても、私たちは間違いなく姉弟だったのだから。

「私は大丈夫よ、昔とは違ってちゃんと大人《おとな》しくしている。それに殿下の私財管理は、殿下に婚約者ができるまでよ、きっとあっという間に放免になるわ」

「甘いな姉さん、殿下に婚約者なんてすぐに決まると思えないよ。それに、もし過去のことに気づかれたらどうするのさ」

事情を知るレスターの不安は予想通りだったが、殿下への言い方については、どうもひっかかりを覚える。

「あなた、殿下の婚約者のことを、ずいぶん断定するけど、それはなぜ？」

「え、……な、なんのこと？」

急に狼狽《ろうばい》したような様子に、私は確信する。レスターは、何かを知っていると。彼は幼い頃から素直で隠し事ができない質《たち》だ。

とはいえ、王子が「十年前の少年」を捜していることは守秘義務と言っていた。ならばレスターの知っていることは、別なのだろう。

「正直に、姉さんに言いなさい」

しぶしぶといった風なレスターの口から出た言葉に、私は目が点になる。

「だって心配なんだ！　殿下はその、以前から男色疑惑があるって聞いていて……もしかしたら姉さんみたいな少年のような女性が好きなのかもしれないだろう？」

………はあ？

「年頃になってもそこまで凹凸《おうとつ》がないなんて、姉さんくらい稀《まれ》な……いたっ！」

うんと背伸びして、レスターの頭を拳《こぶし》ではたく。

凹凸がなくて悪かったわね。しかも今日、男に間違えられるから髪を下ろせと言われたばかりの姉になんてことを！

「しばらく会わないうちに、近衛隊のむさ苦しい男たちに毒されちゃったのね、姉さん悲しい！」

レスターは叱られて、耳を垂れた子犬のようにしゅんとする。

いやでも、身の危険を感じるのは確かだ。レスターが言ったバカバカしい理由とは違うけれど。

あの日の少年が私だと知られたら、城に忍び込んだことはさておいても、死を偽った罪は必ず問われるだろう。そうなったら、このお馬鹿だけど可愛い弟のせっかく得た騎士としての身分も、失うことになる。

それはダメ。それだけは。

私は自分よりずっと小柄な姉に叱られて凹《へこ》む、この大切な弟を守りたい。そしてここまで危険を承知で育ててくれた父さん母さんも。

絶っっ対に、知られてはならない。隠し通す。私はコレット＝レイビィ。これまでも、これからも、ずっと。

コレット＝レイビィとして生き残る。滅びてなるものか。それ以外に道はないのだと、改めて心に誓ったのだった。

第二章　巻き込まないでください

王子殿下の私財会計士として働き始めて、そろそろ一ヵ月が過ぎようとしていた。

最初こそ業務と関係がない髪型やら服装の指定があり、どうなることかと思ったけれども、それらは女性らしいリボンや襟、レース使いなどで対応することで事なきを得ている。業務の方はというと、私がやることは従来の会計士の仕事そのもので、出納《すいとう》の記録や、これまで整理されてこなかった分の帳簿の書き写しなど。今まで特に殿下は視察などの公務がないままだったので、それらを順調にこなすことができている。

とはいえ、王族御用達《ごようたし》の品やそれらを扱う老舗《しにせ》商会など、初めて見る項目も多い。最初にヴィンセント様が言った通り、殿下の側《そば》での作業は非常に効率が良かった。とはいえここは殿下の私室。当然ながら殿下が部屋にいる時は、彼にとってくつろぎ時間でもある。今も、私が机周辺で書類を広げるせいか、殿下はテラス先の庭の長椅子《ながいす》で寝転がっている。

そんな上司の休憩時間だろうと、私は容赦なく書類を持って前に立つのだけれども。

「……今度は何だ？」

メモと帳簿を持った私が声をかけるよりも前に、目を開き起き上がってそう尋ねられた。気配に敏感なのだろうか。同じようなことが、これまでも幾度かあった。

そして殿下は案外――いや、かなり働き者だ。王族なんて、煌《きら》びやかな格好でパーティーをしている日の方が多いのかと思っていたが、そうではなかった。むしろ多忙を極める。昨夜は行政庁で各局の長たちとの会議が長引いたらしく、政務処理が深夜まで押したのだと聞いた。

それでも今朝もいつも通り、定められた政務があったため仕事をこなし、昼を過ぎてようやく休憩を挟んでいる。

「殿下、給金配分についての基準がよく分かりません。私的外出時の護衛給金の上乗せ分を私財から支払われているようですが、個人差額についての基準を明確にされないと次回の支払い時に、私が困ります」

「ああ、それは同道時間と遠方への出張手当を加算している、基本給金で割って計算して……」

こうして疑問点を尋ねると、殿下はいつだって明確に答えてくれる。すべてを人任せ、その場しのぎでやってきたわけではなく、本当にただ人手不足がゆえに帳簿をつけきれなかった、ということが納得できる。

就業二日目には前任会計士を紹介してもらい、帳簿が乱れていった理由を知る。とても優秀な方だったそうだが、ご高齢がゆえに細かい作業が困難になり、退職を希望したのだそう。白い眉毛《まゆげ》と髭《ひげ》が特徴の、とても気の良いおじいちゃんだった。

この前任者だけでなく、殿下の警護にあたる者たちの多くは、高齢というかベテラン揃《ぞろ》いだった。ただでさえ人が少ないのに、若者はヴィンセント様と私くらい。どうして増やさないのかその理由をヴィンセント様に訊《たず》ねると、なんとも言えない気持ちになった。

どうやら殿下は、自分と同じくらいの年の若い男性を、側に置きたくないらしい。それはレスターが言った通り、一部王城に出仕する者たちの間で広まった、殿下の男色疑惑のせい。

これは殿下たちの予測だが、どこからか殿下が少年と王の徴《しるし》を現したことが歪《ゆが》んだ形で広まり、男色家などというとんでもない噂《うわさ》になったのではないかとのこと。もしそれが本当ならば、巡り巡って過去の私のせいでもあると思うと、なんだか後ろめたい気がしてくる。

「殿下、そろそろ面会時間です、支度なさってください」

ヴィンセント様が、執務室の方から入ってきて殿下を促す。

「今日はトレーゼ侯爵だったな……カタリーナを連れてきてはいないだろうな？」

「さあ、そこまでは伺っていませんが、彼女の耳には既に届いているでしょうね」

殿下は少しだけ嫌そうな顔をするが、すぐに立ち上がってアデルさんを呼びつけて衣装部屋に向かう。

これ以上はまた次の機会に聞くことになるだろう。私はメモを取りながら、相変わらず場違いな空間にぽつんと据えられた、自分の机に戻る。

トレーゼ侯爵というのは、殿下の一番の後ろ盾となる人物らしい。現当主のヨルク＝トレーゼ侯爵は王妃様の兄で、その令嬢のカタリーナ様は殿下の従妹。トレーゼ家はこの国で最も力ある高位貴族家のひとつだ。仲が良いと聞くそのカタリーナ様と婚約すればいいのに。と思っていたら、血が近すぎてトレーゼ家の王家乗っ取りを疑われかねないので、それは避けたいのだそう。

高貴な身分というのは、難しいものなのね。

「コレット、トレーゼは王族のしがらみや体面についてうるさい、気配を消しておくように」

それは見つかるなと言いたいのだろうか。でもそれを言うのなら、私をここに置いているのは殿下じゃないですか。

「先日お願いした場所に仕事場を移してくだされば、問題はないはずですけど」

「あそこは駄目だ、近衛《このえ》の詰め所に近すぎる」

実は、殿下の私財のうち、現金と貴金属は城の別棟に保管されている。小さな棟が丸ごと金庫のようになっている場所があり、城内の者への現金支払いは、すべてそこの金庫から出される。よって私もその現金の管理をするわけで、いっそのこと金庫棟に机を置いて欲しいと訴えたのだが、即答で却下されてしまった。

「なぜですか、庶民の私にはここより落ち着けない場所なんてありませんよ。きっと効率も良くなりますって」

「お前は金を眺《なが》めていたいだけだろう」

殿下は豪華な上着に袖を通し、アデルさんに襟を整えてもらいながら、私に呆《あき》れ顔を向ける。

「そ……そんなこと、誤解です」

指摘され、頬《ほお》を染める。

もちろん殿下にときめいたのではない、あの山のように積まれた金貨とお札を思い出してつい胸が高鳴っただけである。棚に置かれた金塊と、お札と硬貨がずっしりと入った袋たち、数えても数えても終わらなさそうな量。ああ、なんという幸せな光景だったことか。

「嘘《うそ》をつくな、最初に連れて入った時から、目つきが異様だった」

「えっ、顔に出ていましたか？」

そんな自覚はなかったが、札束と金塊の山を見せられたら、誰《だれ》だって目の色くらい変わるのが普通じゃない？

「信用してください、お金の嘘、不正は絶対しませんから。世にも美しい景色に見惚《みと》れただけです」

「とにかく却下だ」

唇を尖《とが》らせていると、殿下には睨《にら》まれはしたが、そんな扱いにもずいぶん慣れてきた。

しかし殿下の支度を待っているヴィンセント様が、冷静な突っ込みをせずに、私たちのやり取りを見て苦笑いを浮かべている。ということは、金庫棟への接近が禁じられるのは、何か別の理由がありそうだ。

私は追加で拵《こしら》えてもらった棚に並ぶ、いくつかの帳簿を引っ張り出す。何か手がかりがあるかもしれない。殿下の背景を知るのは、逃げおおせるために必要なことだ。

それらに目を通していると、いつの間にか殿下は執務室の向こうにある応接室へと向かっていったらしい。

集中すると、つい周りが見えなくなる癖がある。数字を追いかけていると特に。そんな私の様子に、殿下はいつもの呆れ顔をしていただろう。

「これだけじゃ、確定要素がないわね」

殿下の私財の流れと、王家の公的行事や記念行事と照らし合わせたい。そういえば、殿下の執務室の書棚に、公共事業や殿下の公務記録があるはず。

私はそろそろと忍び足で、殿下の私室から繋《つな》がる扉に近づく。そして聞き耳をたててみる。がしかし、何も聞こえない。

じっと息を潜めて窺《うかが》っていると、突如扉が開いたことで、私は支えを失いよろめく。

「なにをしているのですか、コレット？」

「ヴィンセント様……ええと、あはは」

笑って誤魔化《ごまか》そうとしたが、部屋の奥から聞こえる声に、注意を引きつけられた。

――信用できる者なのですか？

高い声は、女性のものだった。続く言葉を聞き取ろうとしたが、ヴィンセント様が素早く扉を閉めて遮ってしまった。

「急ぎで、聞きたいことでもありましたか？」

「え、はい。殿下の公務日誌を見せてもらいたくて、執務室に誰もいないのでしたら取りにいけるかなと」

ヴィンセント様は、チラリと扉の向こうに視線と意識を向けた。

それから私の肩を軽く掴《つか》み、ぐるりと反対向きにさせられる。

「それが本当に必要ならば、あとで持ってきてあげます。ですが、まずは僕と話をしましょう」

あ、これっていわゆる、好奇心は猫を殺す？

お叱りを受ける展開かと内心焦《あせ》りながらも大人《おとな》しく仕事机まで戻ると、ヴィンセント様も椅子を運んできて、その横に座った。

「殿下は仕事に対して真摯《しんし》な貴女《あなた》を信頼しているようですし、それ自体僕は悪くないと思っています。人を側に置きたがらないままでは、殿下にとってはよくないですしね。ですが貴女が殿下からの指示を軽視するのは、その信頼を裏切ることになりますよ」

「言いつけを破るつもりはなかったのですが、つい好奇心が勝ってしまいました」

反論の余地はない。トレーゼ侯爵に私がここにいることを悟られないようにと、直接殿下から言われていたのだから。

「好奇心？　ならば日誌は口実で、トレーゼ侯爵が気になったのですか、それとも令嬢のカタリーナ様？」

そう問われて、私は慌てて首と手を横に振る。

「違いますよ、そうじゃなくって、殿下が近衛を避ける理由が知りたかったんです。私が近衛宿舎に近づくのを警戒するのなら、殿下自身は公務ではどうしているのか、日誌を見たら実際のところが分かると思ったんです。だって近衛といえば、王族の護衛をするために存在するようなものじゃないですか」

「ああ、好奇心とはそちらの方でしたか」

「はい、あくまでも見たかったのは日誌《そっち》ですが、どちらにせよすみません」

純粋に業務というより、保身のための行動でもある。だから素直に謝った。

ヴィンセント様は小さくため息をこぼしながら、足を組み直した。その膝に置く手の薬指には、美しい青い石がついたリングがある。

「平民であるコレットにとっては想像しづらいでしょうが、貴族には派閥というものがあります。殿下は武よりも文に秀《ひい》でていらっしゃる。紛争がしばらく起きていないこの国で、政《まつりごと》には知略と先見の明が求められます。それを充分承知したうえで、殿下は日々国のために身を粉にして勤めておられます。だが置き去りにされた武、つまり軍部や近衛を指揮しているのは、王弟殿下のデルサルト公爵なのです」

そう言われれば、殿下の後ろ盾でもあるトレーゼ侯爵は、法務局の顧問だ。でも軍部を公爵が面倒見ているのは知っていたけど、公爵様と陛下の仲は良好だと知られているはず。あ、でも確か、公爵家には殿下の従兄がいたような。

「兵の間で、殿下にあらぬ噂があるのは公爵家も承知しているはず。にもかかわらず、その下種《げす》な噂を強く取り締まらないのは、長たる公爵家が殿下を蔑《ないがし》ろにしている現れだと僕は考えています」

私はレスターの言葉を思い出し、今さらながらあれは「無いな」と思う。レスターでなくとも、他所で口にしていいことじゃない。

「そのような者たちの近くに貴女を置くのは、噂がどう作用するか予測ができませんので、近衛に近づかないようにという指示には僕も賛成です」

つまり、弟がその近衛騎士だとは、ますます口が裂けても言えないということで。

なんだろう、この真綿にくるまれながら退路が崩れ落ちる感じ。口を閉じて息を潜める以外に、私に取れる手段がないではないか。

「分かりました、近衛には極力関わらないよう気をつけます」

「そうしてください。僕と殿下は行政庁へ出向いてしばらく戻りませんので、少し早いですが今日は仕事を終えてもかまいませんよ」

ヴィンセント様は満足げに、再び執務室へ向かった。

気をつけよう、例の人捜しだけでなく、殿下の派閥争いに巻き込まれたらますます生存が危ぶまれる。

私の生存戦略は、とにかく控えめに、息を殺して過ごす以外にないようだ。

なんだか理不尽としか思えないこの状況に、願うことはただ一つ。

「はあ……誰とでもいいから殿下がさっさと結婚してくれたら、すぐに辞められるのに。敵対派閥があるのならなおのこと、トレーゼ侯爵令嬢の婚姻でがっつり足場固めるんじゃ、ダメなのかしら……」

私はそう呟《つぶや》きながら、手荷物をまとめて仕事部屋という名の「殿下の私室」を出たのだった。

まさかその愚痴を、人に聞かれていたのも気づかずに。


早めに仕事を終えることができたこの日は、お給金の支給日だったこともあり、寄り道をして帰ることにした。

城門の外には、使用人が使う辻馬車が待機している。使用人だけでなく、下っ端の役人たちもこれを利用するので、朝夕は頻繁に馬車が行き来する。

お城は小高い丘の上に築かれているため、貴族や官僚たちが登城用に丘を登る道は、馬車で通えるように幅広くよく整備されているが、傾斜を緩やかにするために、どうしても少し遠回りになってしまう。馬車道はお城の正門へ通じており、途中の脇道から私たちが使う通用門にも通じている。

私は普段から馬車を使わずに、歩いて城へ通っている。徒歩で通う者のために、細くて急勾配ではあるものの、遠回りせずに真っすぐ丘を登る階段が設置されている。しかも登り口が城下でも商店で賑わう場所で、そこから脇道に入ってすぐの所にレイビィ家がある。

しかし今日は馬車に乗り、市街地から少し離れた、ヘルマン通りへ向かう。

目的地のヘルマン通りは王都の外れにあるせいか、貧困にあえぐ者たちが多く、治安がよくない。そういう地区だから、救済院と呼ばれる施設がいくつか建てられている。それらの救済院は孤児たちが育てられていて、その世話にも職を失った住民が採用されるなどして、運営されている。出資者は主に貴族たち。だが彼らはお金を出すだけで、経営はそれぞれの施設長の裁量に任されていることが多い。

ヘルマン通りにつくと私は馬車を降りて、路地に座り込んでいた花売りの女性から花を買う。もう少し歩くと店があるけれど、ここに来た時くらいは路地売りから買うと決めている。たまにしおれかけを押しつけられる時もあるけれどね。

そうして手が行き届かないひび割れた煉瓦《れんが》の塀が並ぶ通りを歩き、いくつかある救済院のひとつ、シャロン救済院の門前で足を止めた。

ここは修道院も併設されていて、救済院の経営は修道女エッセル院長が任されている。修道院という事情もあって、門は常に固く閉ざされている。

私は門を逸《そ》れて塀を伝って歩き、一部鉄格子となっている所を見つけて、中の様子を覗いた。ちょうど目の前は庭になっていて、子供たちが遊んでいた。

「あ、コレット！」

追いかけっこでもしていたのだろうか、走りながら横切った子供が私に気づき、戻ってきてくれた。

「こんにちは、今日は仕事が早く終わったから来ちゃった。エッセル院長に伝えて、門を開けてもらえるかな？」

「うん、分かった、待っていて！」

子供はすぐに建物の方に走っていった。元気でよろしい。この様子なら、食べ物は行き渡っているだろう。

そうしてさほど待つこともなく門が開き、修道女の一人が子供に促されて出てきた。

「ようこそお越しくださいました、院長は中におりますが……先に、寄られますか？」

修道女は私が手に持つ花を見て、そう問う。

それに微笑《ほほえ》みながら頷《うなず》くと、彼女もまた穏やかに微笑み、私を招き入れて再び錠前を落とす。

私を見つけて集まってきた子供たちを、修道女は集めて部屋の中に促す。気を遣わせたかしらと考えていると、ちょうどおやつの時間なのだという。子供の一人から、おやつを分けてあげるから楽しみにしていてねと言われて、思わず笑みがこぼれる。

庭を横切り、修道院の建物をぐるりと迂回《うかい》する。そうして行き着いた先は小さな墓地だ。

ここは、救済院に来たけれど不幸にも亡くなった子供や、引き取り手のない修道女たちが眠る墓。

それらの小さな墓が並ぶ一角に、他よりも少し大きめの石が三つ、仲良く並んでいる。

「お母様、お父様、そしてコリン、少し久しぶりになってしまいました」

並ぶ墓の前に、それぞれ花を供える。

ここは、かつてノーランド伯爵家が出資して作った救済院。裕福だった伯爵家が、その経営をかなりの割合で負担し、修道院は母の希望で併設された。だからシャロン救済院という名は、母シャロン＝ノーランドから取られた。

しばらく墓の前で祈りを捧《ささ》げた後、私は周囲をぐるりと見回し、異変がないかどうかを確認する。

殿下がダディスを使って十年前の少年を探しているということは、少なくともあの日城に招かれたノーランド伯爵家も、一度は調べる対象となったと見て良い。ここに辿《たど》り着いたとは思えないが、警戒はしておかなければ。

墓参りを終えるといつもの通り、救済院の子供たちに算術を教えた。読み書きは修道女たちが教えてくれるが、彼女たちも貧困にあえぐ家の出身者が多く、最低限のことしか教えられない。そこで私の出番、子供たちが成人を迎えて救済院を出た時に、仕事に就けるよう手助けをしている。せっかく生かした命なのに、仕事にありつけず命を粗末にするようなことになっては、元も子もない。

以前来た時に出しておいた宿題をチェックしながら、私は子供たちが皆で作ったというクッキーを頬張る。

「コレットせんせい、お茶をどうぞ」

「ありがとう、このクッキーすごく美味《おい》しいよ、干した果物が入っているよね、皆で考えたの？」

砂糖は高いので、子供たちのおやつに甘いものはなかなか出せない。その代用にと、庭に植えた果実を干して保存している。それを使って甘くて美味しい焼き菓子にしている。ほんのり甘く、少しだけねっとりとした食感が混ざって、なかなかいける。

「子供たちの発案ですよ、とても良い出来なので、次のバザーに売ろうかと思っています」

「エッセル院長」

「ようこそいらっしゃいました」

初老の修道女、エッセル院長が穏やかな表情で立っていた。私はおやつを分けてくれた子供たちにお礼を言ってから修道院へ移動すると、招かれた院長室で切り出した。

「院長、これまでに私やノーランド伯爵家のことを尋ねる者が、やってきたことはありますか？」

「こちらでは特に何も……なにか、ございましたか？」

「実は先日から、役所の庶民納税課を辞めて、王子殿下の元で私財会計士をしています」

「……コレット様が？」

エッセル院長が驚いたような顔をして、しばし考え込む。

私は両親とともに、幼い頃《ころ》から幾度となくこの救済院を訪れていて、院長は私の成長を見守ってくれていた一人だ。だから二人きりの時は、今でも私をコレット様と呼ぶ。ぼろが出るから、ずっと呼び捨てでとお願いしたのだが、彼女は頑《かたく》なに私を伯爵令嬢として扱いたがる。

共に救済院を立ち上げた、母への恩義からだろう。

「殿下のおそばで大丈夫、なのでしょうか」

「殿下に過去のことは知られていません。でも殿下は、十年前の事件の中心人物だった少年を、探しているみたい」

「今さら、ですか？」

「それが殿下にとっては、今さらというわけではないらしく、これまでも情報屋を雇って探しているようなの。だから今後、怪しい人物が近づく可能性もあると思います。エッセル院長にも気をつけてもらうよう、お願いに来ました」

「そういうご事情でしたら、これまで以上に出入りを厳しく管理するようにいたします。市場に出た時も、私語を慎むよう徹底いたしましょう」

「助かります、もうコレット＝ノーランドは墓地に眠っているのです、死者の眠りを妨げないことを希望します」

　エッセル院長は、しっかりと頷いてくれた。

　それから――そう前置きしてから、私は鞄《かばん》からずしりと重い袋を出した。

「これはいつもの『寄付』です、どうぞお納めください」

「いつもすみません、頂戴いたします」

　エッセル院長は仰々《ぎょうぎょう》しく袋を両手で受け取り、そして院長室の書棚の奥にある金庫に収めた。

「では領収書は次回に……これは前回の領収書と、帳簿です」

　代わりに差し出されたものを受け取り、遠慮なく中を見る。

　数字の羅列を見て、いつも通りで順調なことを確認して、帳簿だけを院長に戻す。

「ようやく、終わりが見えて参りましたね」

「はい、今回の仕事の給金のおかげで完済できそうです。お継母様《あのひと》は、こちらには？」

「ええ、相変わらず月に一度はお見えになられます。お元気そうですよ」

「もう来なくてもいいと、レスターからも伝えてもらったはずなのだけれど」

「おいでになられた時には、子供たちへ厳しく礼儀作法をご指導いただいております」

継母《ままはは》は、父が事故で死んだ時に伯爵家の遺産をすべて受け継いだ。

だが父が生きている時には好調だった事業が、あっという間に赤字を生み出す巨大な負債となったと聞く。唯一の相続者である十歳にも満たない子供の私に、どうにかできるものでもなく、伯爵家の資産と屋敷を売っても返済しきれない額だったらしい。

その負債の返済が、十年経《た》った今もまだ残っている。それを知ったのは、私が役所に無事就職した後だった。それ以来、エッセル院長を経由して、死んだ私の代わりに伯爵家の負債を含むすべてを相続した継母へ、返済用のお金を渡してもらっている。その代わりに、しっかり返済に充《あ》てられているかどうか帳簿をつけて確認している。

伯爵家はもうないし、コレット＝ノーランドは死んだことになっているので、実際には私に返済義務はない。別に継母から脅されたとか、かつて塔に閉じ込められた時のように強制されたわけでもないし、弱みを握られてのことでもない。

何より、家が取り潰しになったあの日以来、私は継母には一度も直接会っていない。彼女が私をどう思っていようが負債の返済は本来、ノーランド伯爵家の血を引く私の役目。自分で決めたことだから、最後までやり遂げるつもり。

そうして再び私は救済院へ戻り、時間の許す限り子供たちに勉強を教え、そして暗くなる前には帰路についたのだった。


それからさらに二週間ほど経ったある日のことだった。

殿下は午前中からヴィンセント様を伴い、城下の視察に赴《おもむ》いている。元々、会議だの謁見だのと部屋の主が留守なのはいつものことだが、城外に出ずっぱりというのは今日が初めてだった。それでも私のやることは決まっているので、さほど問題はない。

逆に、遠くへ数日をかけて視察旅行となると、護衛も出払うため殿下の私室が閉じられ、私は完全休日となる。

夕方までには視察から戻ると聞いている。その間に、ようやく仕分けが終わった領収書などを、帳簿に書き出す作業を進める。とにかく集中して書くことに専念するので、いない方が助かる。

しばらく、ペンを走らせる音と、紙をめくる音くらいしかしなかった部屋。

そこに突如として、揉《も》める声が聞こえた。

何事だろうかと顔を上げたところで、扉が勢いよく開く音が響く。

何か問題でもあって、殿下が帰ってきたのだろうか。そんな風に思って振り返ると、スタスタと部屋を歩いてきたのは殿下ではなく、可憐《かれん》なご令嬢だった。

その令嬢を止めようと、後ろから慌ててついてくるアデルさん。

なにかまずい状況なのを察して、私は立ち上がってご令嬢を出迎えることにする。

「あなたが、殿下が雇った平民の会計士ね？」

「はい、会計士のコレット＝レイビィと申します」

貴族的な礼儀はすっかり忘れてしまったが、ここは役所風まっすぐ硬直した姿勢と堅い礼が最適だと感じて対応する。

すると令嬢は私を頭のてっぺんからつま先まで、じっと観察してから頷いた。

「突然お邪魔して悪かったわね。私はカタリーナ＝トレーゼ。殿下の留守に、少しあなたとお話をさせていただきたいの、よろしいかしら？」

にこやかに言うが、トレーゼといえば殿下の最側近の侯爵家。ご当主は現王妃陛下の兄であることから、このご令嬢は殿下の従妹にあたる。

顔面に貼り付けた笑みがひきつるのは、仕方がないだろう。

「トレーゼ侯爵令嬢が、私に、ですか？」

前向きな返答をしたつもりはないが、カタリーナ嬢はそう受け取ったらしい。春の新緑のような瞳《ひとみ》を輝かせ、ピンク色の綺麗《きれい》な唇が弧を描き、艶《つや》やかなプラチナブロンドを揺らして微笑んだ。

入ってきた時は凜々《りり》しい風だったのに、笑うと幼さが出る不意打ちのような可愛《かわい》らしさは、同性の私でさえドキリとする。しかもぎゅっと絞られたウエストと豊満な胸、どこをとっても美姫《びき》と評するに値する女性だった。

そんなお姫様のような方が、どうして私の目の前に？

もしかして、女の私が殿下の私室に入り込んでいるのを知り、誹《そし》りに来たのだろうか。と思ったのだが、どうも彼女からはそんな不穏な素振りは見受けられず、首をひねっていると。

「ラディス兄様がお選びになったのなら、あなたはとても優秀なのでしょう？　少しだけ私に知恵を貸して欲しいの」

「お願い！」と聞こえてきそうなほど、胸の前で指を組みながらそう言う令嬢は、街で雑談をする友人たちの姿と、なんら変わらない気がして微笑ましい。

ただし、首を傾けてこちらの様子を窺っている様は、伝承で称《たた》えられる精霊のようで、容姿は段違いなのだけれども。

本当に、どうして殿下はこの可愛らしい人をお嫁に貰わないのかしら。心底そう考えてから、いや待て、あの仏頂面な殿下にはもったいないかもと思い改める。

「私の会計士としての知識が必要と、おっしゃられているのでしたら、内容次第ではご協力することもやぶさかではないのですが……生憎《あいにく》今は、殿下がご不在ですので私だけでは判断しかねます」

勝手をしていいのか分からずそう言うと。

「今だからこそ訪れました。ラディス兄様に知られずに、どうにか知識を得て事を収めたいの、お願いコレット」

そんな風に懇願をされてしまい、判断に困って後ろに控えていたアデルさんを見ると、困りましたねといった顔をしてはいるものの、厳しさは感じられない。ならば、無下《むげ》にするよりも少しだけ話を聞いてから判断することにした。

「分かりました、私はこれから休憩を取る予定でしたので、その間でよろしければお話を聞かせてください」

「ありがとう、コレット！　私のことはリーナと呼んでくださる？」

さすがにそのままでは呼べるものではないので、リーナ様と呼ばせてもらうことにした。

アデルさんにお願いして、いつも殿下がお休みになる中庭の椅子に、リーナ様を案内してもらった。

そこに私も並んで座るわけにはいかないので、椅子を一脚持ち込んで彼女と向かい合った。

「それで、何かお困り事ですか？」

「ええ、実はこれは、友人の話なのだけれど……」

女性の話で「友人が」という出だしの多くは自分のこと、もしくはかなり他人事ではない話だと思った方が良い。

私はにこやかな表情を貼り付けて、それで？　と先を促した。

「貴族婦女たちも最近は、事業をしている者も増えてきていて、友人のアメリア＝フレイレ子爵令嬢もその一人なのです。その事業……最初は河川の水を利用したものでしかなかったのです」

「水関係でご令嬢にも簡単に出資できる事業というと、水車ですか」

「ええそうよ、水車の動力を利用した粉ひき小屋を建てて、同時に農地へ水を引き、それらの使用料を取ることで収益を得ていました」

それは王都から山を二つ越えた先の子爵家領、そこのご令嬢が領民とともに始めた事業だったらしい。

確かフレイレ子爵領は山間部でありながら大きな川があり、その豊富な水量のおかげで、農地は潤っていたはず。加えて昔から砂鉄が採れたことから近年調査が入り、山に良質な鉄鉱石が埋蔵されていることが判明したと聞く。

それらを思い出して、先の話がなんとなく見えた気がした。

「水車で粉をひいているよりも、製鉄業を始めた方が利益を見込めると、協力者の村人が仕事を放棄してしまったそうなのです。鉄鉱石を許可なく採掘するのは、子爵が急ごしらえではありますが法を整え、かろうじて避けられたのですが、友人の投資分のほとんどが回収の見込みが立たなくなったのです」

「ここのところ鉄加工の技術が上がって、様々な用途が広がった分、需要がかなり膨らんでいますからね」

「そうなのです、実は友人が……この事業を学園での最後の試験課題に選んでいるの。私は別の試験課題をこなしているけれど、友人の事業に賛同し、出資をしているわ。このままだと友人は最後の試験に合格できず、卒業できなくなるかもしれません。私は自分の課題をこなしておけば卒業はできるでしょう、ですが友人をこのままにしておけないわ。事業を回復させるのは無理にしても、負債を出さないで整理する会計方法があれば、及第点はいただけるかもしれない。あなたにはそれを教えて欲しいの」

なるほど、卒業試験として事業の財務管理を提出しようとして、思わぬ落とし穴にはまった。それに出資者としてかんだリーナ様も減点をくらうだろうと。

「リーナ様とご友人は、この課題を解決させて卒業したいということで、よろしいのですね？」

貴族の子女が通う学園では、必ずしも卒業は必須ではない。特に女性は、卒業を待たずして結婚し、勉学の途中でもおかまいなしという風潮がある。私が通った下町の学校でも、同じようなことは少なくない。個人の事情に口出しできるものではないが、個人的に思うところがないわけでもない。

「もちろんよ、私も彼女も、学園に在籍できる数年間を、どれほど大切に過ごしてきたか。殿方にはきっと想像もつかないのでしょうね。良い夫のもとに嫁いで、言われた通りに家のことをまとめ、子供を産み育てていればいいと、そう言われて育ちました。もちろん、それも大事なことだと分かっているのです。でもだからこそ、この数年は自分のやりたいことを試してみたかったのですわ。それが失敗で終わったとしても悔いはない、最初はそう考えていたのですけれど……」

途中から、リーナ様は元気をなくす。

でもその気持ちは痛いほどよく分かった。なんと声をかけていいのか迷っていると、リーナ様は「でもね」と顔を上げて微笑む。

「もし私たちが失敗したまま終わったら、ほらやっぱり女は余計なことをしない方がいいと言われてしまい、後に続く後輩たちの足を引っ張ることになると思うのです。だから、最後まで諦めたくなくて、こういうことを相談できる相手を探していたら、お父様からあなたのことを聞いて……」

「リーナ様のご希望は、よく分かりました」

「なんとか、なりそう？」

不安そうなリーナ様に、私はにやりと笑ってみせた。

「方法は、いくつかあります。ただし、リーナ様にちょっとお手伝いをお願いしたいです」

「もちろんよ！　私にできることでしたら、なんでもするわ」

時計を見ると、まだ昼前。

殿下が戻られるのは恐らく、早くても午後休憩の頃だろう。それまでに資料を集めたい。

「私はここを出ることができませんので、少し前に殿下の視察なさった、ある領地での公共事業の記録をこちらに揃えてください。それから、フレイレ子爵令嬢がされていた事業の、最後の収支報告書を」

「わかりました、用意いたしますわ」

リーナ様は一旦部屋を出て、すぐに資料を揃えてきてくれた。

鉄鋼産業は、近年特に技術が上がった分野の一つだ。元々用途が限られていたが、最初のきっかけは馬に使う蹄鉄《ていてつ》だった。これらを使うようになってから、長距離の移動で蹄《ひづめ》が傷むことがなくなり、輸送量が飛躍的に伸びた。利益が出ると蹄鉄の普及が加速し、製鉄の産業が活性化し、技術が上がる。さらに工夫をするようになり、新しい技術が試されたのを殿下が視察した記録があったはず。

リーナ様と二人、集めた資料を眺めながら作戦会議をする。

「どうせ手を入れるなら、事業に始末をつけるのではなく、利益を回復……いえ、増収させたらより良いですよね」

「そんなことができるのかしら、こちらの事業が上手《うま》く回らなくなった原因は、元々の契約者たちよ。多少こちらが融通《ゆうずう》していい提案をしても、足元を見られて損切りされるのでは」

「そうさせないための、数字を見せるんです。ただし出し方が重要です」

本当に事業を諦めるならば、早い方がいい。だが今回のこれは捨てるには惜しい材料がいくつもある。

私は殿下が公務で得た資料から肝《きも》になる技術を書き出しながら、リーナ様に考えたシナリオをレクチャーする。

すると私の提案を聞いて、すぐに理解するリーナ様。

「ふふ……これは、面白《おもしろ》いけど、上手くいくかしら」

「新しい試みには失敗の可能性はつきものですが、それ以上に成功の可能性だってあるんです。どのみち賛同した者は、相当の利益を得るのですから、遠慮はいりませんよ」

「そう、そうよね」

「はい、やっちゃってください」

「うふふふ」

いつの間にか膝をつき合わせるくらいの距離で、資料を囲み意見交換を続けていた。出資割合と利益の分配、法を順守しつつもグレーでいけるところと、絶対に外せない約束事。女であることで舐《な》められないための後ろ盾の確保や、それらの情報の小出しの仕方。つまるところ悪巧みをしていた私とリーナ様。

そんな状況だったので、すっかり時間を忘れていたのだ。突如降ってきた声に、私たちは飛び上がる。

「ここでいったい何をしている、カタリーナ、コレット？」

両腕を組み、仁王立ちしたラディス王子殿下だった。

ええと……万事休す？

「お、お帰りなさいませ、ラディス兄様。あの、これは」

リーナ様が慌てて立ち上がり殿下にご挨拶《あいさつ》をしている横で、私は手早くリーナ様の持ち込んだ事業収支報告書をかき集めて、開いていた資料と自分が書き込んだメモの間に挟んだ。

チラリと殿下の方を見ると、ばっちり目が合う。

「カタリーナ、成人を迎える前とはいえ、主《あるじ》が留守中に部屋に入り込むのは淑女としてよろしくない」

「はい……ごめんなさい」

しゅんとするリーナ様。そんな姿も可愛らしい、なのにそんなリーナ様を前にしても動じず、殿下は私の方に向き直った。

「コレット」

「は、はい」

「何をしていたのか、まずはお前から説明しろ」

「ラディス兄様、これは私が押しかけて……」

横から口を出そうとしたリーナ様を、殿下は手を挙げて制止する。リーナ様ではなく私から先に話を聞くつもりなのだ。少し意外だと思ってしまう。

「仕事の休憩を利用して、カタリーナ様が関わるご友人の卒業課題へ、助言をしておりました。定められた休憩……昼休憩と午後の休憩を合わせた時間で済ませようと思っていましたが、十五分ほど超過してしまいました、申し訳ありません」

「卒業課題か。それは本当なのか、リーナ？」

問われて、リーナ様は申し訳なさそうに頷く。

「本当です、事業が立ち行かなくなり、恥を忍んで助言をいただいておりました」

「学園の課題なら、教授に教わればいいだろう、なぜ彼女なのだ」

「実務経験豊富な女性会計士はそうおりませんので、ぜひ意見を聞きたかったのです。実際に、彼女から良い指摘や提案をしてもらえましたわ」

殿下はそこまで聞くと、小さくため息をつき、ようやく表情を緩めた。

それが彼特有の放免の合図と、リーナ様はよく分かっていたのだろう。にっこりと天使のような微笑みを殿下に返していた。

「今回は不問にするが、この一度だけだリーナ。変な噂を立てられないように。それから、コレットのことは他言無用だ」

「分かっておりますわ、今後は事前にお約束を取り付けますので、またお話させてください」

「ここでか？」

「ダメでしたら、お父様の執務室にお使いとしてコレットを貸し出してくださいませ、それなら構いませんでしょう？」

殿下の追及にしゅんとしていたはずが、今はなかなかに強気だった。案外、というか高位貴族の令嬢らしく、通せる要求はしっかりと押さえる方のようだ。私のなかでリーナ様の評価がさらに上がる。

「ヴィンセントの付き添いとしてなら」

「本当ですか？　嬉《うれ》しい！」

リーナ様が頬を染めながら、大いに喜ぶ。ちょっと大げさではないかと思っていると、彼女が小さく呟いた言葉に、私はどこか納得してしまった。

——ヴィンセント様にも会える。


そうして嵐のようにやってきた天使な令嬢は、迎えに来たトレーゼ侯爵とともに、殿下の私室を辞した。

さすがに父親と同伴で出てきたのなら、親族としての挨拶と見なされるだろうとの判断だったようだ。貴族令嬢とは、大変なのだなと同情する。

それから殿下はヴィンセント様とともに今日の視察の報告書をまとめるというので、私はそこで仕事を終えることになった。

「コレット」

荷物をまとめて帰ろうとしたところで、執務室へ通じる扉の前に立つ殿下に呼び止められた。

もしかして、まだお小言があるのだろうか。少し警戒しつつ殿下の元に行くと。

「帰る前に少しいいか？」

「はい」

殿下に促され、再びテラスから中庭に出る。美しく整えられた芝生と、よく手入れされた木々がほんのりと赤みを帯びた日差しを遮り、木陰を落としている。

なんの話があるのだろうと殿下の言葉を待っていると、聞こえてきたのは意外な言葉だった。

「すまなかったな、リーナ……カタリーナが余計な面倒をかけた。大事に育てられたせいか、純粋で遠慮がない」

「でもそこが、リーナ様の魅力ですよね」

そう答えると、殿下は意外だと言いたげな顔だ。

「そうお呼びするよう言われましたので。あ、外ではもちろん、気をつけます」

「いや、いい。彼女の希望を叶《かな》えてやってくれ」

「殿下は、リーナ様のことを大切になさっているんですね」

さっきも殿下は、勝手に私を訪問したことよりも、殿下の私室に一人で訪れた彼女の淑女としての行動を問題視していた。もしかして、彼女の気持ちも知っているのかな。

「俗に言う幼なじみ、というのだろうな。私には兄妹はいないが、それに当たるのがリーナとヴィンセントだった」

「そうだったんですね。今日お会いしただけで、とてもお優しくて素敵なお方だというのが分かりました」

「だから少々心配をしている。リーナがお前の何を、そこまで気に入ったのか」

あ、お小言ですか？

「さあ、どうしてでしょうねえ」

「いったい、どういう助言をしたのか……侯爵令嬢として品格を損ねなければよいが」

ジロリと睨まれたが、それ以上は問われない。あれれ、当然ながら何を言ったのか詰問されると思っていたのだけれど。

「それから、変な気を回して、リーナとヴィンセントに余計なことを言わないように」

え、それってどういうことですか？

「リーナの呟きを、聞いていたのだろう？」

殿下に、彼女のあの呟きは聞こえていないだろうと思っていた。思わず頷きかけたところで、ハッとする。

あの離れた位置まで聞こえていたはずがない、カマをかけられたと思った時には、既に遅くて。

「やはりな。これも守秘義務だ、いいかコレット」

いやいやいやいや、良くないです。これ以上聞かせないでくださいよ、王城の恋愛事情なんて！

そんな心の叫びが届くわけもなく、殿下は続ける。

「リーナは幼い頃からヴィンセントを慕っている。だがリーナの立場、ヴィンセントの事情、双方の都合ゆえに、公にしてはならないものだ」

「そう、なんですか？」

どうして？　都合って？　あんなに美しく、どこにも欠点が見当たらない令嬢のリーナ様が、届かない想いを抱えているなんて思ってもみなかった。

「そういえば、ヴィンセント様は指輪を……まさか道ならぬ恋ですか？」

指輪が本物ならば、ヴィンセント様には約束した相手がいる。許されざる相手ってことじゃないか。

それでも会えることを喜ぶリーナ様……。

ああ、なんて健気《けなげ》なこと。リーナ様、そんなあなたに「殿下と結婚すればいいのに」なんて勝手なことを独《ひと》り言《ごと》とはいえ口にしてしまいました。

不肖コレット、こうなったらせめて事業の方だけでも、全力でリーナ様の助けになると誓います！

「おい、コレット」

思いの丈を握り拳《こぶし》に込めて誓っていたところ、殿下に呼ばれた。

「お前、絶対に誤解しているだろう？」

「誤解？　何がですか」

「……ああ、くそっ」

貴人にあるまじき悪態をつきながら、殿下は忌々《いまいま》しそうに髪を掻《か》き上げた。

「いいか、何度も言うが守秘義務だ。あの二人は双方想いあっていて、道ならぬ関係とやらでもない。公にできないのは、ヴィンセントに婚約者がいるのではなく、私の継承問題のせいだ」

「へ……？」

「例の宝冠の徴が顕在した相手が男で、しかも行方不明なおかげで、それを知る一部高位貴族たちの間で、次の王にデルサルト公爵令息を推す者が出てきている。そしてヴィンセントは私の最側近、もし私が廃嫡されるようなことになったら、ともに堕《お》ちる定めだ。そのような者に嫁ぐ約束ができるほど、トレーゼ侯爵家は軽い立場ではない。だからいいか、コレット。余計なことはするな、絶対にだ！」

「じゃ、じゃあ二人が結ばれるには……」

「私が王位に就く時しかない」

そんな。き、聞きたくなかった。

二つの意味で、聞きたくなかったですよその話は！

まさかあの日の失態が、殿下の王位継承にヒビを入れていたなんて。ただ単に、殿下が不名誉な噂に苛《さいな》まれているだけかと思っていた。このままだと殿下は王になれないし、雪崩《なだれ》式にヴィンセント様とリーナ様まで不幸にする？

だめだ、ここに長くいたら守秘義務事項がどんどん増えるどころか、断頭台が近づくばかり。

正体を隠し、殿下の元を無事に退職して逃げきれさえすれば、平凡な生活が戻ってくると考えていたのに。それどころか、死ぬ。このままじゃ絶対に断頭台行きだ。

だって逃げたら殿下は廃嫡、それを回避するために宝冠の徴を解除するには、私は名乗り出なくちゃならないわけで。

絵にかいたような八方塞《ふさ》がりに、私は途方に暮れる。

その日、私は殿下に追加の守秘義務を了承し、ふらふらと足取りおぼつかなくなりながらも、なんとか帰宅したのだった。

トレーゼ侯爵令嬢、カタリーナ様と仲良くなった日から、二週間が過ぎた。

初めて彼女から押しかけ相談を受けてから三日後には、ヴィンセント様の荷物持ちを装って城内を歩き、トレーゼ侯爵のために用意されている執務室で再会を果たした。

私の助言について友人の子爵令嬢に話をしたところ、どうせこのまま失敗するくらいならばと、思い切って方向転換を受け入れてもらえたという。お礼を言われたものの、実際にどうなるかはこれから。進捗《しんちょく》を伺いながら、今後も続けて相談を受けることにした。

そこでリーナ様から報酬を提示されたけれど、そこは保留としてもらっている。ヴィンセント様いわく、貰わないと貴族は余計やっかいだよと言われたので、一般的な相談料を金銭でいただくつもり。

そしてさらに十日後の今日、二度目の訪問のため、ヴィンセント様とともに殿下の部屋を出た。私はアデルさんに用意してもらった侍女の服を着ている。書類の詰まった鞄を抱え、豪華な絨毯《じゅうたん》の敷き詰められたエリアから、人が行き交う小部屋の並んだ辺りまですまし顔で歩いた。

役人たちが行き交うそこは、各院の顧問たちが使う執務室が並んでいる。要所要所に衛兵の詰め所や会議室などもあり、政の中枢といった緊張感が漂う。

その一角の最奥に、トレーゼ侯爵の執務室がある。その扉を叩《たた》き、中から伯爵家の使用人が招き入れてくれた。

「いらっしゃい、コレット。お待ちしておりました、ヴィンセント様」

笑顔で待っていたのは、リーナ様。

相変わらず、銀糸がさらさらと揺れてまばゆい。お父様の執務室ということもあってか、ここでは堅苦しくドレスアップというほどではなく、とはいえ登城にはふさわしくあるようリボンで飾られた、ゆったりとしたドレスで出迎えてくれた。

ほんのりと頬を染めながら挨拶を交わすリーナ様とヴィンセント様。そんな二人のやり取りが終わるのを微笑ましく眺めていたのだけれど、挨拶が終わるとすぐさまリーナ様に手を引かれる。

「コレット、報告したいことがたくさんありましてよ、早くこちらに来て？」

「あ、はい」

「ヴィンセント様は、お父様のお相手でもなさってお待ちになっていてくださいな」

リーナ様はヴィンセント様の相手を父親に投げてしまう。大きな執務室の奥で、部下の方々と何やら相談していた侯爵が、こちらを苦笑いで見ているので私は慌てて頭を下げるも、ぐいぐいとリーナ様に連れ去られてしまう。

執務室の中は案外広くできており、個室が二つほどついている。以前はそのうちの一つに招かれたのだが、今日はそうではなく執務室の片隅にある一角だ。ここでお話をしてお邪魔にならないのかしら。そう心配したが、長椅子に座らされるのと同時にティーセットが用意されてしまう。そして隣に座るリーナ様が興奮気味に私の手を取った。

「まずは交渉が上手くいきましたの、コレットのおかげよ、本当にありがとう」

「それはずいぶん早いですね、もっと時間がかかるかと思っていたのですが」

「ええ、製鉄所を新設するまで、賛同を得られないことも想定していましたが、資料が役に立ちました。殿下が視察に訪れた例の北部地区で仕事を覚えてきた者がいて、思いがけないところから味方ができましたの。ふいごを人力でまかない続けるのは、やはり相当な人員と経費がかかるのだそうですわ。加えて子爵領は元々、山の多い地区ですので、建築に長《た》けた人材もおりますし、水車の動力をふいごに送る仕組みは、すぐに作ることができそうです」

水車の動力を活《い》かして、鉄を作るための火力を維持するふいごを機械化する。止めることができない溶鉱炉の維持に、大いに助けとなるはずだと進言したのだ。

「それとね、後ろ盾にお父様が名乗りを上げてくださったの」

「トレーゼ侯爵様が？　でも、なるべく他の方をとお勧めしたはずですが」

そこまで言って、侯爵様のいる方を見ると、今はヴィンセント様となにやら話し込んでいる。

「ええ、そうなのですが、支援していただける方のリストを作っていたところ、お父様が興味をお持ちになって、ぜひ子爵家と侯爵家の協賛事業としたいと」

「そ、そんな大ごとになっているんですか？」

両領地の事業とするなんて、卒業課題にしては大きくなりすぎではないだろうか。

「もちろん私たちも悩みました。ですがトレーゼ侯爵領では、石灰が採れますのよ？」

その言葉にハッとする。あまり製鉄には詳しくないが、確か石灰を使うと資料にもあった。

「事を大きくしたら、子爵令嬢の事業は無かったことにされてしまうかもしれない。私もそう危惧しましたの。ですが領地の発展のために、これを固辞したとて誰も益を得られませんわ。そう思って私も子爵令嬢も諦めかけていたところ、救いの手が差し伸べられたのです」

「救いの手、ですか？」

「ええ、ラディス兄……ラディス殿下よ」

意外な名前が出てきた。殿下には、私の口からリーナ様たちの相談内容を伝えてはいないが、当然知っているだろうと思っている。だが初日のヴィンセント様の件以降、一度たりとも様子を窺ってくる素振りもなかったので驚いた。

「何もかもお父様たちが取り上げていたら、次代の発展は望めない。成功すれば領主にとっても得であるし、失敗したとしても尻拭《しりぬぐ》いは同じだろうとお父様に進言してくださったの」

リーナ様はクスリと笑いながらそう言うが、まあなんというか殿下らしい言い方だ。

「そう言われると、余計に失敗してやるものかと思いますね」

「ええ、その通りよ。だからもっと綿密に計画を練るつもり。そのために、製品の流通を任せたい商会を探しているの。コレットはどこか良いところを知らないかしら？」

「商会、ですか？　私は元々役所勤めでしたので、特定の商会と繋がるのを禁じられていたので……」

ふと仕入れ品の一覧を見ていて、気になる項目を見つけた。

「燃料は、両領地で賄《まかな》えないのですか？」

「ああ、石炭のことですね。まだ鉄の生産がどれくらいになるか、計算上での予測でしかありませんが、順調に事業が軌道に乗った時に、不足が出てからでは遅いとお父様から指摘されて、仕入れ項目に入れさせています」

確かに、それはそうだ。しかも重さがあるため輸送にはお金も時間もかかる。ただでさえ新しい産業で、さらに試験段階の方法を用いた事業に、良い条件で参加してくれる商会を探すのは至難の業だ。一難去ってまた一難。

しかも令嬢たちを軽んじない相手……市井《しせい》の人間は強《したた》かだからなぁ。

そう考えたところで、後ろから声をかけられた。

「コレットには強いコネがあるでしょう、忘れたのですか？」

ヴィンセント様だった。

私に、コネなんてあっただろうか。しかしヴィンセント様の顔を見ていると、ふと初めて会った時の会話を思い出す。殿下に私の紹介状を書いたのはバギンズ子爵。その子爵の嫁ぎ先の納税会計ミスを見つけたのが縁で……。

「そうか、ゼノス商会！」

そうだ、先代を事故で失ったために突然代替わりをしたゼノス商会の新商会主ならば、新しい事業に賭けてくれるかもしれない。しかもゼノス商会は船や馬車を多く所有している。石炭を運んできた荷台に、鉄製品を載せて帰るのなら効率もいい。そこで費用を節約できたら価格も抑えられるし、彼らも顧客開拓のために需要のある鉄を利用できる。

「コレットは、ゼノス商会と親しいのですか？」

「いいえ、新しい商会主とは面識もありません。ですが、もしかしたら全部解決できるかもしれませんよ、リーナ様。手紙を、書いてもらえますか。私と連名で」

最初はきょとんとしたリーナ様だったが、詳しい経緯を話すと、すぐに手紙を書いてゼノス商会へ送ることになった。

結果は、近いうちに分かるだろう。

そうして秘密の面会を終えて、私とヴィンセント様はトレーゼ侯爵の執務室を後にした。

道すがら、私はヴィンセント様にお礼を言う。彼が助言をくれなかったら、私はゼノス商会のことを思い出したかどうか分からない。

しかし私のお礼に、ヴィンセント様は首を横に振る。

「僕が言わずとも、コレットならいずれ思い出したでしょう」

「そうかもしれませんが……でも強いコネというのは言いすぎですよ。私がしたことは業務ですし、ゼノス商会が恩を感じる必要はありません。むしろバギンズ子爵のご厚意には、恨み言がありますけれど」

それを聞いてヴィンセント様が、声をあげて笑っている。

「それは初耳だったね。それじゃあ今度お会いした時には伝えておくよ」

「え、ちょっと待ってください、今のは言葉のあやで！」

「ふふふ……ああ、申し訳ありませんコレット。僕は少し用事がありますので、ここからは一人で戻ってもらえますか」

殿下の私室まで、もうさほど遠くない。小さな棟を二つほど越えるが、道はまっすぐ。

「分かりました、今日も付き添いをしていただき、ありがとうございました」

「ええ、それじゃあくれぐれも、寄り道しないよう気をつけてください」

「はい」

そうしてヴィンセント様と別れて、仕事場に戻る。

リーナ様と話をすると、とても楽しくてつい時間を忘れそうになる。事業の話だけではなく、結局冷めて淹《い》れ直してもらったお茶やお菓子のこと、リーナ様自身の近況なども気軽に話して聞かせてくれる。

今日も予定していた時間を少し過ぎてしまった。

急いで戻らないと。そう思い歩を早めて一つ目の棟を通過したところで、どこかから声をかけられた。

「そこの侍女、こちらに来て手を貸してくれ」

他に人は通っていない。いったい誰だろうかと、棟を繋ぐ渡り廊下の外、中庭を見る。

するとそこに若い男性が一人、手招きをしていた。

スラリとした長身のその男性は、銀の長髪をゆるくまとめ、絹のシャツにたっぷりとドレープのある襟、白地に金糸の刺繍《ししゅう》が入った服を着ていた。近衛の制服と似ているが、それよりもさらに豪華で眩《まぶ》しい。腰には長剣が見えるので、軍部関係者だろうか。王子であるはずの殿下よりも、王子様らしい姿に加え、しかもこちらをまっすぐ見据えるその顔は非常に整っていて、鮮やかな緑色の瞳は吸い込まれそうなほど美しい。かつて見た王冠を載せた石像に命を吹き込んだら、こういう姿なのではないだろうか。

だからこそ分かる、間違いなく彼は貴人。近寄ったらダメと本能が告げている。

……ええと、呼び止められたのはこの私でしょうか？

そう訊ねるつもりで自分を指差すと、その煌びやかな男性が頷く。

そうか、侍女の服を借りて着ているからか。そう気づいて、諦めて歩み寄ると。

「ここを通りかかったところ、庭師が倒れているのを見つけた。日陰に移したが、介抱を頼みたい」

「え、倒れた!?」

慌てて手すりからのぞき込むと、彼の足元に庭師のおじいさんが壁に背をもたれて座り込んでいた。

「人を呼んできます、すぐに医務室に運ばないと」

「いい……だいじょうぶ、そこまではしなくても」

おじいさんが私を見上げて弱々しい声で制止する。彼は殿下の部屋からつづく中庭でも一度だけ見かけたことがある。赤い顔をして帽子を扇《あお》いでいる様子から、どうやら落ちたとか怪我《けが》を負っているわけではないみたい。

「今日は日差しが強かったようで、油断してしまいました……申し訳ありませんジョエル坊ちゃん」

「無理をするな、もう年なのだからな」

王城の奥を管理する庭師は、警護の面から限られた者しか任されないと聞いた。きっと彼はここで長く勤めているのだろう、二人の様子からそんな風に感じられた。

しかし本人が大丈夫と言っても、信用できない。私は渡り廊下から庭への出入り口を探す。来た道と反対側を見ても、切れ間なく塀が続いていた。ならばと、私は廊下の縁に両手をかけて、力をためるように膝を曲げた。

「おい、何をする気だ？」

男性が私を止めようと手を出した時には、思い切り床を蹴った後だった。

そしてこれが侍女にあるまじき行為であることは、スカートを押さえながら横向きに飛び越えて着地してから気づく。見開いたエメラルドの瞳に浮かぶ驚きの色、そして次の瞬間にはその目が細められたのを見た。

「見慣れない顔だな、どこの担当だ？」

「え、あの……王子殿下つきの侍女頭、アデル様の元で見習いをさせていただいております」

「ああ、ラディスの侍女か」

その返答に、私の背筋が凍る。

殿下を呼び捨てにできるのは、王家の血を持つ者しかいない。しかも同年代といったら、たった一人。王弟デルサルト公爵の子息、ジョエル＝デルサルト様のみ。

まずい、やってしまった？

そう思った次の瞬間、別の声がかかる。

「閣下、お捜しいたしました！」

近衛騎士の制服を着た人物が二人、中庭を走ってきたのだ。

だがしかし、私は別の新たな危機に直面して、慌てて庭師のおじいさんの世話をするふりをしてしゃがみ込む。

まずい、まずい、まずい。

あの声、あの姿はレスター？　なんであなたがこのタイミングでここに来るのよぉ！

「どうした？」

「近衛本部でグレゴリオ将軍がお待ちです。予定の時刻が過ぎてもお戻りになられないので、心配されていました」

「大げさだな、お前たちは」

「……そちらの方は？」

近衛……いや、レスターよ、私たちのことはいいから、あっちへ閣下を連れてお行き。お願いだから。

そんな私の心の叫びが届くはずもなく、気配りが自慢の弟は、座り込んだままの庭師と寄り添う私に目を向けた。

「ああ、庭師のマリオが体調を崩して倒れたのだ。そこを通りかかったラディスの侍女に任せようと思ったのだが……」

「なにか、問題でも？」

意味深にくっくと笑うデルサルト卿《きょう》の様子に、レスターは私たちを不審に思ったらしく、俯《うつむ》く私の前に来て同じようにしゃがみ込む。当然、目の前にいるのが誰なのか、気づくわけで。

「え、な……ええ？」

ぎゃあ、知らないふりをしてよ、お馬鹿レスター！

小さく睨み、表情だけで叱責すると、レスターは慌てて口を押さえる。

「レスター＝バウアー卿、君の知り合いなのか？」

「い、いいえっ」

レスターは慌てて立ち上がり、直立不動で閣下にお答えしている。

いやいやいや、誤魔化しが下手《へた》すぎるでしょう。雲の上といえる上司に、名前を覚えてもらえるほど頑張っているのねと、この状況じゃなければ褒め回すところだけど……姉さん、泣くよ？

当然ながらデルサルト卿は挙動不審なレスターと私を見比べているようだ。私は素知らぬ顔をしながら、庭師の手から帽子を奪うと、二人に背を向けて扇ぎ、看病のふり。

「本当か？」

「も、もちろんです。少し……いえ、とても好みの女性でありましたので、動揺してつい」

こ、好みの女性って、もっとマシな言い訳が思いつかないかな！

でもまあ、これ以上レスターに期待してはいけない。素直で嘘がつけないところが、彼の魅力なのだから。

しかし続くデルサルト卿の言葉が、私を後ろから殴りかかる。

「そうか、気が合うな。君とは女性の好みが同じなようだ」

はあぁぁあっ!?

思わず振り向いた私の目に入るのは、したたかに微笑むデルサルト卿と、ぽかんと呆《ほう》けて口を開けたレスター。

さすが、王族の血は侮《あなど》れない、殿下と同じ匂いを感じる。わざとレスターの戯言《ざれごと》に合わせて、こち

らの反応を窺っているとしか思えない。

どう対応すべきか悩んでいると。

「すまないがお嬢さん、ベルトに括《くく》り付けてある水筒の水を飲みたいので、外してもらえるかな」

庭師のおじいさんが、か細い声で割って入ってくれた。

「はい、今すぐ！」

慌てて水筒を取り外し、おじいさんの口に添えてあげる。

すると蚊帳《かや》の外だったもう一人の近衛が、デルサルト卿を促す。

「閣下、お時間があまりありませんので、庭師のことは侍女に任せてお急ぎください」

「……そうだな」

この場を切り抜けられそうで、私は心からホッとする。

「それでは行くが、もう無理はするな、マリオ」

「ありがとうございました」

おじいさんが頭を下げるのと同時に、私も卿の方に小さく頭を下げる。すると。

「次に会えたら名を聞こう、身軽な見習い侍女よ。庭師を頼むぞ」

頭を下げたまま固まっていると、デルサルト卿はそのままレスターたち近衛を連れて中庭を歩いていった。

しばらく見守り、遠くで建物の陰に入り見えなくなったところで、私はようやく大きく息をつく。

「人を脅かすような悪い冗談が好きなのも、お変わりないようだ」

庭師のおじいさんがそう言って笑う。

「大丈夫ですか？　動けないようなら、本当に人を呼んできますけど」

「ああ、いいよ、いいよ。ここは日陰だし、もう少ししたら弟子が回ってくるから。迷惑をかけたね、お嬢さん」

「いいえ、こちらもおじいさんのおかげで、面倒なことにならずに助かりました」

そう言うと、おじいさんは少し驚いたように眉を上げ、そうしてからニッと白い歯を出して笑った。

「お嬢さんと会うのは殿下の庭と、これで三回目になるかな」

「いいえ、まだ二回目じゃないかしら？」

「そうだったかな、どうも呆《ぼ》けたかの。それより、急いで戻らんと、また人に会うことになるから、お行きなさい」

「でも……」

「いいから」

後ろ髪を引かれるけれども、彼の言うことはもっともなのだ。

私はくれぐれも気をつけてとおじいさんに繰り返し、その場を離れることにした。さすがに二度も手すりを飛び越えるわけにはいかないので、遠回りして渡り廊下に戻ったのだった。

そうしてたった二棟越えるだけの道のりなのに、貴人と遭遇するという危機に、上掛けするようにレスターとの遭遇。まさに危機に次ぐ危機。

なんとか無事に仕事場に戻り、私は書類の谷間に突っ伏して、はあーーーっと大きくため息をつく。

いや待って、そもそもこの職場に勤めること自体が元凶、私にとっての諸悪の根源だった。

そう気づいても、一向に抜け出せる方法すら見つからない本職《かいけい》に、精を出すしか私に選択肢はない。

どうしてこうなった。

辞めたい、こんな職場。

早期退職してやる、絶対。しかも円満退職で！


数日後、私は久しぶりの休日を迎えていた。

とはいえゆっくりしていられる性分でもなく、いつも通り起きると、父さんは既に仕事に出かけてしまっていて、母さんがのんびり朝食を食べているところだった。

「忙しいのは相変わらずなのね、父さん。体を壊さなきゃいいけど」

「私もそう思ったのよ、でも今日は付き合いのある得意先……ダディスといったかしら？　そこの偉い方が久しぶりに王都に戻ってきているらしくって、その人と朝から会うために仕方がないみたい。コレットも、せっかくの休日なのだから、ゆっくり休んでちょうだいね？」

「私は大丈夫よ」

ダディス、か。相変わらず手堅い商売をしているようで、大きな商会と付き合いのある父さんの口から今もその名をよく聞く。けれども、どういう人物がダディスを取り仕切っているのかは、父さんもよく知らないらしい。さすが情報を売り買いするだけはある、といったところか。

そんなことを考えながら、自分の分のお茶を淹れる。座って食べ始める頃には、母さんも出勤していった。

独りになってゆっくり朝食を食べた。忙しくて後回しになっていた部屋の片付けをして、たまには忙しい両親の代わりに、市場へ買い出しに出かけるつもり。

そして家を出ようとしたところに、郵便配達人がやってきた。

受け取って送り主を見ると、レスターからだった。正確にはレスターの家の使用人の名前で一般庶民の郵便で届けられる。これは十年間私たちをつなげてくれた唯一の連絡手段だった。

出かける前に受け取れて良かった。手早く封を切り、中を確認する。すると思いがけない提案が書かれてあり、私はその手紙をポケットに収めて、急いで家を出た。

レイビィ家は市場のすぐそばだ。ここで育った私は、市場に店をもつ人々とは顔見知り。

だから日用品はそこで賄うが、遊びを含むのならば他の通りに行くこともある。そして今日はかなり離れた場所の、庶民向けの店と貴族相手の店が混在する、少しだけ上流な商店街が目的地だ。

その商店街の中に、開放的なテラスのあるカフェが一軒ある。そこのテラス席は街の人々がよく利用していて、二階の個室は主に庶民の商人と貴族の使者や、下流貴族たちも使用することがあるらしい。

私は飲み物を注文してテラス席に座ると、それほど間をおかずに待ち人がやってきた。

「待たせたかな？」

息を切らしながらやってきたのは、レスターだ。

「ううん、今来たところよ。そんなに急がなくても大丈夫なのに。あなたも何か飲む？」

「いいよ、すぐに姉さんと一緒に行きたいところがあるから」

「そうなの？　じゃあ急いで飲むから待って……あ、飲みかけなのに！」

お気に入りのハーブティーを一口攫《さら》われ、子供みたいなことをしないのと叱ると、レスターは屈託なく笑って「我慢できないくらい、喉が渇いていたんだ」と笑って隣の椅子に座った。

彼が長い足を組んで座ると、近くにいた婦女子たちが、そわそわとこちらを窺ってくる。

今日は地味な服装で来ているとはいえ、レスターのハニーブロンド……私にとっては美味しそうなマロンクリーム色の髪は、彼の整った甘い顔立ちをさらに引き立たせるし、その明るい表情には誰もが魅了される。目立つなと言う方が無理というものだ。だから個室を使うつもりだったのに。

私は一気にお茶を飲み干し、立ち上がった。

「行きたいところってどこなの？　早く行って用事を済ませて、ゆっくりお喋《しゃべ》りできるところに落ち着きましょうよ」

「そうだね、姉さん。じゃあ行こうか」

上機嫌なレスターが、私に手を差し出す。

いやいや、いくら姉さんより頭一つ分大きく成長したからって、姉さんは姉さんなんだから。お手々繋ぐ年でもあるまいに。

そう思って眺めていると、まるで子犬のようにしゅんとするレスター。

「もう、いつまでも子供なんだから」

仕方なく彼の手を引いて歩き始める。だけどいつの間にか、大きな歩幅に追い抜かれ、結局は私の方が引率される子供に見えるのだから不公平だ。

だが不満を言う間もなく、目的のお店に着いたらしい。レスターが扉を開けて入るよう促してきたのは、なぜか宝飾店。首をひねっていると、背中を押された。

「実は、姉さんにも選んでもらいたくて」

いらっしゃいませと優雅に挨拶をする店員さんの質が、先日レリアナと訪れた宝飾店とは段違い。

「もしかして、レスター、あなたにもようやくお目当ての人ができたの？」

「どうしてそうなるんだよ！」

あら、違うの？　レスターが頬を膨らませて不機嫌になる。

そして私の手を取って、左手の薬指に嵌《は》まる金細工の指輪をなぞった。

「これと同じようなものを、作ろうと思っているんだ」

「へ？　私のと？」

「そう、ちゃんとしたのを僕が買うから、姉さんのも新調する？」

「え、ちょっと、なにを言っているのよ。これは単なる見せかけ、何の意味もない偽物なのよ？」

「偽物なら、なおさら僕が買ったものでもいいってことでしょう？」

まあ、そう言われれば確かに、何でもいいのだけれど。仮にも男爵家嫡男のレスターは、そういうわけにいかないだろう。

「待ってよ、落ち着こうかレスター？」

私は店員さんに謝って、二人で並んだ商品が見たいからと並ぶ展示ケース前の椅子を借りた。

「レスター、なにかあったの？」

「三日前、王城で偶然に僕と会ったでしょう？」

「そうね、あの時はビックリしたわ。その後、あなたの方に何も問題はなかった？」

「僕が言ったこと覚えている？　姉さんが好みのタイプだって言ったことを、閣下が覚えていて……どうも閣下は姉さんに興味があるみたい。いつもの閣下の冗談かもしれないけれど……だったら僕が姉さんに指輪を贈って、受け取ってもらったってことにしたら、ちょうど良いだろう？」

あの苦しい嘘を真実に見せかけるってこと？

レスターは私がデルサルト卿の関心を引かないよう、自分の立場を顧みずに守ろうとしてくれているのか。相変わらず、なんて優しい子だろう。でもそんなことをしたら、レスターを私の事情に巻き込んでしまう。

「レスター、あなたがそこまでしてくれなくても大丈夫よ？　私は滅多に仕事場から出ることはないし、殿下とデルサルト卿は互いを訪ねるほど親しくないって聞いているわ。それに庭師のマリオさんも、デルサルト卿は悪い冗談を言ってからかう癖があるって笑っていたもの」

「姉さん、甘いよ」

甘い？　そうかしら。

しかしレスターはいつになく真剣な面持《おもも》ちだった。

「なにも閣下のことだけじゃなくて。姉さんのその見せかけの指輪の相手が誰なのかと、身分の高い人物に問われたら、どう答えるつもりだったの？」

そう問われて初めて、何も考えていなかったことに気づく。

「そうねぇ。市場の幼なじみ、ダニエルを生け贄《いにえ》にすればいいかな」

「ダメだよ！　貴族にとって平民の口約束の相手なんて、吹けば飛ぶくらいの価値しかない。そのダニエルにお金でも渡しに行かれて、嘘がバレたらどうするつもり？」

「いやいや、姉さんの相手が気になってそこまでする人なんていないから。そもそも殿下やヴィンセント様、どう見ても妻帯者な年齢の護衛さんたちくらいしか関わらないのよ？」

「だから、閣下がなぜか、姉さんに興味津々なんだってば。いいかい姉さん、貴族なんてどこか変わった人ばかりだ。姉さんみたいに平べったい体でも……痛っ！」

変な趣味に人気の体型で悪かったわね。頬を思い切り摘まむと、レスターも失言に気づいたようで「ごめんってば」と謝る。

「もう冗談じゃなくてさ……姉さん、閣下にいったい何をしたの、僕が行く前にさ！」

ええと……もしかして、塀を飛び越えたアレのことかしら。

ちょっと気まずくなって、レスターから視線を外す。

「心当たりあるようだね、分かった。今回ばかりは、僕の好きにさせてもらうから」

レスターは私の手首を掴み、店員さんを呼んだ。

「すまないが、彼女のリングとお揃いに見えるような似たものを探して欲しい」

「金細工のものですね、女性用、男性用のどちらを？」

「できれば両方、少なくとも男性用を必ず」

「かしこまりました」

店員さんがにこやかに頭を下げ、去っていく。

「ちょっと、レスター？」

「姉さ……いや、コレット。僕たちの絆《きずな》の証《あかし》だよ」

急に名前で呼ばれたので、ぎょっとしていると、レスターは私の手を持ち上げ、その薬指に唇を寄せた。

店員さんたちの、吐息やら声に出ない悲鳴が聞こえた。

や、ちょっと、姉さんになにするのよ。そう言い募ろうとしても、小さな囁《ささや》きがそれを邪魔する。

「外で呼び方を失敗しないように、これからは名前で呼ぶからね」

ぎゃーー、その長い睫を利用した流し目は何？

女の私より色っぽいってどういうこと⁉

いったいどこで教わってきたのか、後でじっくり姉さんに教えてもらおうじゃないの。覚えてなさいよ、弟のくせにーー！


そうしてまんまと嵌められたような形で、レスターはまるでお揃いのような指輪を購入してしまった。

運良く……いや、良いと言っていいのか分からないが、たまたま私の指輪と似た細工のものがあったのだ。それを手早くサイズ調整をしてくれて、めでたく退店時にはレスターの薬指に嵌まっていた。

見せかけの指輪でなくとも、私はいつだってレスターとお揃いを持つことには不満はないのに、ここまで拘《こだわ》るとは思わなかった。いつも一緒にいてあげられなかった所為《せい》かしら。

ふと隣を歩くレスターを見ると、自分の左手薬指に嵌まる指輪を見て、とても嬉しそうだ。

「……まあ、いっか。レスターが喜んでいるなら」

「なにか言った？」

「ううん、ところで待ち合わせ場所だったカフェに戻るの？」

「ああ、個室を予約してあるよ。ゆっくり喋れる場所に行こうって言ったのは姉……コレットだろう？」

「そうね、ここじゃ詳しくは話せないものね」

私たちは宝飾店を出てから人通りの多い道を歩き、最初に待ち合わせたお店に戻る。

二人で会う時は、レスターからは仕事のことや、養い親であるバウアー男爵夫妻のこと、それから継母の様子などをよく聞く。私からは仕事のことは話せないけれど、レスターの話が聞けるならばそれで満足だ。

そうして再び訪れたカフェの個室に向かうべく、二人で階段を上がっていた時だった。

前を行くレスターが急に足を止めた。それに気づかなかった私は、彼の背中に顔をぶつけてしまう。ただでさえ大きいのに、階段で止まられたら前がまったく見えない。気をつけてよね、そう言おうとして、レスターの異変に気づく。どうやら前方の個室からぞろぞろ出てきた客たちを、注視しているみたい。

レスターの、知り合いかしら？

だがその中から、聞き覚えのある声が届き、私の全身がギシリと固まる。

「急な要請だったにもかかわらず、時間を取ってもらい、感謝する」

「とんでもございません、殿下。こちらこそ、仕事の都合に合わせてこのような場所までご足労いただいて、恐悦至極でございます」

「いや、ダディスにはこれからも協力を願わねばならぬからな」

で、でで、殿下……ここでいったい何をーーー!?

私は咄嗟《とっさ》に、レスターの背に身を隠して反対方向を向く。

殿下がどうしてこのような庶民のカフェに出入りしているのだろう、お忍びだろうか。ならば裏口から出入りするはずだから、正面玄関に通じるこちらには来ないはず、いや、来るなと心で祈りながら声が遠ざかるのを待つ。

けれども、足音が遠ざかる気配はなく、それどころか静寂が訪れる。

「そこで、なにをしているコレット？」

ひいいっ、見つかった。

観念してレスターの陰から顔を出すと、正面には殿下と苦笑いを浮かべたヴィンセント様。その後方には私室を警護する顔見知りの護衛もいる。皆が可哀想な者を見るかのように、こちらの様子を窺っている中で、ただ独りだけ厳《いか》つい顔の殿下。

「何をしているかと尋ねられましても、本日は休暇をいただいておりまして、ここは庶民も利用するカフェです殿下」

殿下はお忍びのせいか、黒無地で装飾無しのベストに首元が広めのシャツという、普段見ることのないような軽装だった。でも殿下の燃えるような赤銅《しゃくどう》色の髪は、他に類を見ないものなので、お忍びになっているのかどうかは疑わしい。

その殿下はというと、私というより呆然《ぼうぜん》としているレスターの方をじっと見ていた。

「そんなことは分かっている。そちらの男は……顔を見たことがあるな」

レスターは騎士という立場上、殿下の言葉を受けて黙っているわけにもいかず、素早く踵《かかと》を揃え背筋を伸ばし、右手を胸にあてながら騎士の礼を取る。

「近衛隊所属騎士、レスター＝バウアーです」

名乗りを受けて、殿下は黙って頷く。そしてちらりと私の方に視線を移してから、こう尋ねた。

「知り合いか？」

「偶然、下のカフェで会って声をかけられました」

ぎょっとして振り返るレスターに、私は殿下から見えないよう背中をつねる。

いいから、姉さんに合わせなさい。

「ほう、近衛騎士が下町をうろつき、値踏みした女性に声をかけているという浮ついた噂は、本当のようだな」

そう言いながら目を細める殿下に、慌ててレスターを庇《かば》う。決して、弟は浮ついているわけでもなく、女性をナンパして侍《はべ》らすような男ではない、これは彼の名誉のために捨て置けない話だ。

「そうじゃなくてですね、殿下。彼は三日前にマリオさんが倒れていたのを介抱した時に、通りかかってですね……」

「三日前、だと？」

怪訝《けげん》な顔をした殿下はヴィンセント様とこそこそ相談していると思ったら、私にこう言い渡す。

「コレット、その件について、明日しっかりと報告させるぞ、いいな？」

「は、はい」

「それからレスター＝バウアー。バウアー男爵家は長年、騎士を輩出する王家への忠誠高い家督だと認識している。その上で、あえて忠告をする。コレット＝レイビィは家臣ではないが現在は私の部下だ、その意味を重々承知した上で行動するように」

そう告げられて、レスターは渋い表情をしつつも、了承の意を伝えて頭を下げた。

その様子に姉として私はホッと息をつく。

レスターには悪いけれども、殿下がかつて遭遇した私を少年として認識していること、そして今も捜していることを秘密にしている。レスターと私の関係を、殿下に悟られてはならない。レスターの経歴を辿《たど》っていけば、どうしても過去の自分、コレット＝ノーランド伯爵令嬢に行きついてしまう。

殿下はヴィンセント様と護衛を引き連れて、裏口から退去していく。それを黙って見送るのは私とレスター、そして会談相手だったダディスの関係者たち。

彼らもまた、そこに留《とど》まる理由がないのだろう。立ち去るのを私はレスターの陰に隠れて見守る。

その人だかりの中心に、長い黒髪の男性がいた。彼が、ダディスの長なのだろうか。

いいや、知らない方がいいだろう。これまでも、これからも、権力のまっただ中で過ごしたくなければ。そう考えて、私は踵《きびす》を返す。

今日はもう、私たちも帰った方がいい、誰に見られているとも知れないから。レスターには後で必ず手紙を送ることを約束し、そこで別れたのだった。

翌日はいつも通りに出勤日。気が重いけれども、私はいつも通り殿下の私室にある、仕事場に向かった。

当然ながら、殿下の尋問が真っ先にあるだろうと覚悟していたのに、部屋はもぬけの殻だった。

「留守、なのかしら？」

いつもの裏口に立つ護衛兵からは、部屋の主が不在であるとは聞かされていない。それとも既に執務室だろうか。肩すかしを食らった気もしないでもないが、ホッとして仕事の準備にとりかかる。

殿下が留守の時は、常にヴィンセント様もそれに付き添っている。お忍びに見えた昨日もそうだ。あの殿下に常にくっついているなんて、大変だなぁとヴィンセント様に同情する。他にも人を置いていたら、変な誤解をされることもないだろうに。なんて考えながら、いつも通り仕事を始めようとしたところで、中庭に続く窓を叩く音がして振り返る。

何だろうと近寄ると、庭師のマリオさんが窓の外から私を手招きしていた。

「おはようございます、マリオさん。今日は殿下の庭でお仕事ですか？」

「おはようお嬢さん。殿下の要望で庭を造り替えることになってね。それより、お嬢さんが私を介抱してくれたことを、殿下に報告していなかったのかい？」

「だって私は結局、介抱なんてしていないもの。もしかして殿下に問い詰められたりしました？」

「問い詰めるなんて、そんな乱暴なことをしないお人だよ。ただ、何があったのか聞かれただけで。だが……」

「だが、何ですか？」

「私のことは言わなくてもかまわんが、ジョエル坊ちゃんと会ったことは、話しておいた方が良かったかもしれないよ」

「え、そうなんですか？」

マリオさんが困ったように微笑む。額と眉間《みけん》、目尻の笑い皺《じわ》がとても深いのは、長年にわたる日の下での仕事の結果かしら。

そんな熟練庭師のマリオさんへ、石材を積んだ荷車を押した若い庭師が声をかける。

「マリオさん、これはそこの倉庫にでも運び入れますか？」

「おい待て、そこは庭師用の倉庫じゃあない、端に積んでおいてくれ」

職人として厳しい口調で話すマリオさんは、さっきまでとは別人のようだった。けれども庭師たちは慣れた様子で返事をすると、きびきびと石材を運び込み、指示通りに手早く積み上げていった。つるはしや木槌《きづち》などの道具も持ち込んでいる。

庭を造り替えると言っていたけれど、ずいぶん本格的みたいね。

「あの小さな建物は、私もてっきり庭師のための倉庫かと思っていました」

殿下の庭は芝生を囲うように、白い幹の大樹が植えられ、その合間を中程度の高さの常緑樹があって、外から隔離されたような状態だ。小さな花も植えられてはいるが、ほぼ緑で彩りは少なそう。

淡々と仕事をこなす殿下のイメージと合うというか、面白みがないというか。

「知らなかったのかい？　あれは武器の保管庫だから、お嬢さんは近づかないようにね」

「武器？　こんな城の奥に？」

「奥だから、必要なんじゃないのかね？」

そう考えているのだろうか。

殿下でもその身を狙《ねら》われることなどあるのだろうか。

そう考えていると、マリオさんが倉庫を見つめながら、小さくため息をこぼす。

「昔は、あんなもの必要無かったのだがね」

今は、必要ということ？

首を傾《かし》げていると、その倉庫の横の茂みをかき分けるようにして、人影が二つ現れる。

庭師たちがその人物を見て、慌てて道具を置いて庭を後にしていく。マリオさんも、殿下に頭を下げてから、弟子たちの後を追った。

「コレット、もう来ていたのか」

「はい、出勤時間ですので」

「そんな時間になっていたか」

時間を忘れていたのだろうか、殿下らしくない。汗を拭いながら歩いてくる殿下と、その後ろからついてくるヴィンセント様は顔が上気して赤い。汗ばむというより、ぽたぽたと顔を伝う水を袖で拭き取っている。

そんなになるまで、二人でいったい何をしていたのだろう。

というか、あの庭の奥にまだ先があったのは知らなかったな。

私の探るような視線に気づくのは、肩で息をするヴィンセント様ではなく、余裕そうな殿下の方。

「あの先へは絶対に入るなよ、コレット」

「言われなかったら、奥がまだあるのを知りませんでした」

「返事は？」

「はい、分かりました」

どうしてか、気になるんだよね。あの先が……。

なんとなくそう思えて見ていると、殿下が私の頭に手を載せて、ぐいぐいと引き寄せながら部屋に入る。ちょっと、いくらなんでもモノ扱いしないでください。文句を視線に乗せて見上げると。

「あの先に、例の宝冠がある庭へ続く、隠し通路がある」

「え、あの先が⁉」

「そうだ、だから近づくなと言っている」

「わ、分かりました、絶対に、何があっても、近寄らないと誓います」

慌てて言い募る。もう二度と、失敗を犯してはならない。触らぬ神に祟《たた》りなし。

そうして部屋に戻ると、待ち構えていたようにアデルさんがやってきて、殿下とヴィンセント様に手布《ハンカチ》を渡す。殿下は既に涼しい顔だが、ヴィンセント様はまだ息が荒い。

「大丈夫ですか、お水をどうぞ」

少しだけ可哀想になって、グラスに水を注いで手渡す。それを受け取って一気に飲み干すと、ヴィンセント様は大きく息をつく。

「死ぬかと思いました」

「死なないよう訓練をしているのだろう、弱音を吐いてばかりだなヴィンセント。お前は私の鞘《さや》の役目を全《まっと》うすると誓ったのだから、しっかりしろ」

「確かに、誓いましたが……」

ヘトヘトな風でも、ヴィンセント様は色っぽい。元々優しげな顔立ちで丁寧《ていねい》な口調だからっていうのもあるけれど、殿下の物言いが、なんとも。

そんな違和感は私だけではなかったようで。

二人に汗拭き用の水桶《みずおけ》と布を持ってきたアデルさんも、ほんのりと頬を染めながら口を挟む。

「殿下、男性からのその表現は、俗世では女性に対して使うものですので、お控えください」

それに対して殿下は怒るわけではないが、少々ムッとした顔で「分かっているが、真実なのだから他に言いようがない」と言い訳をしている。

「そんなことより、早速始めようかコレット？」

殿下がいつもくつろぐソファに座り、足を組む。そして顎《あご》で向かいの椅子を示す。すっかり忘れていたが、予告されていた尋問のお時間が始まるようだ。

私は平静を装って座るが、気分はまな板の上の鯉《こい》である。

「マリオから詳細を聞いたが、お前からも一応、確認をしておく。ジョエル＝デルサルトに会ったのは事実だな？」

「はい、お会いしました。ですがマリオさんの介抱を頼まれただけで、他にはなにも」

「渡り通路の手すりを、侍女のスカート姿で飛び越えて見せたのが、なにもないと？」

ぐう、そ、それは……つい。

「そこでジョエルを捜しにきた、近衛騎士バウアー男爵令息に見初《みそ》められ、ジョエルもまたお前に興味があると直接告げたというのも？」

え、それはマリオさんだって、デルサルト卿は悪い冗談を言う人だって言っていたもん！

「ヴィンセントと別れてこの部屋まで、お前のその短い足でも二百歩足らずのこの距離で、どうしたらそこまでの出来事に遭遇するのだ」

「そんなの私に言われても困ります！　それに短くありませんので百八十歩は切れる計算です！」

「なお悪い！」

殿下はこめかみに指をあてて、ため息をつく。

いやいや、ため息つきたいのはこっちです。私だって命がかかっているんですから。

「それで、昨日は訪れた店で、そのバウアー卿に何を言われた？」

「何って……そんなの殿下に言う必要がありますか、休日ですよ、私生活の保証はあるはずです。それとも殿下の趣味は出歯亀《でばがめ》ですか」

「出歯……お前の恋愛になど興味はない。だがジョエルが関わっているとなったら、話は別だ」

「デルサルト卿？」

「ああ、ジョエルのことなら私はよく知っている。おおかた、部下の恋心を利用して、私の手の者に近づくようバウアー卿をあえて煽《あお》ったのだろう。そのようなことも平気でする人間だ」

「煽る？　どうやっ……」

私はレスターの言葉を思い出す。

――閣下がコレットに興味があるみたいだった。

まさか、ねえ？

「そこで確認をしておきたい」

殿下がじっと私を見る。いったい何を確認するというのだろう。なんだか緊張感で喉が渇く。キョロキョロと周りを見回していると、アデルさんが水差しを交換してきてくれた。飲んでもいいかと殿下に尋ねると、好きにしろとのお返事が。

安心して受け取り、カップに口をつけた時だった。

「コレットはあの男、バウアー男爵令息の求婚を受けたのか」

ごぼぼぼぼっ
む、むせ、た………苦しい。

慌ててハンカチを差し出してくれたアデルさんからそれを受け取り、水なのか涎《よだれ》なのか涙なのか分からないものを拭き取る。相当に見苦しかったに違いない、殿下とヴィンセント様から、哀れなモノを見るような目を向けられる。

「何を誤解されたか知りませんが、求婚なんて受けていません、どうしてそんな話になるんですか！」

「だがその左手の指輪と同じものを、あの男がしていただろう。お前が受け入れた証拠ではないのか」

「ち、違います、私のこれは元々偽物なんです！」

「偽物だと？」

「そうです、殿下のお側にいると余計なやっかみを買うと思って、約束をしている者がいるとわざと誤解させて、面倒事を回避するための見せかけです。ヴィンセント様のそれだって、同じなのではないのですか？」

殿下の側に立つヴィンセント様にそう言うと、彼は左手の薬指にある指輪を見る。

彼が青い石の入った指輪をしているのを見た時は、婚約者がいるのだろうと思っていた。貴族で、殿下の側近、いないわけがない。けれども、ヴィンセント様がリーナ様と想い合っているのならば、それは他の女性から声をかけられないための偽物。私と同じなのではないかと思ったのだ。

ヴィンセント様はその指輪を外し、私の側にやってくる。

「残念ですが、これは偽物ではありませんよ、コレット」

「えっ、そうなんですか？」

驚く私の前でヴィンセント様は、テラスから入る光の中へ指輪を差し入れた。するとどうだろう、青い石が、太陽の光を受けてきらきらと緑の光を反射させる。その反射が、足元の大理石に落ちてゆらゆらと揺れる様は、まるでリーナ様の新緑の瞳のよう。

反射的にヴィンセント様を見上げると、その光を優しい笑顔で見ている。

「約束はできないので、勝手に僕が持っているだけです。でもそうですね、そういう意味では貴女の偽物と同じかもしれませんが」

私は慌てて首を横に振る。

偽物と軽々しく言うには、この新緑色の光に込められた想いも、その色を見つめる彼の優しい表情も美しすぎる。私は自分の浅はかな己の保険である指輪と、彼のそれとを同列に扱ってしまったことを恥じる。

「すみません、勝手な思い込みでした」

頭を下げると、ヴィンセント様は手を振りながら「謝るほどのことじゃないよ」と言ってくれる。

本当に優しい人だ。

だがその上司は、まったく容赦が無い。

「ならば改めて聞くが、コレット。レスター＝バウアーを恋人、もしくは結婚相手として考えてはいないのだな？」

「はい、ありえません」

「揺れているなら素直に申告しろ、考慮する。ただしこれ以降の変更は受け付けない」

「彼が恋愛対象には、絶対になりえません、誓ってもいいです！」

「そうか、分かった」

ここまで言ってようやく分かってもらったようだ。ほっとしたのも束の間。

殿下が一転、黒い微笑みを見せたのだ。

え、ちょ、何か選択を間違えた？　目が笑ってないよ？

なんとなく不安が拭えないものの、レスターはそういう存在ではないのは確かだし、そもそも私との関わりを作らない方が彼のためだ。

下手に嘘をつくよりはいい、はず。

「でも殿下、どうしてそんなことを気にするんですか？」

「退職させるには惜しいと思ったからだ」

「へえ、退職…………退職⁉」

「言っておいたはずだ。ジョエルとは継承問題で、互いの後見が張り合っている状況だ。もしお前がジョエルの息がかかった相手と結婚するというなら、私の側には置けない。悪いが退職を勧告することになっただろう」

「は、はぁ……」

私はその予想外の言葉に叫びだしそうなのを必死で堪《こら》え、曖昧《あいまい》な返事をする。

だって、もし私とレスターが特別な間柄で、結婚を考えていると嘘をついていたら、円満退職できたってことじゃない。

ああもうっ、どうしてそれを先に言ってくれないんですか、殿下！

「お前は少々性格に難はあるが、会計士としての実力は認めている。また新たに人を探すよりも、このまま雇いたいのが本音だ。カタリーナの件もあるしな。そうかそうか、安心した。その気がないのなら、あの男には悪いがお前には変わらず働いてもらう。私の部下として」

や……やってしまった。

またしても、選択を誤った。どうしてこう、殿下が絡むと思う通りにいかないのだろう。

悶々《もんもん》と苦悩している私の頭に、殿下がバサリと書類を載せた。

「なんですか、これ？」

「契約書と請求書だ、私財から支払うため、手続きをして出金するように」

受け取ってその額を見て、私は思わず目が飛び出るかと思った。

「こ、これ……いったい何に？　どこへの支払い……ダディス？」

契約相手の名に、昨日の黒髪男性の後ろ姿を思い出す。

久しぶりに王都に戻ってきたダディスは、会いたいと希望する商会主が後を絶たないという。そんなダディスと、会った殿下。

「今回の報告で、これまでにない有益な情報を得られた。それを足がかりにして、一気に目的を達するための投資だ」

「新たな情報、って？」

ははは、乾いた笑いしか出ない。

何を知ったというのだろう。ちらりと殿下を見るが、教えてくれるわけもなく。

「どうした、扱ったことがない金額で尻込みしているのか？」

「い、いいえ。でも殿下、よろしいのですか、こんな高額」

殿下の私財は、小さな領地で得られる農作物と、それらを売買する商会からの税金、殿下が得た利益を投資して得る収益が主だ。目の前の支払い金は、それらで年に得られるお金の、ほぼ半分を費やしてしまう形になる。つまり、会計上は赤字覚悟ということだ。

言いかえれば、それほどまでに殿下にとっては、例の人捜しが重要ということなのだ。

「気にする必要はない、いずれ王位を継げばそれらの領地と事業は国に戻される。万が一継承権を剥奪される時もまた、同じく私財を返還して、臣下として爵位とともに拝領することになるだろう。結局のところ、私のものであって、私のものではない」

剥奪。その言葉が、ずしんと胃に響いた。

「そんな、可能性があるんですか？」

手元の契約書に視線を落としながら、私が問うても仕方のないことを口にする。

「そうならないよう、努力しているつもりだが、そうは見えないか？」

「いいえ……」

殿下は、いつだって忙しい。各院の重要な会合には必ず顔を出し、視察も頻繁に入れて動いている。だからといって専権をほしいままにすることなく、貴族だけを優遇せずに市井の発展にも理解を示している。それらは側にいればいるほど、よく分かる。私財管理だって、わざわざ私を雇ったのは、完璧に公務と分離させているからだ。その徹底ぶりは執念を感じるほど。

それほどまで頑張るのに、一方では簡単にその地位を明け渡す可能性を口にする。

「デルサルト閣下ご自身は、王位を望んでいるのでしょうか」

公務に向かうために、アデルさんから上着を受け取り羽織る殿下が、少しだけ考えるような仕草で手を止める。

「さあな。だが誰が王位についても、国が衰えず平和が保たれるのであればそれでいい。だが今はまだ、その担保がない。ならば私は私でできることをするべきだと考えている」

それは、ジョエル＝デルサルト卿では、不安があると殿下は考えている？

そして殿下は、継承権を争うには、劣勢でもある？

いつも通りの厳しい表情は、私に何も読ませてはくれない。

「軍部と近衛を押さえているデルサルト派に対抗するには、こちらは常に人手不足だ。だが少なくとも優秀であるなら、重要なのは人数ではないと思っている。期待しているぞ、コレット？」

「……え、私？　期待って言われましても、私はただの会計士で」

「ああ、そうだな。だが私の部下だ」

悪魔のような笑み、再び。

「庶民だろうが何だろうが、辞めるまではお前も王子派と見なされるということだ。ジョエルなら今後も隙《すき》あらば、ちょっかいをかけてくるだろう。だが利用されるのではなく、利用する側に回れ。お前ならできるだろう」

まさかの派閥争いに巻き込まれた？

しかも、王位継承問題。本当にどうかしている、勘弁してください！

第三章　記憶

本日の私の業務は、日々の疲れを癒《い》やしてくれる最高の場所で行う。

一人で行くと言ったものの、しっかりと護衛つきになってしまったが、室内に入ってしまえばそれも気にならない。

「ふふふふふ……」

ここは殿下の私財金庫棟。殿下の指示でダディスへの支払いに現金が必要になったため、不足分を金の延べ棒から換金する必要があり、訪れている。

前金として渡す分は、今ここに保管されているお金で足りそう。金貨を慎重に数えながら、麻袋に詰めていく。残りの支払い分は、蓄財として保管されている金の延べ棒を換金して作る。しかし金は相場を財務会計局本院で確認してからの換金になるので、今日はまだ持ち出すことはない。

今回のように大量の金をお金に交換すると、貨幣の流通に影響を与えてしまうので、財務会計局を通じて調整が必要になるので、事前に申請をせねばならない。ということで、私もついに殿下の私室に籠りきり業務は終了し、会計局本院に出向くことになった。

一通り金貨を数え終え、ずっしりと重くなった麻袋を抱えて、その重さと硬さと金属の擦《こす》れる音に、思わず笑みがこぼれる。

そして残りの金貨を数え、間違いがないかを再度確認する。銅貨一枚でさえも、間違いは許せない性分だ。

「ああ、今日も楽しい仕事だった……」

満足しながら金庫棟から出ると、扉の外では護衛だけではなくいつの間にかヴィンセント様が待っていた。

「今日の仕事はまだこれからでしょう、貴女《あなた》は本当にお金勘定が好きなのですね」

「ヴィンセント様、どうしてここに？」

「殿下から、最初はコレットに付き添ってあげるよう指示されました。これから、会計局本院へ行くのでしょう？」

「あ、はい……でもこれを持って一旦は戻らないといけないのですが」

私が抱えていた麻袋を見て、ヴィンセント様はそれを受け取り護衛に預ける。必ず殿下の元に届けて、私室内の金庫に入れておくよう指示する。

そうして私はヴィンセント様とともに、手続きのための書類を持って王城内にある財務会計局本院へ向かった。会計局は政策を行うすべての院に関わるため、官僚たちが集まる行政棟のちょうど真中にある。以前訪れたリーナ様のお父様、トレーゼ侯爵の執務室からも近いところだ。

会計局本院は特に人の出入りが激しいらしく、正直なところ行きたくない。けれども、お金の管理は会計係としての私の仕事そのもので、これを行わないのは仕事の放棄に他ならない。

まあ、そもそも城内で働く上で最も会いたくなかったのが殿下なのだから、目立たなければそれで良し。私は会計士として、粛々と仕事をこなせばいい。

腹を括《くく》ってヴィンセント様に続いて入ったそこは、城下町の役所などとは比べものにならないほど多くの机が並ぶ大きな広間に、とてもたくさんの人間が働いていた。さすが会計局、その多くが会計士であることを示す襟《カラー》をつけている。

圧倒される私をよそに、ヴィンセント様はいつのまにか受付で用件を言い、案内役の人間が現れる。その者に招かれて歩く間、あからさまではないものの、私たちはずっと注視されているかのような視線を感じた。それもそうだろう、今日はリーナ様の元へ訪れた時のような侍女の恰好《かっこう》ではなく、会計士の証《あかし》である襟を纏《まと》っているのだ。ヴィンセント様がそんな私を連れていたら、注目しないわけがない。

「その女性が、殿下の私財会計士を引き継いだ方ですか、ずいぶん若い女性で驚きました」

連れてこられた別室で出迎えてそう言ったのは、私といくつも年が変わらない若い男性職員だった。珍しい黒髪をした、背が高くない青年。痩せていて色白、いかにも文官といった風だ。本院会計士である証の、腰下まで伸びる長い会計士襟が眩《まぶ》しい。二股になる裾の先には、殿下の担当だと分かる紅玉に金の房。愛想のないその男性は、じっと私を観察しているようだった。

「彼女はコレット＝レイビィ。これから殿下の用向きで訪れることになりますので、面倒を見てやってください。コレット、彼は主に殿下の公費担当の会計士の一人です」

「コレット＝レイビィです、よろしくお願いいたします」

手を差し出して握手を求めると、彼は小さく頷《うなず》きながら、細い指で握り返してくれた。

「私はイオニアスです、ところで本日のご用件は？」

「はい、多めの出金があるので、換金を依頼したいのですが、現在の金の相場を教えてください。あと書類の作成も初めてなので、一応不備がないか確認をお願いします」

「見せてください」

口頭で教わった通りに作成した書類を手渡す、そこには、今回ダディスに支払う金額が記入してある。その多額の出金にきっと驚くだろうと思ったが、彼は眉《まゆ》ひとつ動かさずに書類に目を通し、返してきた。

「書類に不備はありません。今月の換金額は金貨十万枚までですので、今月中でしたらそれで。月をまたぐようでしたら、改めて作成していただくことになります。それから、殿下のサインは必ず忘れないように願います」

「はい、分かりました」

簡潔に指示をもらえた。さすが本院で働けるほど優秀なのだと、かつての上司を思い浮かべてほっとする。彼は一事が万事、指示とは違う小言をはさみ、本題を後回しにするから面倒くさかった。

用件はそれだけなので、次回には金の延べ棒を持参することになるからよろしくと言うと。

「注意点として、あらかじめ金貨を取り置きしておかないと本院でもすぐに出せる額ではありません。用意したとしても、数日間しか保管できません」

それに返答したのは、ヴィンセント様だった。

「大丈夫、近日中に正式な換金依頼が出せるでしょう」

「そうですか、でしたらすぐにご用意しておきます」

「ええ、頼みます」

これで本院での用事は終わりだ。次からは私だけの訪問もありえるので、しっかりと彼の顔と名前、それとここまでの道のりを覚えておくことにした。

そうして殿下の私室に戻り、護衛に運んでもらっておいた金貨が届いているかを確認して、出金手続きのための準備を進めた。それと同時に、殿下の視察が近いので、そちらの準備もある。どうやら視察に出た先で、私的な用事があるらしく、そちらの同行者のためのお金の用意だ。

庶民納税課の頃《ころ》は、仕事をしない上司につくと忙しかったが、こうして真逆に仕事を怠らない上司の元でも結局は同じなのだと、つくづく身をもって知った。

午後の休憩時間を迎えて、私は気分転換に庭へ出る。

「ん、んん～、疲れたぁ」

大きく伸びをして、肩を回す。

殿下は仕事についての指示は細かく出すが、それ以外はあまり執着しないというか、大らかだ。こうして勝手に殿下の庭で休憩を取っても何も言われない。お茶やお菓子が欲しい時には、アデルさんたち侍女が使う控え室に行くことも多いが、こうして外の空気が吸えるのはいい発散になる。

ただ、今は庭師が忙しそうに出入りしているけれども。

「お疲れかい、お嬢さん？」

仕事道具のスコップを持って通るマリオさんに、大きなあくびを見られたりする。

「書き物が多いと、首と肩が張ります。今日は天気がよくて風が気持ちいいから、いっそ外で仕事ができたらいいのに」

「……そうか、じゃあ気晴らしにひとつ手伝うかい？」

マリオさんが笑って小さめなスコップを手渡してくれた。私はそれを受け取って、彼の示す場所に穴を掘り、苗を一株そこに置く。穴と苗の隙間《すきま》に土を被せようとすると、咲き始めている花にかかってしまうので、私はスコップを放り出して手で土を寄せる。

そんな私を見て、マリオさんが笑う。

「手が汚れるのを厭《いと》わないとは。先日も、儂《わし》のために手すりを飛び越えてくれるし、お嬢さんは不思議な人だ」

「そう？　平民の娘なんてこんなものよ、マリオさんはお城勤めが長いからそう思うだけよ」

ついでにもう一つ、そう思って土を掘っていると、突風が吹く。

髪が風に揺れ、髪に結んであったリボンがほどけて、風に飛ばされてしまった。

「ああ、あんな所に」

絹の軽いリボンだったせいか、植木の高い枝まで飛んでいってしまった。手を伸ばして取ろうとすると、マリオさんに止められる。

「待て、危ないから、儂が梯子《はしご》を使って取ってあげよう」

そう言われたが、幹に少し足をかければ届きそう。だから彼が止めるのを無視して、枝を掴《つか》みよじ登る。

これでも、運動神経はいい方なのだ。子供の頃はレスターよりも速く高く木に登れたし、今だって小柄で細いからなんてことはない。

あと少しで手が届くし、楽勝。そう思った時だった。

「なにをしている、危ないだろうコレット！」

後ろから急に怒鳴られて、ビクッとしてしまった。その拍子に、幹のくぼみに掛けていた足が滑る。

「わっ！」

ずるりと滑ったのと同時に、掴んでいた手も外れてしまう。どうせ落ちるのならばタダでは落ちまいと、風に揺れるリボンに手を伸ばして掴んだ。と同時に、上手《うま》く着地するために受け身を取るはずだったのだが。

地面につく前に、誰《だれ》かに背中から受け止められていた。

いや、誰かだなんて分かっていたけれども……。

「怪我《けが》をしたいのか、この馬鹿！」

頭の上から怒声が降ってくるのと、ゆっくりと足が着地するのは同時だった。

思いのほか、殿下がしっかり受け止めてくれていたようで、お腹《なか》に回された殿下の腕は、レスターのそれと同じようにがっしりとしている。今日出会った会計士のイオニアスさんの手の感触を思い出して、全然違うことに驚いた。

「聞いているのか、コレット？」

「はい、殿下」

「怪我は？　どうしてマリオに頼まずに、お前が木に登る？　本当に信じられないやつだな」

「大丈夫ですよ、木登りは得意なので。それに、リボンがないと殿下に叱られるじゃないですか」

振り返りながらそう言うと、殿下がムッとしたような顔をするので、当てつけのように手にしたリボンを髪に結びながら言う。

「平民は女だって皆こんなものですよ、殿下は木登りなんてしたことないでしょうけど」

「木登りくらい、私もできる」

なぜ木登りで張り合うのか。ぷぷっと笑うと、殿下は何がおかしいのだとさらに不満そうだ。

「とにかく、ここでは木登り禁止だ。怪我などされたら迷惑だ」

「だからこの程度で怪我なんてしませんって、本当に用心深いんですね」

「実際、怪我をした者がいるから言っているのだ」

「殿下が？」

「私ではないが昔、怪我をさせた。今のお前と同じように、登った私が落ちて巻き込んだ」

「へえ、誰かが怪我をしたんですか、ヴィンセント様とかですか？」

それは、悪いことをしたなと、素直に思った。誰かに怪我をさせてしまったという経験は、自分が怪我をした時よりも、ある意味大きな傷を心に負わせるものだ。幼い頃なら、なおさら。

「その時は気づかなかったのだが、あの者が逃げたあと、私の服に血が染みついていた」

「……あの者って、それ」

「ああ、例の宝冠の徴《しるし》の者だ。かなりの出血だったようだ。その血を見て、子供だった私は生きた心地がしなかった。どういう経緯があろうとも、傷つけるつもりではなかった。逃げる途中で死んでいたらと……どれほど不安になったか」

落ちた時の、傷？

ズキンと、側頭に鈍い痛みが走る。あの日、激しい頭痛と、その後の昏睡《こんすい》。私が覚えていないことが、思っているよりもたくさんあるのかも……。

「その後に父から、亡くなっているのなら徴は失われると聞いて、どれほど安堵《あんど》したか。コレット、どうした、顔色が悪いな」

「え、大丈夫で……す」

私の言葉が聞こえているのか、いないのか。殿下は私の手首を掴んで、部屋へ引っ張っていく。

少し休めと言いながら、強引に掴み引っ張る手はかつて幼い頃に見た仕草と同じで。

でも、その大きさも、硬さも、昔とは違っていて。

あれからずいぶん時が経《た》ってしまったのだと、どこか他人事《ひとごと》のように感じていた。


殿下の私財会計士として、初めての大きな出金を無事に済ませて以降、半月ほどは平穏な毎日を過ごすことができた。

だが今日は少々事情があって、買い物をするためにある店を訪れている。

「あら、コレットじゃない、久しぶりね」

名前を呼ばれて振り返ると、笑顔で手を振っていたのは友人のレリアナ＝プラント。

いま訪れているここは、少し特殊な品を扱う店。まさかこのような場所で出会うとは思わなかった。それはレリアナも同じだったようで。

「どうしたの、こんなところで。まさかコレットも旅行かしら？」

「今日は仕事がお休みだから買い物よ。レリアナこそ、今日は役所が開所日のはずでしょう、まさか辞めたんじゃないでしょうね？」

「ふふ、その通りよ。見てちょうだい、コレット」

レリアナは上機嫌にくるりとターンして、上品な絹のワンピースをふわりと揺らす。

彼女はレイビィ家よりもさらに下層の、貧しい家の長女だ。弟妹が多く、あの受付嬢の仕事につくためにそれこそ涙ぐましい努力をしたことを、これまで幾度となく聞かされている。その頑張って得た仕事を、考えもなしに辞めるとは思えない。

「つまり、先日会った時に話していた相手と、上手くいっているってことなのね」

「ええ、正式に婚約したから、来月には彼の仕事に同行するの。つまり、顔見せみたいなものね、彼……セシウスは商会の次期当主だもの」

「もう婚約したのね、おめでとうレリアナ」

「ありがとう、それでコレットはどうしてここに？」

ここは鞄《かばん》屋だ。風雨に晒《さら》されても荷物を守りきる精巧さと、長時間馬車に揺られても壊れない頑丈さが有名で、長期の商談旅行に赴《おもむ》く貴族や商人たちの御用達《ごようたし》店だ。だがそれだけの品は、相応に値が張る。

レリアナがブラッド＝マーティン商会の次期当主の婚約者になったのなら、彼女がここにいても不思議はないだろう。だが私はというと、これが頭の痛い問題で……。

「新しい職場の上司が、視察に行くの。それに同行することになって」

「でも確か、新しい仕事も会計士には違いないって言っていたわよね。本院で誰かお偉い人についているの？」

「うん、まあそんなところ。あくまでも会計士なんだけどね」

殿下の遠方視察のあいだ、私は休暇となる約束だった。けれども今回は例のリーナ様のご友人であるフレイレ子爵令嬢の領地も近いということで、追加で立ち寄ることになったのだ。せっかく関わったので、事業を実際に目で見てみてはどうかとリーナ様の後押しもあり、私にも同行の許可が下りたのだ。

とはいえ私は私財会計士。公務とは関係ないので、お付きの侍女たちの馬車に便乗させてもらう予定だ。子爵領以外では、邪魔にならないよう息を潜めているだけの、非常に美味しい仕事でもある。

ということで、今回だけはそういった事情も加味されて、出張手当に支度金まで上乗せしてもらえたので、こうして旅装を整えることにした。

意気込んでずらりと並ぶ商品を眺《なが》めたものの、思っていたよりお値段が張る。なるべく小さな鞄にしようと、手に取って見ていたのだが……。

「どこまで行くの？」

「んー、王都から北西にあるフレイレ子爵領よ。あ、その前に北の国境沿いにある、ティセリウス領も寄るらしいわ」

「はあ？　少なく見積もっても往復で五日はかかる距離じゃないの！」

驚きの声をあげるレリアナ。だが静かな工房つき高級鞄店では、場違いであることに気づいた彼女は、声を潜めて続ける。

「よく聞いてちょうだいコレット、手にしているサイズじゃ足りないわよ。もう一つ大きい物を選びなさいな。それだと服が二着入れば良い方だわ」

「二着も入れば充分よ、旅先で洗うもの」

「あのねえ、仕事で行くなら、そんな暇があると思わない方がいいわよ。洗ったものを干す場所だってあるか分からないのに！」

呆《あき》れたように言うレリアナだが、私の仕事はさほど多くない。それで充分だと思うのだけれど。

「じゃああなたはどれを買うつもりなのよ」

「私はもう注文を終えて帰るところなの、アレと、アレと、それからコレを二つ」

「え、四つも？　しかも大きいやつ！」

引っ越しでもするつもりなのだろうか。一番大きなものは、私が膝をかかえて入れそうなくらいだ。そんな大きな鞄を乗せる馬車もまた、素晴らしく大きいに違いない。

なんだか遠い世界に行ってしまう友人を心から祝福したいと思いつつも、ほんの少しの寂しさが混ざる。

「逆に言わせてもらうけれどレリアナ、あんな大きな鞄を買っても、中に入れるものがあるの？」

「ないわよ」

あっさり言う彼女に、私は肩をすくめる。

「じゃあたくさん買う必要ないでしょう、もったいない」

「さすがに私もそう思ってセシウスに言ったわ。でもこの鞄は行く先々で買ったものを、持ち帰るためだって。そう彼が言うから」

「へえ、すごいのねぇ、考え方が根本から違ったわ」

「うん、私の家の事情を知ってても、お金目当てだろうなんて馬鹿にしないどころか、私が散財したくらいで揺らぐような仕事はしていないって……」

苦笑いを浮かべながらも、レリアナは嬉《うれ》しそうだ。大店《おおだな》の跡取りというので、遊ばれていないかと心配だったが、少なくとも彼女は幸せそうだ。

「さすが国をまたいで商売をする、ブラッド＝マーティン商会ね」

「彼がそういう考え方なのは、しばらく滞在していたベルゼ王国の影響ですって。向こうでは国王様が代替わりをして、古い慣習を一新する気運が高まっているみたい。だから役所で働く女性や官位に就く女性が増えているようよ」

「国が違えば、私たちのように肩身が狭い思いをしなくていいのね」

そんな話をしながら、私はレリアナの勧めた一回り大きな鞄を購入した。彼女とは違い、注文をしなくても店頭に並んでいるものがあるので、すぐに持ち帰ることができた。

その後レリアナとは、視察の同行から戻ったら会おうと約束して別れた。

帰宅すると、まだ日が高い時間だというのに、父さんに出迎えられて驚く。

どうやら出勤前に、遠方への視察同行の話を母さんから聞かされたらしく、心配で今日は早帰りをしてきたのだという。

「コレット、よりによってティセリウス領へ向かうというのは、本当なのか？」

「そうよ、でもそこは殿下の御用事であって、私はおまけ。私の出番はその次に訪れるフレイレ子爵領だから、それまでは侍女たちの中に紛れてお手伝いかな」

「どうしてこう、コレットはついていないというか、引きが強いというか……」

「ねえ父さん、ティセリウス領がどうしたって言うの？」

父さんは心配そうに私を見ながらも、何をどう伝えようかと躊躇《ちゅうちょ》している様子だった。けれども、視察同行は決定事項なのだからと言うと、ため息をつく。

「実はティセリウス伯爵は、シャロン様の義理の父にあたる。ノーランド伯爵家へ嫁ぐにあたり、シャロン様の身分を変えねばならなかったそうだ」

「……え、お母様の？」

初めて聞く事実に、頭が追いつかない。

私を産んだ母の記憶は、実はあまり残っていない。聞かされていることは、私と同じ金髪で紫の瞳の女性だったこと。父と恋に落ちて結ばれたということだが、お母様はこの国の出身ではなくて結婚に至るまでの道のりに、越えねばならない障害が多かったのだとか。

「ティセリウス伯爵は、ノーランド伯爵家に恩を売るために、そのお相手であるシャロン様の書類上の養父になったと伺っている。当時シャロン様は、身分の高い望まぬ相手から求婚されていて、その相手が苦手とする対立派閥の者ということで、利害が一致したようだ。ノーランド伯爵家が無くなった今となっては、ティセリウス伯爵はシャロン様のこと、ましてやお嬢様のことなど、覚えてはいないだろうが……」

それでも心配なのだ。父さんの顔にはそう書いてある。

だが私はかえって、ティセリウス領に興味がわく。いつ消えてしまってもおかしくないほど、微《かす》かな記憶しか残っていない母の、確かに生きていた痕跡がある地だと知ってしまったから。

それにティセリウス領は国境の領地。その向こうにはベルゼ王国、革新的な国と陸続きの街。

なんだか、ワクワクしてきた。

「そんなに心配しなくても、きっと大丈夫よ、父さん。こうして訪れる機会が巡ってきたのなら、縁がある地なのよ。いい機会だからたくさん新しいものを見てきたい」

そんな言葉に、父さんは再びため息をつく。それも深く長く。

「コレット、そんなに目を輝かせるお前を見ると、父さんは嬉しいというより、寿命が縮む思いだよ」

え、なんで？

「いいかい、コレット。くれぐれも、目立つんじゃないぞ？」

だから隠れてついていく予定だって、さっき話したよね？

なんだか釈然としない忠告を受け、「はいはい、分かりました」と約束をするまで父さんに放してもらえなかった。

本当に心配性なんだから。

でも父さんと母さんが、本当に私を大事に思ってくれているのが分かり、何だかくすぐったい。

そうだ、もう一人の心配性にも、きちんと報告しておかないと。私はそう思って、早速部屋に戻って筆を取った。

親愛なる弟へ。いつも通りの始まりでしたためた手紙を、その日の夕方には配達員に託して私の休日は終わった。

出発は三日後。それまでに用意しておいた殿下の私財からの経費に、私の旅費を追加して計算し直さねばならない。結局仕事のことを考えながら、その日は眠りについたのだった。

ひときわ大きく立派な馬車を中心に、近衛《このえ》騎馬が囲むように護衛する形で、合計四台の馬車が連なる視察団が、朝早く王都を出発した。

私はあらかじめ決められていた通り、先頭の殿下の馬車から一つ後ろの、アデルさんたち侍女が乗る馬車に便乗していた。二つ目の休憩場所までは……。

「少し、顔色が戻ってきたな」

殿下が視察のための書類を読みながら、私の目の前でそう言って小さく笑った。

そう、目の前なのだ。

私はこの日、生まれて初めて王都を出た。市街地を抜けた先の街道が、どのようなものかは一応知っていた。だが知識と体感では天と地ほどの差があって……。

つまり街道を走る馬車の揺れで、私は激しく酔ってしまった。侍女たちの乗る馬車だって、殿下所有のものだから、街を回る乗り合い馬車よりも質はいいはずだった。それなのに予想を上回る揺れに、私の胃も頭も翻弄《ほんろう》された結果、眩暈《めまい》と吐き気に悶絶《もんぜつ》するしかなくて。

一応、頑張ったのだ。アデルさんたちの介抱に応《こた》えるべく、必死に耐えた。

けれども休憩所に着くなり、耐えきれなくなって思い切り吐きまくった。止まらぬ吐き気に匙《さじ》を投げたのか、殿下の特別馬車に放り込まれてしまったのだ。

もちろん、殿下からの許可は得ているそうだ。

しかし、万が一この特別の馬車でもダメだったら……と思うと、また違う緊張で吐きそうなんですけど、どうしてくれよう。

そういう厳しい状況から目を逸《そ》らすべく、失礼ながらも壁に身をもたせかけて目を閉じていたらば、いつの間にかすっかり寝ていたらしい。酔いも収まって大あくびをしながら起きてあらびっくり、正面で呆れ顔の殿下とばっちり目が合った。

もちろんヴィンセント様も同乗していて、殿下と二人きりではないけれど、平民会計士風情《ふぜい》の私が、殿下の特別仕様馬車でうたた寝。

父さん、まだティセリウス領にすら着いていないけれど、これは失態に数えるべきですか？

「で、殿下の前で失礼いたしました……」

気づけば上着をかけてもらっていたらしく、それを綺麗《きれい》にたたんでお返しすると。

「お前の図太さには、いまだに驚かされる。だが回復したのならちょうどいい、これに目を通し疑問点があれば指摘してくれ」

先ほどまで殿下が目を通していたらしい書類を差し出されたので、素直に受け取る。帳簿の写しらしく、たくさんの数字の羅列が目に入る。

だが額がかなり大きい。商会や個人商店相手の庶民納税課のレベルではない。私はそれに気づくと素早く顔を上げて、その書類から目を逸らす。

「殿下、私に変なもの見せないでください」

「早いな、分かったのか？」

「分かるもなにも、とんでもない桁じゃないですか。これはもしかして、どこかの領地の帳簿じゃないですか？」

そうだと、殿下は悪びれる様子もなく言った。

「私が許しているのだから、気にするな」

「職務外のことはいたしません」

「私は移動中でも、公務だ。ここでヴィンセントとともに、資料を参考に視察先の領地について話し合っている。そこに飛び込んできたお前に考慮してやる理由はない、運が悪かったと諦めるのだな。それを見なくとも聞くことになる」

「ひっどい、そんな屁理屈《へりくつ》！」

「いいから、目を通して気になることがあれば些細《ささい》なことでも、会計士としての見解を聞かせろ。好きなことをしていれば気もまぎれるだろう」

殿下は撤回するつもりがないのか、私が押し戻そうとした書類を受け取らない。

仕方がないので、私は頬《ほお》を膨らませながらも、再び書類に目を落とす。

まさか、馬車に酔ったせいでこんな目に遭うとは思わなかった。殿下は鬼か。そう心の中で悪態をつきながらも、帳簿に目を通す。

数字は大きいが、それにさえ慣れてしまえば、商会のそれとあまり変わらない。収益と、ずらりと並ぶたくさんの項目ごとの出費、商会では見ないような項目もあるが、それとて支出には変わりない。

ずらっと連なる数字を見て、その良くできた会計報告に感心する。

「ざっと見ですけど、良くできた会計報告書ですね。計算上では抜けも計算違いもないようですよ。さすが領地の出すものとしか……」

うっぷ……。

眩暈、再来。

「コレット？」

使用人用の馬車よりもマシとはいえ、揺れる馬車の中で書類を見たのがいけなかったようで、馬車酔いが再発。

もう吐くものもないので、殿下の前で最悪の事態は免れたけれど、再びダウン。殿下の厚意によって膝掛けをお借りして、柔らかな座席に横にならせてもらった。

けれども、完全に横になってしまうと、余計に揺れを強く感じる。しかたなく起き上がると、殿下と目が合った。

「申し訳ありません。見苦しいところをお見せしてしまい……」

「いい、無理に喋《しゃべ》るな。書類を見せた私も悪かった」

そう言うと、殿下は私の隣に席を移ってきた。そして横を向いたまま、私に膝掛けを被せて、引き寄せたのだ。

「壁にもたれたら振動が伝わるだろう、かまわんから寄りかかって寝ろ」

「え……でも」

困ってヴィンセント様を見ると、小さく頷いてくれた。

正直、とても辛《つら》かったのでありがたい。これが殿下でなければなお良しなのだけれど、ヴィンセント様にお願いしたらそれはそれでリーナ様に申し訳ないので、腹を括って目を閉じた。

殿下の肩は私が力を抜いて寄りかかっていても、まったくゆるぎなくて、温かい。ついでになんだか良い匂いもするからか、再び私は眠りに落ちた。

どのくらい寝ていただろうか。まどろみの中で、声が聞こえた。

「当時、王都で開業していた医師を洗い出して、確認を取らせている。かなりの数に上ったが、ダディスの協力でそこから数名に絞り込めた」

「その一人が、今は故郷のティセリウス領で隠居しているということですね。しかし、改めてその者に対するダディスの調査を待たずに、殿下が面会に赴かれずとも……せめて代わりの者を」

「いや、当時複数の貴族家の主治医として働いていた者だ。約束の石などを使われていたら口を割らない可能性もある。それにちょうど視察予定地と重なったのは、意味があるかもしれない」

「精霊王の加護……宝冠の作用、ですか？」

「王国の始祖の伝承は事実であり、世界最後の魔法と言われるくらいだ、考えられなくもない……忌々《いまいま》しいが。とにかく、ようやく得た手掛かりだ、慎重を期す」

「殿下の口から魔法という言葉を、初めて聞きましたが……」

「……待て、ヴィンセント」

殿下が、ヴィンセント様の言葉を止めたようだ。宝冠という言葉で目が覚めた。だからその先を聞きたかったのに。

だが会話の内容を整理する前に、いきなり頭を手でまさぐられる。

「なにするんですか」

くしゃくしゃになった頭を手で押さえながら目を開けて、自分が横になっていたことに気づく。しかも枕にしていたのが、殿下の膝であることに気づき、飛び起きると。

「急に動くとまた吐くぞ」

「で、でで、殿下、膝……」

「ああ、お前が倒れてきて仕方なく寝かせておいた」

何でもない風に言わないでください。王子殿下に膝枕させたなんて、そんな理由で破滅したくありません。

「どうして起こしてくださらないんですか、ヴィンセント様」

「こちらに飛び火させないでくださいよ、コレット。いいじゃないですか、誰も見てないのですから」

「そういう問題じゃないです、おかしいでしょこの距離感」

「かまわんと言っただろう、みっともなく喚《わめ》くな」

殿下にそう言われてしまうと、何も言い返すことができない。仕方なく乱れた髪を整えるものの、しっかりと顔を乗せていたせいか、殿下の服が皺《しわ》になっている。

殿下もきっと重かったろうに……なんだか申し訳なくなっていると。

「お前はちゃんと食べているのか、コレット。軽すぎる」

いらぬ心配だった様子。

「他の女性よりもむしろ、食べていますってば。たぶん体質です、肉付きが悪いのは」

放っといてください、レスターのせいで既に耳にタコができているんだから。

けれども殿下は違う心配をしていたようで、小さな包みを差し出してくる。

「酔いには甘いものがいいらしい。これなら吐く心配もないだろう、そのまま何も食べずにいたら倒れる」

受け取って包みを広げると、そこにあったのは鮮やかな色の飴《あめ》だった。

いつか見た、瓶の中身のように、赤や黄色、青の玉がきらきらと手の上で転がる。その一つを口に入れると、甘酸っぱい味が口に広がり、からからに渇いていた喉を潤す。

思わず「生き返ります」と笑顔になる私を見て、殿下が小さく笑った。

「飴くらいで安いやつだ」

「殿下こそ、いつも持っているなんて、どれだけ飴好きなんですか」

「勝手に飴好きにするな、たまたまだ」

遠慮なく二つ目を口に入れたところで、殿下に眉をひそめられてしまった。勧めたのは殿下なのに、とんだ理不尽だ。

そうして私にとって初めての長距離馬車旅初日は、大変だったけれど何とか乗り切ることができた。

明日、もう一日を馬車で過ごしたら、目的のティセリウス領だ。まだ試練は続くけれど、私はかつて母と関わりのあった地に行けると思うと、期待で胸を躍らせていた。


王都を出発して二日目を迎えると、もはや朝から殿下の馬車に入れられてしまう。

どうして。元に戻して。そうアデルさんに訴えたものの、今日の夜には公務に先駆けて、殿下の私用を片付けることになっているとのことで、体調優先と却下されてしまった。

そんなことってある？　もしかしたら別の意味があるのではと、昼休憩時間にアデルさんを問い詰めることに。いくら私財会計士の仕事に慣れてきたとはいえ、平民の私にとって殿下のお側《そば》は緊張するのだと同情を引く作戦を使ってみたらば、多少は申し訳ないと思っていたらしい。

それらを聞き出せたのは、野営で昼食を取ることになり、アデルさんたち侍女や雑用人の中に入った時だった。

「コレットさんには申し訳ないとは思いましたが、殿下にとって若い女性がお側についているのは良いことかと判断し、同乗を勧めました」

「それって、例の不敬な噂《うわさ》への対策ですか？」

チラリと、離れた場所で休憩をしていた近衛兵たちの方を見る。

「はい。実際に殿下が問題なく女性に接することができることを見せるのが、最も早く誤解を解く方法ですし、それが周囲の願いでもありまして」

婚約者候補すら挙げられていない殿下への心配は分かるけど……。

「私はあまり殿下にとって、接すべき女性の要件を満たしていないので、お妃様候補になる貴族女性への周知になりますでしょうか」

「確かにそれはそうなのですが、ご覧の通り侍女は年が行きすぎているので、まずは小さな一歩が肝心かと」

重々承知の上で、それでもあえて行動に移すというなら、アデルさん以外の思惑もあるのでは。

「若けりゃいいってものではないでしょうに。誰ですか、その殿下の周囲とは。臣下でありながら殿下の心配をされるといったら、ヴィンセント様か、トレーゼ侯爵様？　普通は親くらいですよ、そんな世話を焼く……」

アデルさんが視線を逸らす。

え、ちょっと、まって。殿下の親って、国王王妃ご夫妻。

「まさか……」

「私の口からはなんとも申し上げられません。ただ、どんな形でもよいので、殿下の周囲に人を増やしたいという願いが、私どもの間ではあるということです。それではコレットさん、お仕事頑張ってください」

「あ、ちょっと……」

さすが侍女歴が長いアデルさん、都合が悪くなった時の対応が速い。さっさと食事を終えると、食器を持って片付けに立ってしまった。残された私は仕方なく、他の侍女たちと雑談を交わす。

まあ彼女たちに振られる話題は、殿下の車中での様子なのだけれど。まさか膝枕をさせてしまったとは言えず、酔いを逃がすために寝ていた以外はいつも通りだったと誤魔化《ごまか》しておいた。

それについてつまらないと言われても、笑うしかなくて。

アデルさん以下殿下の侍女たちは全員、既婚者で少し年嵩《としかさ》の女性ばかり。打ち解けてみたら話好きの、どこにでもいそうな女性たち。仕事はアデルさん仕込みで手早くそつがないが、仕事を離れると良家の奥様といった面が垣間見られる。

殿下の周辺の人事には、こうした人々を見る限りかなり気を遣われているのが分かる。それなのになぜ会計士は私なんかで良かったのか。どうにも腑《ふ》に落ちない。

まあ、それだけ切羽詰《せっぱつ》まっていたのは、仕事を引き継いだ時点で嫌でも理解している。

そうして食べ終えて私も食器を持って水場に向かうところで、ふと視線を感じて振り返る。

「……うん？」

誰かに見られているような、視線を感じた。

昼の野営地の警護にあたっているのは、近衛兵だ。日ごろから殿下は近衛とは距離を置いているものの、こういった公務の時には警護の配置などにはしっかりと口を出しつつ彼らを任用している。

その警護にあたる近衛兵の方を見ても、変わった様子はない。

気のせいだったのかと再び水場へ向かって歩き出した時だった。ふいに腕を引かれて、木陰に引っ張り込まれた。

「わっ、な、なに？」

「しっ、声を出さないで、僕だよ姉さん」

兜《かぶと》で顔が隠れているが、そこにいたのはレスターだった。

「……どうしてここに？」

「急遽《きゅうきょ》、同僚と代わってもらったよ、姉……コレットが心配で」

「心配って……殿下がいて厳重に警護されているのだから、そんな必要がどこにあるっていうのよ」

「だっておかしいだろう？　コレットはあくまでも殿下の私財会計士で、普段から外との関わりだってないのに、突然どうして視察に同行させられているの。殿下に何かされていない？」

「ば、馬鹿ね、殿下が私に何をするっていうのよ」

どちらかというと、何かしたのは私の方だ。王子殿下の膝に頭を預けて寝たことを思い出し、焦りでつかえる。

「僕、知っているんだからね、コレットが殿下の馬車に同乗しているのを」

「それは、私が馬車の揺れでひどく酔ってしまったから」

レスターの視線が痛い。私だってまずいと思っているもの、父さんからも目立たないよう、極力殿下と私語を慎むよう言われているし、努力しようと思っている。けれども上手くいったためしがない。

「こうなったら、コレットは早く退職した方がいい。危なっかしくて見ていられないよ。この際、背に腹は代えられない、やっぱり僕と……」

レスターが心配そうに言い募る後ろから私を呼ぶ声が聞こえて、彼の口を手で塞《ふさ》いだ。

「コレットさん、どこに行ったの？」

アデルさんが呼ぶ声だ。

私は腕を掴んでいたレスターの手をはがした。そして声をさらに潜めて忠告する。

「レスター、あなたも仕事だから仕方がないけど、なるべく顔を合わさないようにしてよね」

「どうしてだよ、コレットと僕は他人として振る舞っても、なにも支障はないだろう？」

「支障あるのよ！　今ここで詳しく話せないけれど、とにかくあなたがいることを殿下に悟られないようにね」

レスターは近衛騎士という立場で、デルサルト卿《きょう》の部下だ。それでなくとも先日の一件で、私に興味を引く注意対象として殿下には認識されている。知らぬ間に高貴な人たちの争いに巻き込まれぬよう、私がレスターを護《まも》らねば。そう改めて誓い、踵《きびす》を返す。

「待って、姉さん！」

レスターの呼ぶ声を聞こえないふりをして、私は何もなかったかのような顔をして水場に向かった。

どうやら出発の時間が迫っているようだ。探しに来てくれたアデルさんにお礼を言い、先頭の殿下の馬車に乗り込む。すると既に殿下とヴィンセント様は馬車に乗車していた。

「コレット、先に今晩のための打ち合わせをしておこうか」

殿下の向かいに座ると、早速、今晩の仕事の話になるようだ。

私は隣に座るヴィンセント様からメモ書きを渡される。そこには訪れる予定の店の名前とそこで落ち合う相手の名、それから殿下たちの偽名が書かれている。

「覚えておいてください、殿下はロイド、私はヴィクターと名乗りますので、間違えないように」

私は少し考えた上で、口を開く。

「お店はいわゆる酒場的なものみたいですけど、そこに行く目的を聞いてもよろしいですか？」

「いわゆる市場調査だ。ティセリウス伯爵領は国境を有するがゆえに、隣国との直接交流が多い。今回は、交流にかこつけて不法に国外へ出る者を助ける、仲介者と接触する。過去から現在までの傾向を知るために、国外脱出希望者を装ってな。男が一人よりも女連れの方が、仲介者へ依頼する理由として不自然ではないそうだ」

「……私、単なる私財会計士として雇われているんですよね？　それって公務みたいなものじゃないですか。それに現金の支払いはなにも私がついていかなくとも、領収書をいただければ処理いたします」

素直に不平を口にする。

「国外脱出というからには、男女の関係に見える方が自然だ。侍女を連れていくには年齢が釣り合わない。かといって現地で用意するのは面倒だ。ついでにそこで、ある医師と会う約束をしている。そちらは完全に私的な用件でもある」

医師という言葉に、一瞬ドキリとしてしまう。それは昨日、ねぼけ眼《まなこ》に聞こえてきた殿下とヴィンセント様の会話が、頭によぎったせい。

しかしここで何かを言おうものなら、殿下に何かを隠しているのかと追及を受けるのではという恐れを抱かされる。

それを誤魔化すために、あえておどけてみるしかなかった。

「人手不足は殿下の自業自得じゃないですか。さすがに特別手当を相当上乗せしてもらわないと、割に合わないです」

相変わらず守銭奴《しゅせんど》なやつだな、そう呆れたような言葉が返ってきて、場の緊張感が緩むかと思ったのだが、まさかの失敗に終わった。

「いいだろう、許可する」

真剣な面持《おもも》ちでそう返されると、もう断る術《すべ》はなくて。

私は一歩一歩追い詰められているような感覚に陥り、変な汗が滲《にじ》む。

メモを握りしめ、殿下から逃れるように視線を外し、車窓から外の景色を見た。既に日は傾き始めている。夕刻前にはティセリウス領、伯爵家のある領主館に到着するだろう。そこで領主からの歓迎の晩餐《ばんさん》が開かれるという。それを終えて夜も深まった、深夜の外出。私は町娘を装って……装うもなにも元から町娘だけど、同じく平民を装った殿下とともに酒場に向かうのだ。緊張しない方がおかしい。

「危険な目に遭わせないと約束しよう、護衛も陰から同行する」

ふと気になって聞いてみる。

「護衛って、近衛の人たちにも頼むんですか？」

だが殿下は冷たい笑いを浮かべて否定した。

「公務ではない。だから近衛は使うつもりはない。コレットは近衛に話しかけられたとしても、決して近づかないようにしろ」

まるでレスターとのやり取りを見ていたかのようなことを言われ、返す言葉を失っていると、ヴィンセント様が補足してくれた。

「同行している近衛たちが、貴女のことを話していました。休憩の度に声をかけようかとかなんとか」

「私に、ですか？」

私は女らしさが少々欠けるせいか、繁華街ですら男性に声をかけられることなんて皆無。近衛の人たちは、そんなに女性と接することに飢えているのだろうか、だとしたらなんて可哀想にと同情すら覚える。でもだからといって、うちの可愛《かわい》いレスターに変なことを教え込まれてもかなわない、困ったことだ。

「殿下の視察に若い女性がいることが稀《まれ》なので、彼らの注目を浴びてしまったようですね。領主館へ到着後も、空き部屋や木陰などに連れ込まれないよう注意してください。これは近衛に限ったことではなく、兵たちは血気盛んな者が多いので、よく覚えておいてくださいね」

それ、まさにレスターと二人きり、木陰に入ってヒソヒソ話した後なんですが。

「ははは……気をつけます」


それから順調に旅を続けて、予定通りの時刻に視察団はティセリウス伯爵領に到着した。

領主館は驚くことに頑強な砦《とりで》のごときお城だった。かつて隣国との小競り合いのため、前線の砦として実際に使われていた、歴史ある建造物だそう。その城を改装して、代々伯爵家の屋敷として使われている。その城下には王都には比べるべくもないけれど、活気ある街が広がっており、近年の交易によって発展著しい土地だ。

領主館への道すがら、殿下の視察団は街道に集まった領民たちから歓迎を受けていた。殿下がやってくることは周知されていたのだろう、その人だかりを見て、酔い回避のためだけに殿下の馬車に同乗していた私は、肩身が狭い思いをしたのだった。

とりあえず殿下は、領民にはとても人気があるようだ。部下としては一安心。

領主館に到着すると、殿下とヴィンセント様はすぐに、ティセリウス伯爵に出迎えられて、屋敷の奥に連れられていった。

ティセリウス伯爵はかなりお年を召しているようで、白髪に恰幅の良い男性だった。穏やかな表情を浮かべて殿下のみならず、視察団の面々にも旅の疲れを労《いたわ》る言葉を口にした。それなりに長く辺境を守ってきただけはある、堂々とした所作の人だ。

あの人が、お母様の養父。そう思って遠くから眺《なが》めるものの、まったく何の感慨も湧かない。母の記憶ですら微かなのだから、それもそうかとすぐに思い直す。

それから私たち使用人は、部屋へ案内された。三泊と短いとはいえ殿下が滞在するには、それなりの荷物を持参している。私もアデルさんたちを手伝って荷下ろしに加わった。彼女たちの手際の良さに私の手が足されても、どれほど助けになったかは分からないが。それが終わると私たちにも歓迎の食事が用意され、各自お腹を満たした。どうやら近衛たちは、領兵たちの方にお世話になるらしく、滞在場所は離れていたので、ホッと胸を撫《な》で下ろす。レスターには悪いが、逃げ場の無い視察中に顔を合わせることは、やはり避けるべきだ。

「コレットさん、こちらへいらしてください」

食事が終われば私にやることはない。殿下と合流する待ち合わせの時間まで、本でも読んで時間を潰そうと思っていた矢先に、アデルさんに手招きされた。

請われるままに後についていくと、アデルさんたちにあてがわれた部屋にやってきた。そこで町娘に流行の袖がふわりと丸いブラウスとエプロンドレスを差し出される。

「殿下から指示を受けております、こちらを着て町娘らしく髪を整えましょう」

食事の合間に護衛の一人が用意してきたのだという。そのワンピースに着替えると、私を椅子に座らせてアデルさん自ら、髪を櫛《くし》で梳《と》かしてくれた。

「コレットさんの髪は、とても華やかですね。いつかこうして結い上げ、飾ってみたかったのです」

意外なことを言われ、驚いていると。

「私は殿下にお仕えして長いので、かつて習得した技術を披露する機会がありません。子供たちも男ばかりで……」

「ああ、侍女の皆さんは貴婦人の衣装や髪を整える訓練を、必ず受けるんでしたね」

「はい、飾り立てるお手伝いは、とても好きなのですよ」

アデルさんはいつも表情を崩すことなく、淡々と仕事をこなす人なのだけれど、今は分かりやすく笑みが浮かんでいる。

緩めに癖がある髪を丁寧《ていねい》にすくい、頭頂から耳後ろまで細かく編み込み、下ろした後ろ髪の下で束ね結んでくれた。まとめ上げていなくても、顔周りがすっきりして、幼すぎず働き者の町娘らしくなった。

「どうでしょうか」

「うん、素敵になりました。ありがとうございます、アデルさん」

「殿下の瞳は金ですので、指輪は替えなくても大丈夫そうですね」

ふと指を見る。何気なく金額で選んだ金細工の指輪だけれど、そう言われるとまるで殿下の瞳に合わせたように見えなくもない。

私は肩からななめにかけられるポシェットを用意して、その中に仕事道具のノートと筆、それからずしりと重い金貨の入った革袋を入れる。そうしてから地味な上着を着ると、すっかり仕事帰りの町娘だ。

準備を終えてしばらくすると、顔見知りの護衛が迎えにきた。彼に連れられて、私は待ち合わせ場所へ向かう。同時にアデルさんたちは、殿下の就寝の支度を手伝う振りをする名目、つまりアリバイ工作として殿下の部屋に向かった。

しばらく暗い廊下を進むと、使用人たちが使っているという通用門にやってきた。そこには既に、無地で簡素なシャツにベストを組み合わせ、商人がよく好むマント風コートを羽織った殿下が待っていた。その横には、同じく普段の華やかさを抑えた、執事風なヴィンセント様も。

「時間だ、急ごう」

私を見ると、殿下はそう言って門をくぐった。

殿下と護衛を先頭に、私とヴィンセント様が続く。夜も遅いが、視察団を迎えた領主館は、使用人たちの行き来が絶えない。きっと明日の朝の準備のために、人の入れ替えがありかえって目立たない。とはいえこちらは初めてのことでビクビクしているというのに、殿下たちは慣れた様子だ。今までも、こうして密《ひそ》かに行動することがあったのだろう。だとしたら、なんて王子様だ……。

「あそこが、熊の子亭か」

王城と違って、通用門をくぐると細い路地が続き、そこをしばらく歩くとすぐに街に出た。繁華街のようで、いくつもの酒場や宿屋が軒を連ね、人で賑《にぎ》わっていた。

お店を前に、殿下は足を止めて護衛に指示を出す。それを受けて護衛は店の入り口が見張れる向かいの酒場に入る。それを確認してから、殿下は私に向き直る。

「コレット、仮の名は覚えたか？」

目の前の殿下はたしか。

「ロイドさん？　ですか」

「疑問形にするな、それでこっちは？」

ヴィンセント様を指差すので、「彼はヴィクターです」と答えると、頷く。

「俺は小さな商店の三男、コレットとは結婚を誓い合った仲だ。コレットはそこの下働きで、家からは結婚を反対されているため、隣国へ逃れて一緒になることを希望。ヴィクターは幼なじみの使用人、協力者だ。頭に入ったか？」

「……なんとなく」

「あくまでも設定だ。コレットは喋らなくてもいい、俺の言うことに頷き肯定するように」

わお、殿下の「俺」呼称は、元から滲み出る俺様度がさらに増して、とても小さな商店の三男には見えない。だがそれを指摘してしまうと、話が長くなるに決まっているので、頷いて肯定しておく。

ふと殿下から手を差し出されて、なんだろうと首を傾げる。

ああお金の袋を出せと言われているのだと気づき、ポシェットをまさぐるとその手を取られた。

「早くしろ」

「わあっ」

しっかりと手を握られて、しかも指をからませる手つなぎ。驚いている間に引っ張られて、酒場の扉をくぐった。後ろからついてくるヴィンセント様が、苦笑いを浮かべている。

殿下が店主に何か言伝《ことづて》をすると、しばらく後に奥に通された。恐らく、この店も分かった上で場所を提供しているのではないだろうか。交易が盛んになってきている隣国とはいえ、密入国はかなりの額の罰金刑。場合によっては牢屋《ろうや》行きだったはず。

案内された先は、王都のカフェとは程遠い、薄汚れた個室。というより衝立《ついたて》と柱を利用して隔てられたにすぎない狭い空間だった。そこでは既に、一人の男が酒を飲んでいた。

「約束の時間通りだな、いいだろう座ってくれ」

意外と若いその男は、私と殿下を向かいに座らせた。そして連れてきた店主に、酒を追加で出すよう伝えて、殿下……いや、ロイドに勧めた。後ろに立つヴィクターをちらりと見やり、慣れているのか特段彼について何も言わずにいた。

ロイドは出された酒を一口だけ飲み、早速だが……と話を切り出す。

「彼女と二人で、ベルゼ王国に入りたい。いくら出せば都合つけてもらえる？」

「おいおい、単刀直入だな。あんたの身なりじゃ、世間知らずの坊ちゃんか……まあいい、きっちり金を払ってくれりゃあ仕事はする。だがこっちも命がけだ、一人金貨二十枚でなら引き受けてもいい」

「足元を見るつもりか？　こちらでも下調べくらいはしてある。金貨十枚が相場だろう」

ロイドがそう言うと、男は悪びれる様子もなく、酒をあおると杯を机に音を立てながら置いた。

「取り締まりが厳しくなっているのを知らねえのか？　その程度の覚悟なら、話はここまでだ」

「いや、待て。二十枚は用意するその代わり……」

言いかけたロイドを制して、私は口を挟む。

「二十枚で納得しちゃ駄目よロイドさん！　仲介業者のあなたもよ、とんでもない暴利だわ、二人で四十枚も取るなんて。私たちには、金貨十二枚が精いっぱいです！」

そう交渉をすると、横に座るロイドが目をひんむいてこっちを睨《にら》む。

いや、値段交渉は話を長引かせる手でしょうが。二十枚言い値で出したらそこで話は終了ですよ！

そう心の中で突っ込んでいると、声を出して笑ったのは、仲介業者の彼の方だった。

「なんだ、幼顔の恋人の方が、よほどしっかりしているじゃねえか」

「向こうに行っても、生きていくには何かと入り用ですので、無一文になったら意味がありません」

「いいだろう、こういう強《したた》かな女は嫌いじゃない。金貨十八枚で手を打ってやる」

「十八枚ですって？　そんなしみったれた値引きでは、男が廃《すた》りますよ。十三枚でお願いします」

「いいや、それじゃ経費にもなりゃしねえ。十七枚だ。あんたその髪と瞳の色、ベルゼ王国の方の血を引いているんじゃないのか？　向こうに伝手《つて》がある奴《やつ》に、これ以上はまけられねえ」

「いいえ、私は純粋にフェアリス王国の者です、まあ容姿で誤魔化しようがあるので助かりますけど。だから十四枚で」

「あんたぐらい口が立てば、どんな商売だって何とかならあ、よし一人十五枚で手を打ってやる。その代わり、ここの酒代全額出せよ」

「えぇぇ？　どれくらい飲み食いしたかにもよります！」

「ケチ臭いこと言うなよ、ここに並んだ分しか頼んでないって」

「分かりました、じゃあ交渉成立で！」

気持ちよく交渉を終えて大満足で横を向くと、なぜか頬をひくつかせるロイド……いや、殿下が。

「か……勝手に決めてしまいましたが、どうでしょうロイドさん？」

殿下が目を伏せ、小さくため息をつく。そして、

「いい、その値で頼もう」

すると仲介人の男が大笑いをする。私たちを見比べて、ひいひいと苦しそうだ。

「いい女捕まえたじゃねえか。あんたは顔がいいから、行く先々で女が声かけてくるだろうけど、その手の女は金がかかるばかりだ、だがあんたの恋人とならどこ行っても生きていける。このまま尻に敷かれておくんだな」

なんだか気に入ってくれたみたいなので、勧められるままにお酒をいただく。

ちょろちょろと舐《な》めながら、出された料理にも口をつける。味付けは塩辛いものばかりだから、酒飲み用だ。そうしている間に、殿下も必要なことを聞き出すことにしたようだ。

向こうに行くための心づもりという前提で、こういった依頼はどれくらいの頻度なのかとか、やはり水が合わず戻ってくる者はいるのかとか、そういったこと。それから密入国に失敗したことはないのかなど。

だが男は国境を渡らせる手段に自信をのぞかせるものの、客たちのその後には関心がないようだった。それは金儲《かねもう》けとしか考えていないことの表れのような気がしてならない。

そうしてひとしきり聞き取りを終えて、ここの酒代と前金の金貨十五枚を渡す。すると男は決行の日時と待ち合わせの場所を告げて夜の街に消えていった。

静かになった個室で、不機嫌そうな殿下と、笑いを堪《こら》えるように口元を手で覆うヴィンセント様、それからつまみをちびちびと口にする私が残されているわけで。

「お前には喋らなくていいと、言ったはずだったが」

……ええと、説教開始の鐘《ゴング》が鳴ったようです。

「だって、殿下が交渉すらせずに話を終わらせようとするから、仕方なく助け舟を出したんです。でも次は貞淑な彼女を演じますので、どうかご安心ください」

そう宣言して難を逃れようとしたが、あえなく撃沈。

「その設定はもう終了だ、次はない」

「え？　でもこの後もたしか、まだ人に会う予定ですよね？」

「ああ、それはただ話を聞くだけだ、細かい設定は必要ない」

「なあんだ、この後もまだ続くのかと思っていました」

ほっとしたら、小腹が空いてしまった。お品書きを見て、珍しい品が置いてあるのに気づいて、衝立の隙間から店員さんを呼ぶ。

「すみませーん、このブルグル漬けをください」

「おい、それは強い酒で漬けたものだ、やめておけ」

殿下がどんな料理なのかを知っていて驚いたけれど、指摘は承知の上だ。

「これ、大好物なんです。それにお酒には強いから心配いらないです……あ、もちろんこれは自分で支払いますよ」

「そういうことを言っているのではない」

すぐに店員さんが持ってきてくれた漬物を口に入れる。ぎゅっぎゅと独特な歯ごたえのある瓜《うり》を、度数が高い特別なお酒で漬けたものがブルグル漬け。喉を瓜が通ると、度数高めの酒で熱くなるのがまた格別。

好物にありつけてほくほく顔の私に、殿下は呆れた様子だ。

「それは王都には滅多に入ってこない、ティセリウス領特産だろう。よく知っていたな」

「はい、母が好物だったので」

「お前の母も王都の出身のはずだろう、漬けるための酒はベルゼ王国の特産で、そのためにここでしか作られない」

単純に疑問に思ったのだろう、だが殿下のその言葉に私は内心、しまったと焦る。このブルグル漬けが好きだったのは、産みの母だ。もちろんそれを教えてくれたのは今の両親だが。

「ええと、母の勤める食堂では、珍しい食べ物を仕入れて出すようです」

母さんが買ってきてくれるのは食堂経由で、これは嘘《うそ》ではないが、あまり余計なことを喋らないようにと改めて自分を戒める。

そうしていると、衝立の向こうから声が聞こえた。

「探していた人物をお連れしました」

現れたのは、いつもの護衛さんだった。その護衛に殿下が頷くと、後ろに控えていた人物が中に招かれる。

現れたのは一人の年老いた男性で、灰色の髪に白髪が多く混ざり、身なりは気にしないのか裾の汚れた大きめな上着を着ていて、木箱の鞄を抱えていた。しぶしぶといった素振りで入ってきて、護衛に威圧されるような形で椅子に座った。

彼はいったい誰に呼ばれてここに来たのか、知らないのだろう。薄い青の瞳はまっすぐ殿下を見つめ、不当な扱いに負けじとばかりに口を引き結んでいる。

「夜遅くに呼びつけて悪かった、往診の帰りか？」

殿下のその言葉に、老医師はより眉間の皺を深くした。

「昨日からうちの診療所の周りを男がうろついていたのは、あんたの手下か？」

「ああ、確実に今夜、会えるように見張らせた。だがそれだけだ」

「それだけであるものか、うちは心を病んだ者を預かっている。彼らは僅《わず》かな変化にも敏感だ、暴れてしまい縛るしかなかったんだぞ。事なきを得たからいいものの、患者を死なせたらどうしてくれる」

殿下は驚いたような表情を浮かべ、そして素直に謝った。

「配慮を欠いていたことは謝罪する。迷惑料は寄付という形でいいか」

「謝られても時間は巻き戻せない。だが薬代はありがたく貰っておく。それより、用件はなんだ。手っ取り早く済ませてくれ」

どうやら、一筋縄ではいかない相手らしい。私はそんな二人の様子を見ながら、寄付の額を予想し、持ってきていたお金の計算をする。

医師の要求通り、殿下は早速用件に入るようだ。

「十年前、王都で貴族家の主治医として働いていたらしいな。そこで診《み》た患者について、知っていることを教えてもらいたい」

「……患者のことを？」

「ああ。行方不明の少年を捜している」

「診たのは十年前か？　なら期待しないでくれ。貴族相手の診療を請け負う場合、そこで診た患者のことを不用意に喋ることはできない。それがたとえ、雇い主の屋敷に勤めていた使用人であろうとも。そういう契約だ」

「顧問契約期間の終了を、約束の石による誓約解除の条件とするのが一般的だと聞いている」

「誓約の解除ですべてが終わりとは限らない。石を使用しない代わりに、口外を禁止する書面での契約を交わしている、儂が口外したことで不名誉な事態を招いたと判断されたら、制裁を受ける」

「分かっている、だがそれを承知の上で、頼んでいる」

真剣な面持ちで、殿下は老医師にそう言う。

しばらく老人は口を引き結んだまま、膝元に視線を落としている。彼は喋るのだろうか。あの日のことを。私は彼の言葉を、何が語られるのかを、固唾《かたず》をのんでただ待つしかできなかった。

『――父さん、十年前のあの日、私になにがあったのか教えて』

殿下から聞かされた十年前の出来事と、私の記憶の齟齬《そご》。殿下から私が怪我を負ったと聞いてすぐに、私は父さんを問い詰めた。

宝冠に触れたあと、激しい頭痛に襲われたのは、あの宝冠から鐘のような音が頭に響いたからだとばかり思っていた。けれども殿下の言う通り、頭に出血を伴う怪我を負っていたのなら、曖昧《あいまい》だった記憶やその後何日も寝込んでいたことに筋が通る。

『父さんと母さんはあの日、大怪我を負って意識を取り戻さないコレットの姿に、生きた心地がしなかった』

その言葉で、殿下の言ったことが真実だったのだと知った。

でもそれが本当なら、どうしてそのことを教えてくれなかったのかと問うと。父さんはすごく辛そうな顔で……その時の光景は、今でも父さんたちの脳裏に焼き付いていること。それを思い出すたびに、二度と娘を失いたくない、そんな思いにかられると教えられた。

その頃は既に、父さんと母さんは実の娘のコリンを亡くしていた。その失意から、伯爵家の家令を辞めて街に移り住み、商家など相手の会計士を始めてまだ間もなかった。そこに幼い頃から娘と同様に成長を見守ってきた私が、大怪我をして運び込まれたのだ。その驚きとショックはいかほどだっただろう。でもだからこそ、父さんと母さんは寝る間も惜しんで、私を看病してくれたという。もう二度と、幼子の命が失われないようにと。

そしてその私を診てくれたのが、当時伯爵家の主治医として契約をしていた……確か名が、サイラス……。

「サイラス＝ディカヴール。これは王国の未来を左右する案件だ」

殿下はそう言って医師を見据えて、いつもの威圧感を遺憾なく発揮する。何が変わったわけでもない、服もそれまでと同じく平民が着るもののままだし、いつもの上質な服を纏っているわけでもない、ましてや王冠を被っているわけでも、勲章を胸に並べているのでもない。それなのに、殿下はやはり殿下であることに、私は驚きをもって見守る。

それは老医師にもしっかり伝わっているようで、表情は変わらないものの額に汗を滲ませている。

そして根負けしたのは、当然ながら医師の方だった。

「話せるかどうかは、聞いて判断させてもらいます。捜しておられるのは、どのような人物でしょうか」

一転して丁寧な言葉を絞り出す老人に、殿下は静かに返す。

「ちょうど十年前に、頭部に傷を負った、八歳くらいの少年を探している」

えええ!? と、横の殿下を見る。私、十歳の誕生日を迎える頃だったんですが。

「髪は鮮やかな金髪で、瞳は薄い紫、細く華奢《きゃしゃ》な体つきだ。頭部に打撲による裂傷を負い、かなり出血をしていたはずだ、縫合も必要だっただろう。王城に入れたのだから、貴族家の使用人の可能性が高いと考えている」

それを聞いて、老医師はしばし考え込む。

「当時、使用人に高額な治療を施すような貴族家などありはしません。そもそも儂が請け負った家で診た子供は令嬢だけ……お捜しなのは少女ではなく？」

そう聞き返す医師の言葉に、私の心臓が跳ねる。い、息が……落ち着け私。

殿下はサイラス医師の問いには、首を横に振った。

「髪が短かった。平民の子ですら、女児の髪をそこまで切ることはない。ましてや令嬢ではありえないだろう」

そうだ、きっと人違い。と口から出そうになり、慌てて呑み込む。そして誤魔化すように、ブルグル漬けを口に入れて、その酒の強さに咽《むせ》る。

げほごほと咳《せ》き込んでいると、殿下に「うるさい」と叱責されてしまった。

涙目になって「すみません」と謝り、ヴィンセント様から水を受け取る。

「少女だと思った理由は？」

「同じく十年前に、頭部に怪我を負った令嬢を、治療しました。それに……」

「どうした？　些細なことでもいい、すべて」

言葉を切ったサイラスを、殿下が促すと。

「その令嬢も、髪が短く切り揃《そろ》えられておりました。しかも金髪で、瞳は紫色だったかと」

「……本当か？」

殿下が驚きの声をあげる。

サイラス医師は、しばらく視線を泳がせた後に、こう続けた。

「はい。儂が急ぎの治療をと呼ばれて駆けつけた時には、右の側頭部に傷を負っていて、縫合をいたしました。年は十歳だったはず、とても華奢なお嬢様で、八歳と見られてもおかしくはなかったかと」

「少女だと……？　だが、そんなはずは」

「年齢の割に細く成長も悪く……何らかの虐待を受けていたのではないかと」

明らかに動揺して言葉を失っている、殿下。

そんな殿下の代わりとばかりに、後ろから身を乗り出したのはヴィンセント様。

「これは非常に重要なことです、その少女の名は？　今はどこにいるのですか？」

私は汗が滲む手を、ぎゅっと握りしめる。

だがサイラス医師は、首を横に振ってみせた。

「残念ながら、治療のかいなくお亡くなりになられました。その場で僕が、死亡診断書を書きましたので間違いありません」

それを聞いて、ヴィンセント様までが、言葉を失う。

サイラス医師は、コレット＝ノーランドが生きていることを、秘匿《ひとく》した。

どういうことだろう、私も混乱している。

私の治療をしたのは、このサイラス医師ではなかったのかしら……いいえ、父さんが名前を間違って覚えるわけがない。

コレット＝ノーランドは、書類上では死亡しているのは確かだ。そして当時の主治医がサイラスならば、診断書を書いたのも彼以外に考えられない。罪の片棒を担いでいるサイラスが、当時のことを秘密にするのは当然だろう。だが殿下の圧に屈してここまで素直に話したのは、観念したからだと思って、私もなかば覚悟を決めたのに。

まあそれで捜索から逃れられるのならば、悪くはないかも。

「それで、その治療した少女の名は？」

「コレット＝ノーランド伯爵令嬢です」

「コレット、ノーランドだと……？」

殿下が呟《つぶや》くように繰り返し、私の方をチラリと見る。

いや、うん、よくある名前。だから、そのまま使っているけれど……。

やっぱりサイラスは、嘘の診断書を書いた自分の罪だけを免れようとしているに違いない。

殿下に向けて誤魔化し笑いをしながらも、内心では老医師を睨みつけたい気持ちでいっぱいだ。

「しかも伯爵令嬢だというのは、間違いないか？」

「はい、契約を交わした家のご令嬢でした……ただ、診たのはその時のみです」

「ヴィンセント、再調査だ。ノーランド家は確か、あの日に令息を登城させていたはずだったな。容姿を確認後にリストから外していたと記憶している。だが嫡子である令嬢の死で爵位返上し、今はないはずだが」

「はい、その通りです……ただ、令嬢の死が登城の日より前だったことが判明し、少々もめた記憶がありますす」

「令嬢の墓を暴《あば》く、場所を特定しろ」

その言葉に、私は驚きのあまり考えるより先に声をあげていた。

「墓を暴くって、正気ですか？」

つい口を出してしまい、しまったと思うが後の祭り。けれども私の反応は一般的にも、正しいはず。

サイラス医師の表情も険しくなっている。ただ彼に関しては、そうした非情な行いへの非難なのか、それとも保身からくるものなのかは定かではないけれども。

「コレット、この件にお前は口出しするな。暴くといっても、本当に亡骸《なきがら》が収められているのなら、無下にはしない」

「コレット？　あんたも、コレットというのか？」

サイラス医師は驚いたように私を凝視する。しかし私は今語られている伯爵令嬢であることを悟られないように「奇遇ですね、ふふふ」と返すしかない。

「ノーランド伯爵家とはどれくらいの期間、契約を結んでいたのだ？」

「私は、半年ほど……ご当主様が亡くなられてからでした。後妻に入られたリンジー様の生家、ブライス伯爵家の紹介です。ブライス伯爵は、ここの領主ティセリウス伯爵とも懇意だそうで、お取り潰しになったのを機にここへ越してきました」

「名の上がる家名はすべて、デルサルト公爵家の派閥だな」

殿下の呟きに、苛立《いらだ》ちを感じる。

だがそれも一瞬で、殿下はひとつ頷き、私に革袋を出すよう指示する。謝礼を渡すのだろう、ポシェットを開けようとすると、それをサイラス医師が制止した。

「その金は、明日、診療所まで直接届けていただきたい」

「理由は？」

「あなた方はご存知ないでしょうが、この辺りは近年、とても治安が悪くなっています。私のような老人は特に金目のものを奪おうと狙《ねら》われやすい。ベルゼ王国の者が増えてからは特に。私に何かあれば診療所は立ち行かなくなるのです」

そこまで治安が悪いとは。

すると殿下はそれを承知し、明日には届けさせると伝え、サイラス医師を解放した。

気づけばそろそろ日付が変わる時間だ。私たちも領主館に戻るため、早々に酒場を後にした。

夜風は冷たくなっていて、頬に当たると気持ちが良い。安心したのもあって、酔いが回ってきたのか歩きながらふわふわしていると。

「ところで殿下、明日は診療所まで、誰を向かわせましょうか」

「そうだな……護衛のうち、手隙なのは」

「はいはいはーーーい！　私が行きます！」

手を挙げて立候補すると、殿下から胡散臭《うさんくさ》いものでも見るかのような目を向けられる。

「だって、殿下は伯爵と領地の視察がびっしり入っているじゃないですか、護衛もそのために交替で空きがないですよ。その点、私はすることがなくて暇ですから」

「だが、あの男が信用できるのか、まだ判断がつかない」

「大丈夫ですって、値段交渉はまかせてください」

自信満々に胸を叩《たた》くと、殿下は小さく首を横に振る。

「そういう意味じゃない。まったく、お前は……ヴィンセント、一人、道案内をつける。人選は任せた」

「承知しました」

ということで、サイラス医師の元に寄付金を届ける役目を、私が請け負うことになった。

十年前の少年がノーランド伯爵令嬢である可能性が浮上したものの、私がそのコレット＝ノーランドであることを、とりあえず殿下に知られずに済んでいる。けれどもいつサイラス医師から、私がそのコレットだと知られるか分からない。彼がそこに気づいたのかを確かめて、どうにか口止めをするつもりだ。

「おい、しっかり前を向いて歩かないと転ぶぞ、酔っ払い」

先を行く殿下が、私に手を差し出してくる。

「馬車には酔っても、お酒には酔いません……っわ」

言っているそばから石畳の段差に足をとられ、よろめく。そんな私の手を殿下が掴んで、軽々と持ち上げるようにして体勢を立て直す。

「ほら見ろ、手を貸してやる。短い足を懸命に動かせよ」

殿下は幼い子を連れ歩くように、私の手を握って歩く。絶対に、馬鹿にしてますよね？

「私の足は、短くないですってば！」

そう言い返すのだけれど、結局殿下は領主館に着くまで笑い、私の手を離さなかった。

翌朝、誰にも起こされることがないせいか、少しだけ寝坊してしまった。視察団の誰もが忙しいなか、用事がないのは私だけ。放置されるのは仕方がない。支度をして部屋を出ると、領主であるティセリウス伯爵夫妻とそのご令嬢とともに、領地の視察に向かった殿下を見送った後の侍女たちと遭遇した。

彼女たちが取り置きしてくれていた朝食をいただきながら、今日の予定を聞かされる。昼には護衛が交替のために戻ってくるから、その一人を伴って診療所に向かうようにとのことだった。

それならば午前はやることもないので、侍女たちの仕事を手伝った。殿下の身の回りは領主館の者に託すわけにはいかないので、普段はしない洗濯や細々としたものの準備に忙しいらしい。必要なものは替えがきくよう余分に持参しているが、ことデルサルト派閥に与する貴族家の視察の場合は、領主たちに舐められないよう気を遣うのだそう。それで三日間の滞在なのに大荷物なのねと、彼女たちを労る。

そうして侍女たちを手伝っていると時間が経つのはあっという間で、気づけば正午が近い。先に食事をいただいて出かける支度をしていると、護衛の者が戻ってきたと知らせが届く。昨夜と同じように町娘の服を着ると、金貨の入った革袋をポシェットに収めて部屋を出た。

同行してくれることになったのは、殿下の護衛頭をしている人だった。彼は昨夜、サイラス医師を連れてきた人で、彼の顔を知っている。そういう理由もあって、任されたのかもしれない。元々殿下の護衛官たちは皆、近衛とは違って黒地のシャツにこげ茶の地味な服、実用的な最低限の防具を着けているのみ。町へ向かう今はさすがに帯剣していないが、着替えなくてもフード付きマントを纏ってしまうと、物々しさは感じられない。まあ本人の容姿も、殿下の側近にしては無精ひげを伸ばした、少々くたびれた中年といった雰囲気なので、私と並ぶと親子に見えるかもしれない。

彼とともに領主館を出て酒場の並ぶ繁華街を通り抜けると、どこにでもあるような商店街通りが広がっていた。人の行き来があり、たくさんの買い物客があふれ、昨夜とはまた違うこの領地の顔が見えた気がした。目的地はそこをさらに通り過ぎた先らしく、静かな住宅街にさしかかった時だった。

「待て、どこに行くつもりだ？」

声をかけられ振り返る。するとそこにいたのはレスターだった。近衛の制服ではなく、町で会う時と同じ無地のシャツにベスト姿だった。ずんずんと歩み寄る彼に素早く反応して、護衛官が私を庇《かば》うように前に出た。普段は柔和な顔立ちの護衛官の彼が、長い前髪の隙間からレスターを鋭く睨む。

制服でないために、レスターを警戒しているのだと気づき、私は護衛の袖を引いた。

「あの、彼は視察についてきた近衛の一人です」

しかし護衛は警戒を解かず、レスターに向かって「近衛ならば身分証を」と提示を求める。当然ながら、レスターは服の下にかけてあった銀製のペンダントを取り出し、護衛に見せる。

そうしてようやく警戒を解いてもらえたので、私はレスターにどうして声をかけたのか問うと。

「非番で街を散策している時に変な噂を聞き、あまり街を歩かない方がいいと思って声をかけました」

「我々は殿下の指示で、この先の診療所へ行くところだ。変な噂とは？」

「それが……」

レスターは私の方をちらりと見て、言いよどむ。それを不審に思った様子の護衛が促す。

「報告を願います、バウアー卿」

「ここ最近、街中で若い女性が数人失踪しているようです。その特徴が、彼女にも共通するらしく」

失踪とは、穏やかではない。しかし殿下とともに会った密出国の仲介業者がいるくらいなので、行方不明を失踪として扱われているのだろうか。しかし女性のみではないはずだし、共通する特徴ってなんだろう。

「レ……バウアー卿、その特徴ってどういったものですか？」

「それが、金髪で瞳が紫、もしくは赤という者が、ここ最近立て続けに行方不明になっているそうです。そこの商店の娘さんも先日失踪しています。たまたまその話が耳に入り、詳しく聞いてきたところでした」

金に紫って、そのまんま私ではないか。驚いて私と護衛官と顔を見合わせていると。

「急ぎの用事でなければ、領主館へ戻ることを勧めます」

「そういうわけにはいきません。殿下から診療所へ寄付を渡すよう命じられています。そのために護衛もつけてくださいましたから」

レスターの心配は分かるけれど、この機会を逃したら、もうサイラス医師と会う機会は訪れないだろう。私が引かないと悟ったのだろうか、レスターが思いがけない申し出をしてくる。

「よければ、僕もご一緒しましょう。これでも騎士です、何かあってもお守りします。お二人はどちらまで？」

「この先の住宅街の外れにある、診療所です……しかし」

護衛が考えあぐねているので、私は「ぜひお願いしましょう」と説得する。昨夜の医師の様子から、治安があまりよくないのは察している。けれども一旦戻ったとしても、護衛を増やすのは容易ではないだろう。

護衛だって、私を守るためにリスクを冒す必要はないのだ。彼はあくまでも、殿下をお守りするために働いていて、その命に従って今は私を護衛しているにすぎないのだから。

「それではバウアー卿、緊急時には私の指示に従っていただけますか？」

「もちろんです、今は非番ですので、私が近衛騎士であることは忘れてください」

レスターも、立場の逆転を受け入れてくれた。

そうして三人となって、サイラス医師の営む診療所へ向かうことになった。怪しげな失踪事件の匂いに緊張が高まったものの、今は真っ昼間。そうそう怪しい人物に出くわすわけもなく、すぐに古びた診療所に辿《たど》り着いた。

そこは古い木造の建物で、赤い瓦屋根には苔《こけ》が生え、壁には補修の跡がいくつもある。二階建てのようだけれど、窓は小さく日があまり入らなそうで、昨夜聞いていなかったらここに患者がいるなんて思いもしなかっただろう。かつて貴族相手をしていた医者の営む診療所なのだから、もっと立派な建物を想像していたのだけれど、経営が厳しいのはすぐに分かる有様だった。

「こんにちは、サイラス先生はいらっしゃいますか？」

休憩時間なのだろうか、しんと人気《ひとけ》のない玄関から声をかける。

すると奥にある扉から老婆が出てきて、部屋の奥に向かって頭を下げている。どうやら彼女が最後の患者のようだ。感謝の言葉を受けながら、サイラス医師が現れる。

サイラス医師は玄関先で老婆を見送ると、私たちに「中へどうぞ」と招いた。

診察室のような部屋は、簡素なベッドが一台に、椅子が二脚。壁に木製の古い棚があり薬瓶が並び、その手前に小さな机が置かれているだけだった。

「もしよろしければ、そちらの護衛の方々にはお茶を……おおい、リイザ」

呼ばれて奥から出てきたのは、とても痩せ細った若い女性だった。医師に言われて頷くと、どうやら彼女がお茶を出してくれるようだ。

「あの、寄付の話をしたいので、お二人は外で待っていてもらっていいですか？」

そう切り出すと、護衛官は素直に頷くが、レスターは「え？」と躊躇している。けれどもお茶を用意した女性が二人を待合室に導くと、結局渋々といった様子で出ていく。

それを見送り、私はサイラス医師と向き合った。

「約束通り、寄付をお渡しに来ました」

私は用意してあった革袋を取り出し、彼の机に置いた。もちろん、金額を交渉すると言ったのは冗談で、殿下からの指示通りを用意した。

サイラス医師はそれを手に取り、中を見て驚いたような顔をする。

「ごらんの通り、経営が苦しい個人診療所なので、助かります」

「薬代などに、役立ててください」

そこでリイザさんが戻ってきて、私にもお茶を出してくれた。それを受け取って、ようやく椅子に座る。

「ひとつ、お聞きしてもいいですか、サイラス先生」

すると彼も分かっていたとでも言いたげに、背もたれのある椅子に深く腰掛けた。

「どうぞ、コレットさん」

「誰の指示で十年前、伯爵令嬢の死亡診断書を書いたんですか？」

単刀直入すぎただろうか。サイラス医師は目を見開き、そしてしばらく考えた後に小さくため息をこぼした。

「儂の記憶が間違いでなければ、頭の傷を縫合した少女も、コレットと呼ばれていたはずです」

じっと私を見るサイラス医師に、私は何も返事を返すことができずにいた。

「少し、長い話になる。どうぞ飲んでください」

サイラス医師も出されたお茶に口をつけ、私にも勧める。

「かつて儂は、どうしても金が必要だったのです。妻が、重い病にかかってしまいまして」

彼の話に耳を傾けながら、私は香ばしい風味のお茶に口をつけた。

「当時は唯一の治療法として認知されていたのが、とても手に入りにくい薬草でした。当然ながら高価で、ほとほと困り果てていた時に、知人から紹介されたのがリンジー＝ノーランド伯爵夫人でした。それまでも金にがめつい医師と揶揄《やゆ》され、仕事ができにくくなっていたこともあり、まさに渡りに船でした」

「リンジー＝ノーランド、伯爵夫人」

「当時からあまり良い噂のない女性でしたな。かつての婚約者だった男の後妻におさまり、財産を思うがままにしている毒婦。末端の医師である儂の耳にも……いや、儂のような不良医師だからこそ、耳にしたのかもしれませんが」

「その話題は聞きたくないので、経緯を話してください」

私の拒絶に、サイラス医師が察するには充分だったのだろう。彼は眉を寄せて頷いた。

「主治医として契約してからそう日が経っていない頃、急に呼び出されて市場近くの民家に連れていかれました。そこで縫合治療を施したのです。しかしそれから三日もしないうちに、娘……伯爵家の唯一の生き残りである令嬢を、既に死んでいたことにしたいと。いくらでも金を積むから嘘の診断書を書けと言われ、その要求をのんでしまったのです」

「病気の奥様のために……？」

「はい、それが法に触れることとは承知していました。だが結局妻は、それから半年足らずで亡くなってしまい……儂は自責の念に押しつぶされそうになりながら、この地に逃げたのです」

うつむき、ぎゅっと握られた拳《こぶし》は震え、揺れる肩。

どれほど後悔の中にいたのだろう。大丈夫、それは医師としては許されない罪だけれども、私はむしろそのおかげで生き延びたわけで。

「じゃあ保身のために、嘘の診断書のことを……黙って」

罪に問われたくないサイラス医師となら、口裏を合わせられるんじゃないかと思い、彼の真意を問おうとしたのだけれども、どうしてか口が動かない。それどころか、すぐ目の前の老人の姿が、霞《かす》む。

「……サイ、ラス、せんせい、なんだか……おか、し」

ろれつが回らないなかで、懸命に不調を訴えると、サイラス医師が顔を上げた。

どうして、笑っているの？

震えていた肩は、堪えきれない笑いとともに、激しく揺れる。その顔には殊勝な色は一切なく、愉《たの》しそうに歪《ゆが》んでいて。

「あんたの死亡診断書を書いてやっただけで、見たこともないほどの報酬を得られたよ。本当に悪い女だ、噂通りイカレてる……ははは」

「どうして……なんで」

「楽にしているといい、すぐにぐっすり眠れる」

「な……ど、く？」

私はふらつきながら、後ろを振り返る。倒れる椅子に、足を取られそうになるけれど、這《は》うようにして扉にしがみつく。

おかしい、大きな音がしたのに、隣にいるはずの二人が反応しない。

まさか、二人に出したあのお茶にも……？

倒れ込むように待合室に出ると、床に倒れている護衛とレスターが目に入った。

「レ、スター……」

いやだ、レスターを助けないと。どうして連れてきてしまったのだろう。あの子は、私の大事な弟で、姉の私が守らなくちゃならないのに。

「少ししか飲まなかったのか、薬の効きが悪いな。おい、追加の針を持ってこい！」

低い怒鳴り声が後ろから聞こえた。病気の妻の話は嘘だったのだろうか。貧しい診療所を運営する、善良な医師の姿は、仮面だったの？

とにかく今はレスターを守らなければ、そう思って手を伸ばした時だった。肩に鈍痛が走るのを感じると、振り返る暇もないうちに、私の意識は闇に落ちたのだった。

それからどれほどの時が経ったかは分からない。湿気と土、それからカビ臭さで目が覚めた。体が痺れてとてもだるい。

霞む目を擦ろうと腕を動かそうとしたが、そこで両手首が縄で縛られていることに気づく。驚いて身を捩《よじ》ろうとしたが動かない。暗くて見えないが、どうやら足も縛られている気がする。

「う……うう」

固い地べたにくの字になって転がされていたせいか、体のあちこちが痛む。思わず出てしまったうめき声に、暗い中のすぐそばで何かが動いた。

「コレット、気がついた？　怪我は？　痛いところはない？」

レスターの声に、安心から涙が滲んだ。

「だい、じょう、ぶ」

掠れて上手く声が出なかったけれど、何とかそう答えられた。辺りは暗く、光が入ってこない。レスターの声は後ろから聞こえてきたので、振り返ろうと体に力を入れるものの、変な薬を飲まされた後とあってか、思うように寝返りすらできない。

「まだ、無理に動かないでください、コレットさん」

次にそう声をかけてきたのは、一緒に診療所まで付き添ってくれた護衛官だった。

よかった、みんな無事……と言っていいのか分からないけれども、まずは生きている。

ほっとしたのも束の間、護衛の彼から「まだ声をあまり出さないように」と忠告を受ける。そして小さな声で続けた。

「コレットさんとバウアー卿は、まだ薬が体から抜けていません、脱出するにしてももう少し後の方がいいでしょう。機を窺《うかが》うことにしますので、そのまま体の回復に努めてください」

「あなたは、薬を？」

「私は飲んでいません。バウアー卿が不自然にうとうとし始めたのと、お茶を出した女性が動揺しなかったのを見て、すぐに飲んだふりをして合わせました。そうして様子を窺っていたら、奥の部屋でコレットさんも薬を飲んでしまったのが分かり、すぐに助けようか迷ったのですが……私のみで眠る二人を守りながら対処するのは厳しいと判断し、一緒に拘束される方を選びました。このような状況を防げず、辛い思いをさせてすみません」

護衛の彼は、そう説明して私に謝った。けれども、彼が冷静でいてくれなかったら、脱出の希望すら持てなかったろう。

「いいえ、あなただけでも薬を飲まずにいてくださって、助かりました」

「これでも殿下の護衛頭ですから、この程度の対応はできて当然です。ですが安心するにはまだ早い。コレットさん、今から縄に細工をします。少しの間、動かずにいてください」

そう言うと、護衛の彼は私の腕と足を拘束する縄を、何かで擦り始めた。

「そんなところに、ナイフを隠し持っていたのか……」

レスターが感心するかのように呟く。回復する前に医師やその仲間が様子を見にくるといけないから、拘束を外すのはできない。けれども脱出するタイミングですぐに引きちぎれるよう、細工をするのだとか。私が目覚める前に、レスターのものにも済ませており、護衛の彼は完全に縄を外してあるという。

そうしてしばらく暗い中で過ごしていると、少しだけ目が慣れてきた。

じめじめとした室内は、どうやら地下ではないかと思う。あんなに貧相な診療所の地下に、このような空間があるとは想像できなかった。私とレスター、そして護衛の三人が寝転がってもまだ余裕がある。三方は岩を積み上げたような壁で囲まれ、残る一方は古びた木の格子が一面に張られている。

まるで地下牢のよう。

「どれくらい、時間が経っているのかな……私たちが帰らなかったら、殿下は怪しみますよね」

「体感では、三時間ほどだと思います。殿下が視察を終えて館に戻られるのは夕刻です。恐らく、耳に入るまで最短で二時間はかかるでしょう」

助けが来るまで、早くてもあと二時間以上か。

仕事をしていたら、あっという間に感じる時間なのに、今はその二時間が途方もない長さに感じられて、くじけそうになる心に「大丈夫」と活を入れる。けれども。

「助けなんて、来ないかもしれない」

レスターがそう呟いた。

だが間髪入れずに、護衛が小さく鼻で笑ったのが、暗闇でも分かった。いや、暗闇だからこそ、その小さな音を嫌でも拾う。

「その銀の称号は、飾りかね？」

続いた辛辣《しんらつ》な言葉に、レスターが息をのむのも。

「信じて命を預ける主もいないから、騎士とは名ばかりの木偶《でく》の坊ばかりになるのだ、近頃の近衛隊は」

「そ……そんなこと、ない。我々は一日たりとも訓練を欠かさず、王国の盾に」

「盾であると自覚があるのなら、守るべき女性より先に弱音を吐くな馬鹿者。殿下は必ず探してくださる」

ぴしゃりと言われ、レスターは反論することもできなかった。きっと、暗闇の中で、レスターは不満を隠そうともせずに、むすっとしているのだろう。仕方のない弟だ。

私は騎士でもないので、ただ黙って聞いているしかなかったけれど、護衛の彼に頭を下げて言った。

「ジェストさん、あなたがいてくれてよかった」

初めての自己紹介の時から、極力名前を呼ばないようにと言われているけれど、可愛い弟のためにあえて口にした。

「ジェスト？　あんた、もしかしてジェスト＝エルダン……じゃ、ないよな？」

驚いた口調に、レスターが気づいたことにホッとした。

「外では名を呼ばないようにお願いしたはずですよ、コレットさん」

「すみません、つい」

暗闇の中で聞くジェストさんの声は、いつも通りなので怒ってはいなさそう。彼はきっと私の意図を悟ってくれている。

殿下の側近は、少数精鋭。殿下が自ら言った通り、それは真実だった。彼は殿下の護衛頭、かつて近衛騎士団団長をしていた経歴の持ち主だそう。私は武人のことはよく知らないが、幼い頃から騎士に憧れて鍛えてきたレスターなら、歴代の団長名くらいは知っているはずと考えたのだ。

私は絶対に、この状況を無事に乗り切りたい。それはレスターを助けたいから。彼自身だけなら、上手く切り抜けられるかもしれない。どんなに青くても騎士の称号を得ているのだから。でも私が足を引っ張るこの状況のなか、レスターは冷静な判断を下せるか分からない。私たちがより安全にここを脱するためには、レスターがジェストさんの指示を素直に受け入れられるかにかかっている。

どうやら私の目論見《もくろみ》は、間違いではなかったようだ。

一転して、レスターはごにょごにょと嬉しそうに呟いている。あのジェストさんに会えるなんて、とか、英雄と共同作戦とか。

……うん、逆に振れた気がする。冷静になれ、弟よ。

そんなこんなで私たちは、この状況についてヒソヒソと話し合うことになった。

ジェストさんに手伝ってもらい、ようやく体を起こす。縛られたままで壁に背を預け、二人ともようやく顔を合わせることができた。とはいえ輪郭がかろうじて見えるくらいの暗さだ。

今回の件で知りたいのはまず一点、サイラス医師の目的は何かということ。ジェストさんの考えでは、あまりに手際がいいのでサイラスが例の、金髪紫目の女性たちを攫《さら》った主犯ではないかとのこと。殺すためなのか、またはどこかに売り飛ばすためなのか。

私は、後者なのではと思った。

なぜなら、私の死亡診断書の偽造で、莫大な礼金を手にしたと自慢したから。加えて昨夜の証言でも、薬代と称して悪びれもせずお金を持ってこさせたくらいだ。金に汚い性分に違いない。けれどもそれらを正直にジェストさんに言うということは、私の正体を話すのと同義なわけで……でも黙っていたら、行方不明の女性たちを見捨てることにもなる。それは駄目だ。

「ジェストさん、もし助けが来る前にあの医師が来るようなら、目的を聞けませんか？　上手くいけば、他の行方不明者の足取りがつかめるかも」

「コレットさんは、他の失踪した女性たちがサイラスの手によって、売り飛ばされたと考えているのですね？」

「主犯かは分かりませんが、売り先を知っているなら手掛かりになりますよ。彼は過去に診断書を偽造して、大金を得たと自ら言っていました。それくらい、お金のために何でもやる人です。ジェストさんは、彼がなにかお金について喋っているのを、聞きましたか？　私たちが昏睡した後で」

ジェストさんはハッとしたように、言った。

「これが足りない後金になればいいと、そう言っていましたね」

「もしかして、私を売って逃走資金にでもするつもりだったんじゃないでしょうか。殿下からの寄付は金貨五枚。私があと数枚分になれば？」

「国外逃亡、ですか」

ジェストさんはそれも可能性が高いが、決め手に欠けると言いたげだ。だが彼が相当質《たち》の悪い医者であることが知れた今、十二分にありえると私は思う。

「女性をすぐにお金と引き換えられるなら、殿下が前金を渡したのと同じ仲介人の客かもしれませんね。上手くしたら、密出国の仲介と人攫い、まとめて潰すチャンスじゃないですか」

ジェストさんはしばし考え込む。

「その予想が当たっているとしたら、少々やっかいです。早めにここを脱出した方がいい、老人だけなら何とかなりますが、集団でやってこられたら守り切る自信はありません」

思ってもみない方向に彼の判断が動いた。

「え、でも、サイラス医師に逃げられたら、他の女性たちを探す術《すべ》が」

「私は、あなたを守って領主館まで帰らせるよう命を受けているのです。あなたの安全が第一優先事項です」

「そうだよ、姉……コレット。あなたが危険を冒す必要はない」

レスターも、ジェストさんの味方になってしまった。

「それに、あなたが打たれた薬は少々やっかいだ」

あの時、意識を失う寸前、サイラス医師が叫んだ言葉はうろ覚えだったが、どうやら聞き間違いではなかったみたい。

『針を持ってこい！』

薬を飲まずに寝たふりしていたジェストさんは、その時になにがなされたのか、しっかり見ていたのだろう。

「打たれたって……どういうこと？」

レスターが私を凝視しながら、低い声で問う。

先ほどから縄をかけたままに見せかけるよう縛られているが、好きに動いているレスターと違って、私はいまだ壁にもたれなければ、下半身に力が入らず、自力で座っていることすら難しい。

やっぱり、何かされたのだ。

私の異変に気づいていなかったレスターが、叫ぶ。

「いったい何をされた⁉」

それと同時に、暗い牢獄の格子の向こうから、ガシャンと金属音が鳴り響いた。

私の鼓動が跳ねた。

口を噤《つぐ》んだレスターと、手早く上着で手元を隠したジェストさんが、私を庇うように座り直す。

ゆっくりと階段を降りてくる足音を、私たちは固唾をのんで待ち構えるのだった。

◇　◇　◇

ラディス＝ロイド王子は、その日は朝早くからティセリウス領内の視察に向かっていた。

ティセリウス伯爵領は、領境の三分の一が隣国との国境であり、多くの砦を管理している重要な領地である。ここ百年近くは争いがないとはいえ、いまだ領地の奪い合いをした記録は生々と残されているために、王族の視察が頻繁に行われている。

ティセリウス伯爵家も、王族視察の受け入れは慣れたものだった。

伯爵は屋根のない馬車を用意して一行を招き、中央の席に主賓であるラディスを座らせ、前部に護衛、そして後部座席に伯爵とその夫人、そして若い令嬢をラディスの横に座らせる。

視察地へ向かう道すがら、領民たちが王子殿下を歓迎するように沿道で手を振る。まるで見世物のようだと思わなくもないが、それ自体は他領でもよくあることであった。

ラディスが眉をひそめたのはむしろ、あからさまな馬車席の配置だ。表面上では平静をつとめているが、護衛たちは苦慮している様子だ。万が一のことがあれば、ラディスのみならず令嬢も守らねばならないのだ。

ティセリウス伯爵の年齢は、六十をとうに過ぎている。妻は後妻で、まだ三十代だという。娘は十六、伯爵の孫娘と言っても通用する年齢である。伯爵領を継ぐ長子が健在なだけに、伯爵がというより、若い伯爵夫人の方がかなり積極的に娘を推す素振りを見せているのは、この先年老いた夫に先立たれた時の保険でもあるのだろうと、ラディスは察する。

事実、令嬢は婚約者をそろそろ決めるであろう年齢。そこに同じく婚約者が未定の王子がやってきたのである。そう考えない方がおかしいというものだろう。

そうして最初の視察先である砦に到着すると、ラディスは伯爵家の警護兵に案内され、砦の見張り台である塔に登った。攻め込まれた時のことを考え、階段は急で足場は狭い。でっぷりと太った伯爵が登れるとは、誰も思っていなかったが、老年の伯爵は息を切らして、すぐに引き返すことになった。

もちろん、伯爵夫人と令嬢は、馬車で待機である。

伯爵家を除いた一行は、そのまま塔の屋上まで登りきる。

「補修は一応されているようだが、甘いな」

ラディスは見下ろした砦の壁に、剥《は》がれ落ちた部分を見つけた。眼下に広がる深い森と山、目線を地平に向けた先に見えるのは、ラディスがいる砦とはまた形が違う塔が一つ。それが建つのはティセリウス領ではなく、隣国ベルゼ王国だ。

「あちらから見える箇所だけでも早急に修復し、隙を作らぬよう伯爵に伝えてくれ」

すぐにラディスは、側近ヴィンセント＝ハインドへ指示を出す。

「警護の配置はどうだ？」

そしてもう一人、護衛の男に尋ねると、護衛は声を潜めて答えた。

「今は、充分のように見えます。準備はそれなりにしたようです」

「なるほど」

ベルゼ王国との交易を広げるよう、国が許可を与えたのは、わずか二年前。それから徐々に物資の面では開放の方向へ向かってはいるものの、王家間の交流は思うように深められてはいない。その理由についてはいくつか考えられるが、一つは王子であるラディスの定まらぬ立場にも原因がある。

唯一の王子がいつまで経っても立太子しないことで、ベルゼ王国は様子見をしているのだ。交流を持てば王子でも公爵家でも、形式上としても礼を尽くすことになる。それがどちらに付く付かないかの憶測を呼び、他国の権力争いに利用されることを厭ってのことか。それとも肩入れした後に失脚された場合の不利益を計算しているのか。どちらにせよ、交流が深まらないゆえにそれもまた、ラディスたちには判断がつかない状況だ。

よって、いまだ砦を蔑《ないがし》ろにできるはずもなく、即時武力対応も可能だと思わせておくことが必要であり、今回の視察はその意思表示でもある。

だが当のティセリウス伯爵家は、代々武人を輩出してきた家の当主とは思えぬほどの腑抜《ふぬ》けぶり。警戒感の薄さは、広げた交易で得る利益が大きいことが原因だろう。

訪れる前から予想はしていたものの、ラディスの落胆は大きかった。武に長《た》けた家がデルサルト公爵家を推すのは仕方がないとしても、ベルゼ王国寄りになるのはさすがに見逃せない。

「この調子では、次に向かう砦も、似たようなものかもしれないな」

「ため息をつくのは早いですよ、殿下。午後からは、例の密出国に関わる水門への視察も予定されているのですから」

ヴィンセントの言葉に、ラディスは本当に出そうになるため息を、ぐっと飲み込む。

「あの仲介業者が言っていた待ち合わせ場所が、その国境の水門がある街だったな」

「水門は定時に開閉させ、特定の漁業者だけが水門外の大河及び支流から行ける湖での操業が可能になっています。あれらは末端の警護兵の、いい小遣い稼ぎになっているのでしょう」

「捕まらないと思っているのか……辺境と思って好き勝手させすぎたな」

ラディスがそう言うと、側近と護衛の表情が引き締まる。視察後の対応が厳しいものになることが決定した瞬間だった。

その後二つ目の砦を訪れた後に、視察団は昼食の場に向かう。そこで交わされた会話はいかに令嬢がよくできた娘なのか、そういったことばかり。

ティセリウス伯爵令嬢は、確かに美しいと評しても良い女性だった。綺麗に巻いた髪は、白い肌に映える。そこにラディス王子の色ともいえる赤い薔薇《ばら》を差して、艶《あで》やかに着飾っていた。父母が褒めたたえる間も、言葉少なく控えめにしている。だがその姿は、ラディスから見れば、まるで母親の操り人形のようでもあった。

視察の移動中、馬車で揺れるたびに身を寄せる仕草をラディスが黙って受け止めていたせいか、夫人のみならず伯爵も欲が膨らんだのだろう。昼食の席で、ついにこう言い始めた。

「もし娘を選んでいただけますれば、王国が真に一つになれる良い機会ではないでしょうか」

暗に、ラディスの、ひいては王室の権力が弱いと言ったようなものだ。

反応したのは、側近ヴィンセントだった。

「妃殿下一人の出自に左右されるほど、王室は臣下である貴族家に蔑ろにされているとおっしゃりたいのですか」

ハッとして、すぐに青ざめるティセリウス伯爵。

「いいえ、とんでもない。陛下とそれに続く殿下の御代に、さらなる平和と繁栄を期待しております。年甲斐《としがい》もなく子をもうけ、それが初めての娘で、つい浮かれておりました。どうか失言をお許しください、殿下」

ラディスに向き直り、食事の席を立って頭を下げる。それに倣《なら》って、夫人と令嬢も慌てて礼を取る。

「会食中の失言だ、目くじら立てるほどのことではない。だが伯爵、そなたは他にも娘がいたはずだと記憶しているが？」

「それは……養子でございまして、さらには婚姻にてすぐに籍を抜けております」

「養子といえども、一度家に名を連ねた者を、忘れてやるな」

「はい、肝に銘じます」

そうして会食を終え、一行は領南の水門のある街へ出発した。

ラディス付きの護衛は、会食場につくと同時に交替を済ませてある。単騎で戻った護衛頭であれば、コレットと合流しているだろう頃、一行は広場へ到着した。

領地を潤す大きな河川は、同時に国を隔てる国境となっている。下流の水門を境に、隣国とフェアリス王国の両国が共有漁場として協定を結んだ地域があり、その先にもう一つ隣国が管理する水門が設けられている。つまり緩衝水域だ。

漁猟で栄えた街でもあり、この共有漁場の管理は安全面のみならず、食料事情の面からも重要だ。

多くの者がその恩恵に支えられて生活をしている、協定を破る行為は見逃せるものではない。

視察団の馬車が街に入る前から、沿道に人が集まっていたようだ。水門前には大勢の警護兵が並び、ラディスたちの到着を待ち構えている。その中には、漁業を管理する大船主の代表もいる。

そして馬車を降りて人々の前に顔を上げた時、不審な動きをする者がいたのを、ラディスは見逃さなかった。

「ヴィンセント、確保しろ」

すかさず側近に指示を出すと、王子の護衛たちが一斉に動き出した。

予定外のことに伯爵とその警備兵たちが反応するより早く、一人の男が拘束されてラディスの前に連れてこられた。

その男は、伯爵も顔を知っている者のようだった。

「殿下、この者がなにかご無礼を働いたのですか？　これは緩衝水域にある漁場で、操業を許可している船頭の一人です」

両手を後ろに拘束され、膝をつかされた男は、青ざめながらラディスを見上げてわなわなと口を震わせていた。

「後金は二人合わせて現地で十五枚だったか。貴様には悪いが、契約は破棄だ」

「ひいいっ、申し訳ありません、まさか王子殿下とは露知らず……いえ、ほんの出来心ですどうかお許しを」

男が悲鳴をあげながらそう言い、石畳に額を押しつけて許しを請《こ》う。

「これはいったい、どういうことですか殿下?」

「この者に、密出国を頼んでみた。相場は一人金貨二十枚。まあ交渉次第では、十五枚で請け負ってくれるらしい。貴殿は承知しているのか?」

その言葉に、伯爵は一瞬で青ざめる。

「ま、まさか! 船頭がそのようなことをしていたなんて」

階段を登った時よりも、脂汗をかきながらうろたえる姿を、ラディスはじっと観察する。

「知らなかったのなら、それはそれで問題だな、伯爵」

「不徳の致すところです、本当にそのようなことが行われているとは……殿下、早急に取り調べをいたしまして、こちらからきっちりと報告をさせます。ええ、密出入国は極刑ですので、斡旋《あっせん》した者も重罪です」

慌てて水門管理の護衛兵を呼ぼうとした伯爵を、ラディスが制する。

そして真っ青になって震えだした男の前に膝をつき、こう尋ねた。

「視察があるのを知っていながら、こうも大胆に今日を指定してくるとは思わなかったな。相当、前科があるのだろう。どれくらい荒稼ぎをしている? これまで何人を渡らせた?」

「い……いいえ、今日が、初めてで……」

後ろから腕を拘束していた護衛が、男の髪を掴んで石畳に押しつけた。

うめき声があがるなか、ラディスはさらに追及する。

「質問を変える。今日は何人を乗せるつもりだった? 連れ出す方法は? こちらの尋問に正直に答えるなら、処罰の軽減を考慮する。だが今のように見え透いた嘘を繰り返すなら、この場で即刻切り捨てる」

王子の側に戻った側近ヴィンセントが、腰に下げていた長剣に手をかけた。

男は頬を押しつけられたままその様子を見て、涙目になり王子に向けて震えながら何度も頷いた。

それを受けてラディスは男の拘束を少しだけ緩めさせる。

「さ、三人です。あなた様と、サイラスという闇医師……あとは自分。夜になったら三人乗りのカヌーに潜ませて水路を渡り、金を握らせた警護に門を開けてもらう予定でした」

その言葉に、ラディス王子とヴィンセント、それから護衛が顔を見合わせる。

「待て、なぜ三人なのだ。女がいたのを忘れたのか？　サイラスというのは、診療所の医師だろう？　なぜ出国をする必要がある？」

男は言いよどみ、一瞬だったが王子の後ろに僅かに視線を移したのを、ラディスは見逃さなかった。

「言え、知っていることをすべて！」

「お……女の特徴が揃っていたから、出国ではなく水路の途中で別の船に引き渡す予定だと、女の渡賃は俺が取ればいいから、男の方を騙《だま》すのに協力しろって闇医者が……本当に、詳しくは知らないんです、そいつがそう言ったから」

「女を引き渡すとは、どういうことだ？　誰に？」

「それは……ぐっ」

急に男が苦しそうにうめく。喉をつまらせたように、顔色がすっと青ざめていく。男の急な変化にラディスが気づき、押さえつけていた護衛に手を離すよう指示を与えようとしたところで。

「で、殿下、この者の言い分を聞く必要はございません！　罪から逃れようと口から出まかせを言っているのですぞ！」

ティセリウス伯爵が突然激高しながら、船頭の男に掴みかかる。それを護衛が制止しようとするが、伯爵は鬼のような形相《ぎょうそう》だった。

そこに視察団に同行していた近衛兵のうちの一人が、困惑気味に報告を上げる。

「あの、殿下。これは城下町で耳にした噂なのですが……」

若い女性、しかも金髪、紫の瞳を持つ娘が行方不明になっていることを聞かされる。ラディスは立ち上がると同時に険しい声を、騒然とした水門前広場に響かせた。

「ヴィンセント、馬を用意させろ。護衛は全員私に同行せよ。近衛はこの者を拘束し、水門関係者すべての聴取にあたれ！」

◇　◇　◇

ガチャガチャと鉄の扉を乱暴に開ける音とともに、ランプの揺らめく光が地下の暗闇を照らした。

淡い黄色の炎が、これほどまぶしいと感じたのは初めてだった。入り口は上部にあるらしく、頭上から注がれる光に思わず目を背ける。しかし部屋の片隅に、もっと目を背けたくなるものを見つけてしまった。

　それは、干からびた何か。動物のようだけれど、ぼそぼそになった毛皮と……骨となった足だろうか？

「意識が戻っていたようだな」

　降りてくる足音とランプの明かり。すぐに格子の向こうから、サイラスが顔を覗《のぞ》かせた。そして私を庇うようにして前に出ているレスターとジェストさんを見て、彼は嘲るように鼻で笑った。

「ここは元々、診療所などではない、処分場だ。この部屋には面白《おもしろ》い仕掛けがあって、野犬や仕掛けにかかって処理に困った猿、大量発生した猫やネズミが入れられたようだ。意味が分かるか？」

　ジェストさんが、天井を見上げる。つられて見上げた先は、暗くてよく見えないけれども、いくつも穴が空いているようだった。

「そうだ、あそこから毒薬を散布し、ここに閉じ込めた動物を処分するための施設だ。非常に上手くできていて、人間は外から管に薬を流せばいい。儂が来た時には既に使われなくなって十年ほどだったが、まだ使えることは確認済みだ」

　部屋の隅に転がっている毛皮と骨の正体が、それか。そんな話を淡々とできる老人に、吐き気がする。

「殺されたくなかったら、言う通りにしろ。外では既に助手が薬を流す準備をして、いつでも儂の合図を待っている」

「我々に、何をさせたい？」

ジェストさんが老医師に聞き返すと、彼は微笑んだ。

「祭しのいいあんたはここに残れ。そっちの若いの、女を抱きかかえてこちらに連れ出すんだ。外に馬車を用意してある」

サイラスに指名されたレスターは、緊張した声で問う。

「……コレットを、どうする気だ？」

「売るんだよ、その女は金になる。商品に傷がつくと困るからな、そのために動けなくしたんだ。さあお前、縄をほどくから手を出せ。ただし余計なことをするなよ、合図をしたら、すぐに薬を散布するよう言ってある」

サイラスは、こちらが既に縄を外せるとは露ほども思っていない様子。

レスターがジェストさんの方を窺うと、彼は小さく頷いた。今は言うことを聞いておいた方がいいという考えなのだろう。とはいえ一刻も早くここを脱出しないと、いつサイラスの気が変わるか分からない。

レスターは指示された通り、格子の隙間から腕と足を出してサイラスに縄を切らせると、自由になった手で慎重に私を抱き上げる。

それを見届けてから、サイラス医師はようやく錠前の鍵を開けた。

その瞬間。とうに縄をほどいて自由だったジェストさんが、格子に飛びかかり扉を引き開けたのだ。

彼の力に老いたサイラスが敵《かな》うはずもなく、扉に引きずられて牢屋の中に倒れ込む。

レスターは私を抱えたまま、転がるサイラス医師を避け、地下牢から飛び出た。

「上にいる助手をまず押さえてくれ！」

ジェストさんの声を背に、レスターが狭い階段を駆け上がる。同時に、サイラス医師の「なにをする、離せ、やめろ」という叫びも続くが、すぐに口を塞がれたのかくぐもったうめき声に変わる。

レスターは私を抱えているのにもかかわらず、飛ぶように階段を駆け上がり、光差す上階に出た。

明るさに目がくらんでいる私をよそに、レスターは止まることなく突進する。

「姉さん、しっかり僕にしがみついていて！」

足はまだ動かないが、手は辛うじて力が入る。言われるがまま、レスターの首にしがみつくと、そのままレスターは私を抱えたまま何かに体当たりしたようだ。

「うぐっ！」

声にならない悲鳴が聞こえて、私を抱えたレスターが床に倒れ込む。そして壁際に私を横たえると、彼は体当たりした人物の手から、薬瓶らしき物を取り上げた。

相手は、あの時お茶を用意した痩せ細った助手だ。その手にあったのは、サイラスの言った通りの「薬」なのだろうか。茶色い瓶に、液体が入っている。

レスターは逃げようとする助手に手を伸ばし、床に押さえ込む。

「レスター、これ使って」

私はまだ自分の手足に残されていた縄を引っ張ってほどき、それを投げて渡す。

縄を受け取ったレスターは、私たちがされていたのと同じように、彼女の手足を縛り上げた。

私がそれを見てホッとするのと同時に、レスターは階段へ駆け寄り、声を張り上げる。

「こちらは無事、取り押さえました。大丈夫ですか⁉」

すると、それに応えるまでもなく、地下へ続く鉄の蓋がついた穴から、ジェストさんが顔を出した。

「こちらも拘束できました、だがまだ協力者がいるかもしれないので、周囲を見てきます。バウアー卿はコレットさんを頼みます。彼女に投与された薬の中和剤が、ここにあるかも調べましょう」

「分かりました」

ジェストさんが警戒しながら、外へ向かった。

どうやら、ここは診察室のさらに奥の部屋のようだ。ジェストさんが出ていった扉の向こうに、寝台と診察机が見える。

「姉さん、怪我はない？　痛いところは？」

「ううん、大丈夫そう」

動ける上半身と腕を動かして、レスターを安心させる。彼は私のすぐ側まで来て、心配そうな顔を見せている。

「ありがとう、あなたを巻き込んでしまったけれど、いてくれて助かったわ」

「姉さん……無事で良かった。すぐに安全な場所に連れていくから。そこで医者に診てもらおう」

昏倒した助手以外、部屋に誰もいないせいか、レスターは泣きそうな顔だ。

「怖い目に遭わせちゃったね」

「そうだよ、姉さんを危ない目に遭わせること以上に、僕にとって怖いものなんてない」

可愛い弟を慰めようと手を伸ばすと、その手を取られ、レスターは自らの額をそこに添えてくる。

そうしている間に、ジェストさんが戻ってきた。

「どうやら、他に協力者はいなさそうですね。コレットさん、足の具合はどうですか？」

「……まだ感覚が戻ってないので、歩くのは難しそうです」

しばし考えていたジェストさんだったが、「少し待っていてください」とそう言って地下に入っていく。尋問でもするのだろうかと思っていたら、なんとぐったりとしたサイラスを支え、上がってきたのだ。

そうして意識がもうろうとしているサイラスを柱に縛り付け、ジェストさんはポケットから小瓶を出して、その中身をサイラスの口に含ませた。

すると老人は可哀想なくらい咳き込み、意識を取り戻す。どうやら気付け薬のたぐいらしい。

「彼女に投与した薬の中和剤を教えろ」

「そんなものは、ない」

ジェストさんが彼の頬を打った。その素早く躊躇のない動作に、私は呆然《ぼうぜん》と見守るしかなかった。

サイラスの口の端から血が一筋落ちる。

「嘘ではない、信じてくれ。時間が経てば自然と抜けるし後遺症もない。傷をつけないことが条件だった」

「それは、誰と交わした条件だ？」

その問いに、サイラスは口を引き結んで黙り込んだ。

「何者の差し金だ？」

「い、言えない……」

捕まってしまった以上、罰から逃れられないはずなのに、口を割らないなんて。もしかして、相手がそれなりの地位にいる人間とか……？

でも、こんな人攫いにまさか。

しかしこのまま睨み合っていても、埒《らち》が明かない。

「行方が知れない他の女性たちはどこ？　それもあなたが攫ったの？」

サイラスは、口を噤んだまま、首を横に振った。

「じゃあどうして、あなた仮にも医者でしょう！」

するとサイラスは私を睨みつけ、そして縛られた体のことを忘れたかのように、身を捩って叫んだ。

「すべての元凶であるお前が言うな！　今さらこんな所まで来て、儂を脅す気だったんだろうが！」

突然、矛先を向けられて言葉を失う私に、サイラスは畳みかける。

「あいつらはお前を捜させていた。他の女たちは身代わりだろうよ、お前が生きているから儂の、女たちの運命が狂ったんだ！」

私のせいだと罵る彼の言葉を、どう受け止めたらいいのか分からなかった。攫われた女性たちの特徴を聞いて、心のどこかで嫌な予感がしていた。でも気のせいだって、思っていたのに。私が誰かを知っているサイラスの言葉が、そんな私をあざ笑うかのようだった。

投げかけられた暴言を頭で整理するよりも前に、側にいたレスターが私の耳を両手で塞ぐ。

そして、叫んだ。

「いいかげんなことを言うな！　お前が人を攫おうとしたことを、どうして人のせいにできるんだ。これ以上……コレットを傷つけるなら僕が許さない！」

耳を塞ぐ手から、私の背を支える体が、怒りで震えているのが伝わってくる。

滅多に怒りをあらわにすることのないレスターを、ここまで怒らせてしまった。優しい弟は、反動で後から落ち込むだろうに。

塞がれたままでも、サイラスが何かを言い続けているのが分かる。でもレスターが聞かせたくないと私の耳に蓋をするなら、聞かないでいようと思った。でも売り言葉に買い言葉で汚い言葉を返そうとする彼を、私はもう止めたかった。だからもういい、そう伝えたくて彼の手に、自分のものを重ねた。

けれどもそれと同時に、ジェストさんが私たちに向かって人差し指を立てて口に当てる仕草をしてみせる。

レスターがハッとして、周囲に耳を澄ましているのを見て、私も息を潜める。

塞がれていた耳が解放され、馬の蹄《ひづめ》の音が届く。しかも複数だ。もしかしてサイラスの仲間……？にわかに緊張が走る。

「動かずにここにいてください、様子を見てきます。バウアー卿、無いよりはマシ程度ですが、これを」

ジェストさんはどこで見つけてきたのか、杖《つえ》をレスターに渡した。

「ジェストさんも、気をつけてください」

その場を離れるジェストさんを見送り、レスターは手に入れた杖の先を、サイラスに向けて警戒している。

サイラスは、しっかりと縛られていて動けないのにもかかわらず。

互いに睨み返したまま、無言の時が流れた。しかし蹄の音は次第に大きくなっていく。そして診療所の周囲を取り囲んでいるのが分かる。

レスターは杖を持ったまま、再び私を抱き上げた。

「万が一に備えて、しっかり掴まっていて」

「うん……」

彼の邪魔にならないよう、首にしがみついた時だった。

部屋の向こうから、足音がいくつも近づいてくる。そして……。

「コレット、無事か⁉」

思ってもみなかった人の声に、驚いて顔を上げると。私の目に飛び込んできたのは、暖かい暖炉の炎のような髪に、太陽を思わせる琥珀《こはく》色の瞳。視察に向かってまだ戻るはずがなかった殿下が、いつにも増して王子様な衣装に身をつつみ、肩で荒い息をする姿だった。

ああ、助けが来たんだ。

彼の顔を見ただけで、張り詰めていた緊張が、全身から溶けていく。

到着したのは殿下のみならず、視察に同行していたヴィンセント様、それから付き従っている護衛の人たち。ティセリウス領へ同行してきた、殿下の側近のすべてがそこにいた。

「殿下、コレットさんは睡眠薬らしき茶とともに、体の自由を奪う薬を打たれています。自力歩行は無理なので、このまま運ばせましょう」

後ろから追いかけてきたのはジェストさん。だけどもその彼の言葉を受け、殿下が驚いたような顔をして、抱きかかえられた私と、私を抱えて立つレスターを見比べていた。

「レスター＝バウアー、どうして卿がここにいる？」

「殿下、彼はコレットさんの救出に助力いただいております」

「それは理解している。だがなぜ同行した？」

え、そこ？　今、そこの追及が必要ですか？

「殿下、領地で特定の容姿をした女性が行方不明になっていると、我々に情報をくれたのは、彼です。それで用心のため同行を許可しました」

「金髪に、紫の瞳か？」

「ご存知でしたか。コレットさんの容姿が条件と合致しています、それでその者《サイラス》に……恐らく昨夜から目をつけられていたのだと」

殿下は私たちの後ろで縛られ、顔を背けている老人に目を向けた。

「そうか、事前に情報が得られなかったとはいえ、お前を使いに出した私の失態だ。許せ、コレット」

「え……いいえ、殿下が悪いわけではないので」

殿下に謝られるとは思ってもみなかったので、慌ててそう言うと。

「必ず動機と背後を調査させる。レスター＝バウアー、私の配下が世話をかけた、感謝する」

「いいえ、一般市民を守るのも騎士の役目、当然のことです」

はっきりと殿下の言葉を否定するレスター。驚いて彼を見上げると、私をしっかりと抱き直し殿下に向き合った。

「コレットを医者に診せますので、お通し願います」

だが、出口を塞ぐように立っていた殿下は、表情を固くしたまま動かず。私たちの方に手を差し出しながら言った。

「貴殿には感謝するが、それは私のだ。この後のことは任せるがいい」

……殿下、それを言うのなら、「私の配下の者」でしょう。重要なところを抜かさないでください。

そしてレスターは私を抱え直すと、驚いたことに言い返す。

「いいえ、僕が最後まで責任をもって運びます」

驚いたのは私だけではない。殿下の後ろに立っていたヴィンセント様までもが固まっている。そしてジェストさんはというと、斜め下を向いて困ったように……じゃない、笑っている？

殿下はというと、頬を引きつらせながら、レスターに言った。

「いいから返せ」

「いいえ、彼女は僕とともに地下の毒を散布する施設におりました。殿下にお渡しするわけにはいきません、尊い御身に障《さわ》ります」

まっすぐ殿下を見て言うレスター。なんだか誇らしげな気がするのはなぜ。

しかしレスターの言い分はもっともだ。過去に毒を使用した施設の床に転がされていたのだ、殿下に触れたらいけない。

けれども殿下は無言で着けていたマントを外し、それを腕にひろげて再び言った。

「構わない。返せと言っている、レスター＝バウアー。これは命令だ」

なぜか殿下の逆鱗《げきりん》に触れたようだ。私はこれ以上レスターが我儘《わがまま》を言うとまずいと思い、彼の首に回していた腕をほどき、殿下の方へ手を伸ばす。

「ありがとうございました、バウアー卿。私は殿下と戻ります」

「……だが」

なぜか悔しそうな顔をしたレスターは煮え切らない返事だ。

しかしそんなレスターに助け船を出したのは、ジェストさんだった。

「バウアー卿、あなたも薬の影響が完全に抜けていない。今は殿下の言う通りにしておきなさい」

それでレスターもようやく冷静になったのか、渋々ながら頷く。

「そこまでおっしゃるなら……お預けいたします」

レスターはそう告げながら、私を殿下に受け渡したのだった。

殿下は騎士であるレスターとは違う。私が小柄とはいえ、抱えたままで大丈夫だろうか。マントに包《くる》まれ、そのままジェストさんに渡されるかと思いきや、殿下は私を抱えたまま歩き出す。

「あの、重いので無理をなさらないでください、殿下」

そう言うと、相変わらず厳しいままの眼差《まなざ》しを向けられた。

「常々言っていると思うが、お前は細すぎる。もっとしっかり食べろ」

「こっちこそ何度も言っていますが、食べていますよ、失礼ですね殿下。私を運んで明日筋肉痛で腕が上がらなくなっても、責任はとれませんよ」

「よく動く口だな、本当に薬を打たれたのか？」

頬を膨らませる間も、殿下は歩みを止めることなく診療所を出てしまった。

「殿下、バウアー卿にもお医者様を向かわせてあげてください。彼は巻き込まれただけですから」

「分かっている、だがお前は自分の心配だけしていろ」

そう言うと、先回りしていた護衛に馬を曳《ひ》いてこさせる。そして私をヴィンセント様に預け、殿下が騎乗する。これで殿下から解放されるとほっとしたのも束の間、馬上から引っ張られ、殿下の前に乗せられてしまった。

「ちょ、落ちるっ……怖いです、サイラスの用意した馬車を使わせてくださいよ」

「あれは証拠品だ、許可できない。腕を動かせるのなら、しっかり掴まっていろ」

慌てて殿下の体にしがみつく。

その間に、殿下はヴィンセント様たちに指示を出す。

「ヴィンセントはジェストとともに情報の収集。護衛の一人は先駆けでアデルに医師の用意をするよう伝えろ。残りの護衛はここで待機。私は早急に領主館へコレットを運ぶ」

「はい、お気をつけて」

「ちょっと……、お気をつけてじゃないですってば！」

頭を下げるヴィンセント様を恨めしげに見るが、馬で戻るのは決定らしい。

「黙ってないと舌を噛《か》むぞ」

殿下は短く言うと、馬を蹴った。揺れる馬上では、横座りなのも相まって姿勢を保つのも難しい。

殿下はそんな私の腰に腕を回し、支えながら手綱《たづな》を握っている。

それでも怖いものは怖いのだ。結局、領主館に着くまでの間、私は殿下にぎゅっとしがみつき、目をつぶってやり過ごすしかない。

これからどうなるのだろう。

漠然とした不安がこみあげてくる。

サイラスが口を割れば、私がノーランド伯爵令嬢だったことが殿下に知られてしまうだろう。そうしたら私は……ううん、私のことはいい。レスターや、父さん母さん、それから……私に関わった人は、みんな罰せられてしまうのだろうか。

そうならないよう、対策を練らなきゃ。けれども走る馬から振り落とされないよう殿下にしがみつくので精一杯で、ちっとも考えがまとまらなかった。

領主館へ到着すると、先駆けで知らせを受けていたアデルさんが待ち構えていた。私を抱えて降ろす殿下の側に駆け寄ると。

「コレットさん、大丈夫ですか、大変な目に遭いましたね」

「薬を打たれて歩けないようだ、医師の手配は済んでいるな？　それから毒が付着しているかもしれない、風呂に……」

殿下が言葉を切って、少し考えた末にとんでもないことを言い出す。

「私の部屋に連れていく、アデルは他の侍女とともに、そちらの風呂でコレットを清めてやってくれ」

「はい、かしこまりました」

え、何を言っているんですか？

ちょっと待って。そう言う間もなくアデルさんは他の侍女とともに走り去り、殿下はそのまま私を抱えて歩き出した。

「用意された侍女用の部屋にもお風呂があるのに、どうして殿下の方へ？」

「警護の関係上、人の出入りが少ない方が良い」

「だから、なんで警護が必要になるんですか、私に」

押し問答する間も、どんどん通路が豪華仕様になっていく。殿下が泊まっているのは貴賓室、もちろん寝室だけでなく居間や応接室、ドレスルームまで一通り揃っている。いくら仕事で殿下の私室に慣れているとはいえ、余所《よそ》ではやめていただきたい。

「……視察の水門広場で、あの仲介業者を見つけた」

殿下は、私の言葉に返事をする気はないのか、急にそんな話を始めた。

「仲介業者って、密出国の？　そりゃあ、待ち合わせ場所だからいてもおかしくはないでしょうね」

「そうではない。視察を歓迎する役人と船主、水門管理をする警護兵とともに船頭として並んでいた。堂々とな」

「ええ!?　ってことは、誰も彼もグルみたいなものじゃないですか」

「そういうことだ。しかもティセリウス伯爵は、完全にデルサルト派だからな。つまりどこにいても、決して安全ではないということだ」

殿下はそう言いながら、私を抱えたまま部屋に入ってしまった。

見上げる殿下の顔は、平然としたままだ。私を抱えて息を切らすこともないし、重さでずり落ちる様子もなく、案外平気そうなことに驚く。

そうして寝台の端にようやく降ろされた。見たこともないくらいふかふか。そのせいで余計に座っていられなくて、バランスを崩す。すると殿下が私の背を支え、ゆっくりと寝かせようとする。いやいや、このままこの綺麗な寝台に寝るわけにはいかない。

「殿下、汚れますからせめて下に降ろしてください」

「弱っている時くらい、言うことを聞け……これならいいだろう」

殿下は私が包まっていたマントを広げ、その上に収まるように私を横たえてくれた。そしてその横に、殿下も座る。

「殿下も着替えてください、ずっとしがみついていましたから、きっと良くない物で汚れていますよ」

「分かっている。風呂の用意ができ次第、私も着替えてまたヴィンセントと合流するつもりだ」

それなら、私をジェストさんとか他の護衛に任せればよかったのに。そう思ったけれども、言う暇もなくアデルさんたちがやってきた。

そしてお湯と着替えの用意ができたと告げると、私を再び殿下が抱き上げて、浴室に用意された椅子まで私を運んでくれた。そうしてからアデルさんに後を頼むと言って、去ってしまう。

結局私一人ではどうすることもできないので、諸々《もろもろ》諦めた。アデルさんたちの助けを借りて体を清め、その後にやってきた医師に診てもらい薬湯を飲む。サイラスは嘘を言ってなかったようで、医師からは薬が抜けたら感覚が戻るだろうと告げられた。なるべくたくさん薬湯を飲み、薬を排出し、体を休めるしかないそうだ。

ついでに眠れるような薬も入っていたらしく、殿下の寝台に入れられたまま、いつの間にか眠ってしまったようだった。図太いにもほどがあるだろうと自分でも思うが、ある意味諦めの境地だ。ことの顛末《てんまつ》をかいつまんで説明したら、アデルさんや侍女たちの同情を大いに買ってしまった。そのせいで元の部屋に戻るための助け手を失ったのだ。同情するなら、戻して欲しいのに逆に「遠慮は要らないからゆっくり休んでください」と……違う、違うの、そうじゃない。

そうして何度か浅い眠りと覚醒を繰り返し、今は起きているものの、うとうとしている。

「具合はどうだ」

そう声が聞こえて目を開けると、暗い室内で自分を覗き込む殿下がいた。

「……大丈夫です、寝返りくらいはできるようになりました」

今は横を向いて寝ていた。身を起こそうと手をつくと、殿下に止められてしまう。

「いい、今夜はそのままここで休むといい」

「でも、殿下の寝る場所がなくなってしまいます」

「ヴィンセントの寝床を奪うつもりだ」

「じゃあヴィンセント様はどうするんですか」

「護衛の誰かの寝台を奪うだろうな」

ふふふ、それじゃ誰かが割を食うじゃないですか。それに……。

「ヴィンセント様のところはやめた方がいいですよ、また変な噂に拍車がかかりそうです」

すると殿下は嫌そうな顔をして、横を向いた。静かな部屋に、殿下が座る寝台の柵がギシリと軋《きし》む音。

「間に合って良かった」

ぽつりと小さく降ってきた言葉に、横になったまま殿下を見上げる。横を向いているせいか、表情はよく見えない。

「……こう何度も、目の前で人が行方不明になられると、いくら俺でも落ち込む」

殿下なりに、責任を感じてくれていたのだ。それが嬉しいような、でもどこか居心地が悪い。その理由が、秘密にし続けているせいだってことは、自分でも分かっている。

「殿下は、例の少年を捜しあてたら……どうするつもりですか？」

驚いたように、殿下は私を振り向く。

答えは最初に聞いているから、分かっている。でも彼の人となりを知って、こうして一緒に過ごすなかで、もしかしたら赦《ゆる》してもらえるかもしれない。そんな都合のいいことを考えてしまう。

「そうだな……」

殿下は再び考え込むようにして、言葉を濁す。やっぱり、死をもって償うしかないのだろうか。

目を伏せた私の頭に、温かい手が触れた。

目を開けると、それは殿下の手で。仕草はどこか子供をあやすかのように、優しい。

「そうやって、答えを誤魔化そうとしていますね」

「答え？」

「宝冠の契約を破棄させるって言いました。それって少年を殺すってことですよね」

その言葉に、殿下がきょとんとした顔をする。

「相応の対処をするってご自分が言ったことを、覚えていないんですか？」

「いや……ああ、覚えている。だからといってそのような短絡的なことは言っていない」

「だって、許さないって言っていましたし、他に方法がないじゃないですか」

「だからといって、俺が私怨で人一人殺す人間に見えるのか、お前には」

「ご自分がどんな顔で言ったのか知らないんですか？　こーんなに目を吊《つ》り上げて、鬼のような顔だったんですよ！　……そりゃあ、今はそこまで怖い人とは思わないですけど……でも」

目を思いっきり吊り上げて見せたら、殿下が不服そうな顔をしつつも、一つため息をついた。

「他の者……例えばデルサルト派の手に落ちれば、利用されかねない。だから、保護するつもりだった。それに、怪我の具合も気になっていた。生きているのは分かっても、重い障害を負っているのかもしれない。見つからないということは、そういう可能性もあるのではと」

殿下は再び横になっている私の頭を撫でた。耳の後ろはくすぐったくて、身を捩るとようやく離れていく。人を猫かなにかかと思っていやしないだろうか、この人は。

「じゃあ、殺さないんですね？」

「ああ、殺すことはない。約束する」

そうか……、死ななくてもいいんだ、私。

安心したら、なんだか眠気が襲ってきた。どうしても抗《あらが》えない眠気に負けて閉じていく瞼《まぶた》。最後に、優しく笑う殿下を見た気がした。

見たことがないはずの殿下の優しい笑みが、とても懐かしい気がした。


夢の中だろうか。気づくと私は小さな子供に戻って、同じような小さな手に引かれながら、低木の茂みの合間を進んでいた。

茂る葉をかき分けて抜け出ると、そこは色とりどりの薔薇が咲き乱れる、美しい庭園だった。

私が生まれ育った家にある庭も、昔は美しかった。お父様の事業が順調だった頃、花だけでなく様々な時期に収穫できる果実園もあって、子供の頃からその木に登ったり、庭師にまとわりついて収穫を手伝ったり、活発な私が何をしてもお父様だけでなく屋敷の使用人たちも、笑って許してくれていたっけ。

そんなことを漠然とだけれど思い出したのは、薔薇園の側にたわわに実るオレンジの果実が見えたから。ずいぶん古い木なのか、かつて伯爵家で植えられていたものより、ずいぶんと太い幹で背が高かった。種類が違うのかな……気になって近寄ってみると、幹の根元に庭師のおじいちゃんが座っていた。

「おや、今日のお客さんは、可愛らしい坊ちゃん方ですね」

日差しがずいぶん暖かくなったから、朝から仕事に励んでいたのだろうか。庭師は、水筒の水を飲みながら、涼んでいたようだった。

「マリオ、ここに来たのは誰にも言わないでくれ。少しだけこの者を案内してやりたい」

一緒に来ていた少年が、庭師にそう言った。

「別に頼んでないけど」

私は他に大事な用があるんだから。思ったたままに言うと、少年は黄色い瞳をまっすぐ私に向けて、それから頬を膨らませた。

すると私と少年の様子を見ていた庭師が、はっはっはと声をあげて笑った。

「そうだ、ちょうど熟し加減を見るために採ったのがあります、食べますかな？」

庭師は背にした木に実っているのと同じオレンジ色の果実を、私たちに差し出した。

「食べる！」

幼い二つの声が重なった。

私は庭師の右側に、少年は左側に座って、剥《む》いてもらった果実を一つ口に入れた。酸っぱくて、でも充分熟れていて甘かった。美味しくて、次々に口に入れると貰った果実はすぐに無くなる。

すると一緒にいた少年が優しく微笑みながら、彼が持っていた果実を差し出してくれる。それを躊躇なく奪うと、私はあっという間に食べつくしてしまった。

食べたくても、ここしばらく食べ物が喉を通らなかった。何を口に入れても味がしないから。お父様がいなくなって、たくさんの出来事があって……心が原因だろうと言われたけど、私には意味がよく分からなかった。けれども、この少年がくれたさっきの飴も、美味しかった。

嬉しくて実を頬張る私を見て少年がまた笑い、そして庭師が「まだ採ってあげよう」と立ち上がった。

「え、でも……いいの？」

さすがに遠慮から問うが、なぜか少年が得意そうに「俺が許す」と言う。

その態度にどうしようかと迷ったけれど、久しぶりに食べ物が美味しいと感じたせいで、もっと食べたいと答えてしまった。

けれども庭師は梯子を持ってくるから待てという。

「大丈夫、木登りは得意。自分で採ってもいい？」

驚いたように庭師と少年が私を見ていた。なんだか偉そうな少年の、もっとびっくりした顔が見たくなって、止めるのも聞かずに枝に手と足をかけて、勢いをつけて登った。

古い幹は少し軋んで可哀想だったけれど、私の体重はとても軽い。すぐに次の枝に足をかけ、よく色づいた実を二つもいで、少年に放り投げた。

彼は「わっ」と声をあげながら、あたふたと両手でなんとか受け取る。その様子を見て、おかしくて笑った。

「危ないだろう！」

「そんなヘマしないよ、それより、きみは運動神経が鈍いんだね」

そう言うと、少年は顔を真っ赤にして怒った。

本当のことなのに。まあ、自由奔放に育てられた自分が変わり者なのは知っているから、少年には
「悔しかったら、これからいくらでも頑張って練習して、鍛えればいいだけだよ」と言っておいた。

なんだか不服そうだけれど、彼も良い服を着ているし、恵まれた環境にいるのだ。そんな少しの希望くらい、叶《かな》えてもらえばいい。

父を亡くした私はもう、望めないだろうけれど。

なぜかそこで私は、唯一の肉親を失ってしまったのだということを、本当に理解する。

そして湧き上がる諦めと、覚悟。幼い心が抱えきれなかったそれらを、私は飴の甘さとオレンジの酸っぱさのおかげで、ようやく飲み込めたのかもしれない。

「そんなことより、本当に王族の人に会わせてくれるの？」

もはや堂々と追加のオレンジを頬張りながら、少年にそう尋ねた。すると少年がなぜか怒る。

「だからもう会わせてやっているだろ。それを疑うから、証明しに連れてきたんだ。ほら、腹が膨れたのなら行くぞ」

出会った最初にしたように、再び彼は私の手を掴み、薔薇の咲き乱れる庭園の奥に引っ張っていった。

花のアーチを抜け、さらにたくさんの花に囲まれ立っていたのは、美しい像。

長い髪をした美しい男性が、片手を天に挙げ、もう片方をこちらに差し出す。生きているかのよう

なその造形が、まだ幼かった私の心を一瞬で奪っていた。

頭が痛くて、目が覚めた。

昔の夢を見ている時は、あまり気分や体調が良くない日が多い。特に、今日のように忘れていた細かい部分を思い出した時は特に。事実、どこか痺《しび》れるような不快さに、顔をしかめながら寝返りを打った。

だがまさか、耳をつんざく金切り声を聞くことになるとは思わなかったけれど。

「あなた、誰⁉　なぜそこに寝ているの‼」

ふかふかの布団を引き剥がされ、一気に眠気が覚めた。

ああそうだ、昨日から殿下の部屋に入れられたのだ。

頭痛に耐えながら起き上がると、着ていた夜着が肩からずり落ちる。いや、仕方ないのよ。私は薄っぺらいから、体積も少ないし、不可抗力というか。

「そ、その破廉恥《はれんち》な格好で、殿下を籠絡《ろうらく》したのね⁉」

いやいや、薬でぐっすり寝ていた私が、誰をどうすると？　というか、破廉恥なのはいったい、どちらか。

令嬢の容姿は見るからに不自然だ。ばっちりお化粧しているのに、着飾ったドレスではなく薄い装い。どう見ても殿下を訪ねるには相応《ふさわ》しくない恰好。加えてまだ薄暗いこの時間にということは、令嬢にとって致命的な誤解も計算の上と見ていいのだろうか？

男色疑惑で女性が寄り付かない殿下にあえて挑むなんて、このご令嬢は案外勇者かもしれない。寝ぼけた頭でそんなことを考えていると、令嬢の背後から別の声が。

「お言葉ですがご令嬢……このような時間から殿下のための部屋に押しかけるあなた様こそ、何をしようとお考えだったのですか？」

そう言いながらすっと現れたアデルさんに、私がギョッとする。

なんというか、怒りオーラが半端ない。目は笑ってないのに、口元は弧を描き、頬を引きつらせている。

「殿下がいらっしゃらなかったから良いものの……この件は、しっかりと両陛下にご報告いたします！」

「陛下ですって？　あなた侍女の分際で、私は……なにするの、ちょっとお前！」

そこにいたのはアデルさんだけではなかった。残りの侍女たちも現れ、ご令嬢の腕を掴み、引きずるようにして部屋から追い出す。当人はまだ私に何か言いたいようで、キッと睨みつけながら。

しかしドアの側まで行くと、外では護衛が待ち構えていたらしく、あえなく連行されていった。

「……いったい、何だったの」

私はただ寝台の上で呆然とするしかなくて。まだ早い時間ではあったが、二度寝する気も起きない。

するとすぐにアデルさんたちが戻ってきて、朝の分の薬湯を出してくれた。

それを飲んでから着替えようとすると、アデルさんに止められてしまう。

「明日にはここを発《た》ちます、それまでしっかりと体を休めて、少しでも回復するようにと殿下からのお言葉です。今日はコレットさんも予定はなかったはずです、ゆっくりなさってください」

「それじゃあ、せめて元の部屋に帰してくださいませんか？」

「それは、申し訳ありませんが、できかねます」

「理由は？」

「人手不足だそうです」

私をここに置くことで、殿下の配下の者すべてを一ヵ所に集中させて、効率よく危険を回避したい。そう考えていると聞かされてしまうと、我が儘を言うわけにはいかなくなるではないか。

仕方なく、このまま殿下の部屋で過ごすことになった。

その後アデルさんは、私の質問にできるかぎり答えてくれた。あれからレスターは医師にかかり、体に影響がないことを確認してもらえたみたい。本当に良かった。

捕まえた密出国の仲介業者への取り調べは、思うように進んでいないらしい。仲介業についてはかろうじて喋るものの、サイラスとの関係や失踪女性たちのことは、約束の石で秘密の誓約がかけられているらしい。そうなると、乱暴に聞き出したりしたら精神崩壊を招く恐れがあるという。約束の石は、犯罪に使うと手痛いしっぺ返しを受けることになる。

一方で、サイラスの取り調べは昨夜のうちに済まされていると聞かされ、非常に焦っている。私のことを喋ったのだろうか……でもアデルさんの様子は変わらない。変わらないからこそ、かえって聞きづらい。

あれから後、殿下は一度も顔を見せなかった。二つの事件が明るみとなり、視察は中断、聴取や伯爵との駆け引きで、それどころではないのだろう。

私は一人、広い寝台の上で過ごした。やることも無く、暇を持て余すばかり。今後のことを考えると気が重くなるばかりだし、それに今朝夢で見た昔の記憶が心に残っていて、何度も思い出してしまう。

同時に、今の殿下のことも。

翌日、朝食をいただいてから最後の診察を受けると、予定より一日早く出発することになった。

視察を中断する以上、ティセリウス領に滞在する意味がないというのが、殿下の判断だった。次はいよいよ、フレイレ子爵領だ。リーナ様のご友人で共同事業者となるアメリア様の領地だ。そこで例の事業の報告を受けるため、現地でリーナ様とも落ち合うことになっている。実際に水車と製鉄所に行って実物を見せてもらえると聞いているので、今から楽しみだ。

しかし、だ。

支度を終えてアデルさんに手を借りながら歩き、馬車に向かったのだけれども……やっぱりというか、残念なことにというか、乗車先は殿下の馬車で。

既に乗り込んでいる殿下とヴィンセント様が見えて、苦笑いとともに固まっていると。

「手をお貸ししましょうか」

ジェストさんが足元のおぼつかない私を助けるために、ステップ台の前で待ち構えている。

いやこれは、逃げられないように、なのが正しいのかな？

仕方なく、彼の手を借りて中に入ると。

「コレット、こちらへどうぞ。楽に乗れるよう準備しておきましたよ」

にこやかにヴィンセント様が手招きする先には、クッションがいくつも置かれ、大きめの膝掛けや、足置きまであった。

なんですか、この至れり尽くせりは。もしかして、嵐の前の静けさ、つまり処刑前夜なのではないだろうか。

恐る恐るその席に座ると、当然のように、真正面には殿下。

「具合が悪くなったらすぐ言うといい、休憩を取らせる」

そんな風に殿下の口から労られると、さらに恐ろしさが増す。

血の気が引く思いで何度も頷いていると、馬車の扉が閉められた。

狭い密室に、殿下とヴィンセント様と私の三人。それはこれまでと同じだが、決して状況は同じではないのだ。気を引き締めて、昨日絞り出した対策を反芻《はんすう》する。

私がノーランド伯爵令嬢だったと知られたとしても、例の少年が私だという決定打にはならない。

そう、この姑息《こそく》な言い訳が、昨日一日考えて出した唯一の対策……もとい、逃げ道だった。

なんとしてでも、のらりくらり躱《かわ》してみせるぞと決意を固める私に、殿下が言った。

「まずは聞かせてもらおうか。なぜ十年前のあの日、男装などしていたのだ？」

打つ手無しの方だった！

全身から一気に、汗が噴き出してきた。

「な、なんのこと、でしょう」

「ほう……つまり、この期《ご》に及んでしらを切ると？」

虚を突かれ、返答を誤った。

目を細め、悪魔のような微笑みを浮かべる殿下から、私は冷静を装いながら顔を背けるのだった。

…………詰んだ。

今度こそ、詰んだ。

だらだらと流れる汗を、私はハンカチで拭《ぬぐ》う。

殿下。こういうやり方での毒抜きは、医師から指示されていませんので、勘弁してもらっていいですか⁉

「や、やめ……あ、くすぐったい、あっ……ふあ、はははっ」

目玉が飛び出るくらい高価な香油を使い、アメリア様の侍女たちに揉《も》まれて出るあられもない悲鳴と笑い声が、フレイレ子爵家のバスルームに響き渡った。

「これくらい我慢なさいな、痛いわけではないのでしょう？」

呆《あき》れた口調なのは、私の隣で涼しげな顔で椅子《いす》に座り、同じように足にマッサージを受けるトレーゼ侯爵令嬢カタリーナ様。

完全に薬を排出するにはこれが良いと、リーナ様に強引に浴室へ連れ込まれ、たっぷりの湯につかった後に、足をマッサージされている。これがもう、くすぐったいやら気持ちいいやらぞわぞわするやらで、慣れるものではない。

ティセリウス領の領主館を出発して、半日かけてなんとかフレイレ子爵領に着いた私は、待ち構えていたアメリア様とリーナ様に掴《つか》まった。そして治療と称した湯治と高価な香油を使った施術を受けながら、ティセリウス領で起きた事件の顛末《てんまつ》を喋《しゃべ》らされた。事前に連絡は入っていたものの、前代未聞の事件なだけに、とても心配をしてくれたようだった。

「そんなことより、殿下ご一行が到着された昨日は、それはそれは驚きましたのよ」

ぽっと頬《ほお》を染めるアメリア様からは、忘れて欲しい記憶を蒸し返されてしまう。

「ええ本当に。あのラディス兄様が、人目もはばからず大事そうに女性を抱き上げる姿を、お見せになる日がくるなんて、思ってもみませんでした」

「いやいや、ちょっと待ってくださいお二人とも。あれは、怪我《けが》人を運んだようなものですから！」

「あら、支えがあれば歩けるのに？」

「ヴィンセント様や護衛官に任せることもできましたのに？」

うう、それを言われると反論のしようがないのだけれども……令嬢方の興味関心はやはりそういったことらしく、二人揃《そろ》って目を輝かせてこちらを窺《うかが》っている。

私が答えに窮していると、お二人の誤解が見る間に肯定されていくのが分かるのだけれど、それらを否定することができずにいる。

その訳は、殿下に追い詰められた馬車の中での出来事にある。

あの時、十年前に男児の恰好《かっこう》をした理由を問いただす殿下は、悪あがきをした私へひとつの提案をしたのだった。

問われてもなお誤魔化《ごまか》そうとした私に、まず殿下は厳しい現実を突きつけてきた。

「サイラスが証言したからには、貴族院と法務局が調査に乗り出すことになるが、そうなってから逃げられると思っているのか？」

ぐうの音《ね》も出ないとはこのことだ。

言葉に詰まる私に、殿下はいつも以上に恐ろしい笑みを浮かべて続けた。

「法を犯した者へ、官吏が事情を考慮して裁いてくれるといいな、コレット。だが今ここで素直に白状して私に協力するならば、当面は身分保留にしてもいい。どちらが得と考えるか、それくらいの自由は与えよう」

そ、それは自由じゃなくて、脅しと言うんですよ、殿下！

そりゃあ、問答無用で死亡を偽り国から与えられていた爵位と財産を放棄した罪を問われたら、窮地に陥る。いくら幼い頃《ころ》の出来事だとしても、その後も黙って過ごしていたことを追及されてしまえば、言い逃れはできないのだから。でも殿下の権限で身分保留にしてもらえたら、少なくともレスターが巻き込まれないよう準備はできるかも。

しかしもう一つの問題、宝冠の徴《しるし》の件から逃れられるわけではないのだ。

少年であることだけでも国の未来を揺るがす大問題だったのに、そこに死んだことにして逃げた元令嬢という要素も加わったのだ。どんな場合でも、罪が重なるごとに罰は重くなるのが定石。

待ったなしの破滅か、真綿にくるまれて待つ破滅かの違いじゃないか。

愕然《がくぜん》としている私を、殿下は呆れた顔で見返すと。

「言っておくが、私は口にした約束は違《たが》えるつもりはない」

「……約束？」

「少年を見つけても処刑するつもりはない。そう言ったことを覚えていないのか？」

そういえば、夢心地でそんな会話をしたような。

「え、死刑にはならないんですか？」

「なぜ死刑になると断定しているのか、そちらの方が私には疑問なのだが」

少しだけ安堵《あんど》する。けれどもそれじゃ、『協力』って何？

そんな疑問に首を捻《ひね》っていると、殿下は勝手に話をすすめる。

「今回の密出国斡旋《あっせん》業者の背景を明らかにすることで、国境管理をするティセリウス伯爵の関与を証明し、事件の全貌解明に繋《つな》がると考えている。だが仲介人は誓約に縛られているため、慎重を期せねばならない。あの後の調査で、サイラスの診療所に収容されていた患者四人すべてが、捜索手配済みの犯罪者だった。その者たちは会話が成り立たない。サイラスの証言によると、患者たちは約束の石の誓約を破ったことによる、後遺症患者だそうだ。どうも金のために人を攫《さら》い、それを口にしたことで約束の石の誓約に反して精神崩壊したようだ」

「ちょっと待ってください、仲介業者のあの人と、サイラスが繋がっていて、しかも黒幕がティセリウス伯爵だってことなんですか？」

「まだ確証はない。だが約束の石は、人の数だけ必要となる。大きな商会とてそう使うものでもない石を、いくつも用意できる人間は限られている」

確かに、小さな石一つで馬が三頭買えると聞いたことがある。基本的に石は一人に一つずつ必要だ。制約が達成されるか、逆に破られれば解除となるが、そうでなければ他の人が使うことができない。高価なうえに扱いが難しいのだ。

「サイラスは不要になった患者を高額で引き受け、事情を知ったようだ。だが関わりが深くなることで、身の危険を感じ逃亡を考えていたところに、コレットに目をつけた。最後に人攫いに加担し、稼いだ金で国外逃亡するつもりだったのだろう。サイラスの方は約束の石を使っていない。そうでなくとも、過去に貴族が絡む不法行為に関わっている、放置して消されないようこちらで保護するために、王都へ移送した。上手《うま》くティセリウスの尻尾《しっぽ》を掴みたい」

なぜか殿下が詳しい経緯を聞かせてくる。

だから、そういう機密事項を私に教えないでといつもお願いしていますよね？

そう文句を言うと、殿下は「いいから話を聞け」と取り合ってくれない。もしかしてあえて口にして、巻き込んだんですね。私を『協力』させるために。

「幸い、保身に走った伯爵夫人が、新たな材料を提供してくれた。叩《たた》くなら徹底的に叩いて埃《ほこり》を出させる」

「ティセリウス伯爵夫人？」

「昨日の朝、娘を私の閨《ねや》へけしかけたろう？」

「ああ、あの朝の……」

それすらも攻撃の刃《やいば》に変えるつもりなのか。権力者とは恐ろしいものだ。まあ、娘も命令で仕方なく……といった風でもなさそうだったから、自業自得なのかもしれないけれど。

「でもあれを、どういう風に利用するんですか？」

「既に種を蒔《ま》かせている。社交界は情報がものをいうからな」

「まさか令嬢の品格を失わせるような噂《うわさ》をばら撒くつもりですか、ちょっと可哀想ですよ」

「令嬢に関しては事実しか伝えない。私の寝ているとされている寝室に、夜も明けきらない早朝に一人で訪れたと。そうなれば娘を溺愛する伯爵は、噂を握りつぶすために動くだろう。だが躍起になればなるほど、噂とは消しようもなく大きくなるものだ」

それは、もしかして実体験でしょうか。とは、さすがの私も聞けない。

「同時に、もう一つの嘘《うそ》を混ぜて流す」

「嘘？」

「令嬢が私の部屋で鉢合わせたのが、王子が想う女性らしいと」

「らしいってぼかすところが、なんとも質《たち》が悪い……ん？　ちょっと待ってください、そのらしい女性って私のこと⁉」

「他に誰《だれ》がいる」

「なんのために、わざわざそんな勘違いを？」

「これを機に、デルサルト派にも揺さぶりをかける」

「揺さぶりって……」

「私が継承者として相応《ふさわ》しくないとするデルサルト派の根拠は、宝冠の相手が男だったことから、女性の伴侶を得られないことへの危惧、その一点だ。その懸念が無くなるような噂が、今回の事件と一緒になって、まことしやかに流れるのだ。奴《やつ》らはどう感じるだろうな？」

「そりゃあ、本当かと確かめたくなるでしょうね」

揺さぶりというのは的確な表現だった。

つまり殿下の思惑をまとめると。ティセリウス領の密出国斡旋事件に、伯爵令嬢の醜聞で慌てふためく伯爵がぼろを出すようわざと噂を流し、関与した証拠を掴みたい。そこに殿下の側《そば》に女性がいることを仄《ほの》めかし、デルサルト派の反応を探りつつ、自分の汚名返上までしてしまうつもりなのだ。

一挙両得どころじゃない、なんて人だ。

「じゃあ、私が協力することって……」

「今まで通り、私の部屋で仕事をしていれば充分だ。噂を耳にした者たちがコレットの存在を、勝手に私が囲う恋人だと勘違いしてくれるだろうからな」

「こ、恋人ぉ⁉」

「嫌と言うのならば、お前を法務局に引き渡し、他の者を用意せねばならないが」

そうだった、これが殿下の言う『協力』であり、そうでなくば破滅か、悪魔の二択の話だったことを思い出す。

それは勘弁してくださいと、首をぶんぶん横に振る。

「死亡したことになって十年。派閥としがらみがない上に、トレーゼ侯爵家、フレイレ、バギンズ子爵家と繋がりがあるコレットよりも勝る適任者はいない。そういうことで、お前の出張は延長だ」

「……は？」

確かに今は出張中ですけど、延長って？　意味を掴みかねていると。

「しばらく出張扱いにしたままで、王城に逗留《とうりゅう》するようにと言っているのだ」

「ええっ私、家に帰れないんですか⁉」

すると今まで黙って聞いていたヴィンセント様が、眉《まゆ》を下げてとんでもないことを口にする。

「コレット、家に帰るのはお勧めできません。デルサルト派に貴女の正体が知られると、命を狙《ねら》われかねません」

「私が、狙われるって、どうして？」

驚いて殿下を見ると。

「例の宝冠は王位継承の証《あかし》だ。たとえ相手が少年だったとしても、徴が現れた私が最も王位に近い。それほどに宝冠は継承に重要な要素なのだ。だからこそ、ジョエルが本気で王位を望むのなら、少年……つまりコレットか私のどちらかを殺し、徴を取り消した後に新たに徴を顕在させるのが、奴が王となる近道だ。死にたくなかったら、協力しろ」

殿下とヴィンセント様の真剣な面持《おもも》ちに、その言葉が冗談などではないことが分かり、絶望する。

「うう……分かりました、協力します、恋人のふりをすればいいんでしょう？　その代わり、ちゃんと守ってくださいよね？」

「ああ、約束する」

なんてこと。処刑を回避したと思ったら、次は暗殺の危機！

どうして、こうなった……そうだ、あの宝冠に触れなければ、こんなことになってない。

元凶は宝冠《アレ》じゃないか。

「殿下、もっといいことを考えつきました！」

殿下が眉間《みけん》に皺《しわ》を寄せて、嫌そうな顔をする。

「悪い予感しかしないが、一応、言ってみろ」

「その宝冠、いっそ壊しちゃいましょう」

殿下は眉間に指を置き、しばし目を伏せ、そして淡々と言った。

「却下だ」

……やっぱり？


とまあ、そういうことがあり。私は名を偽ってなり替わった罪を今すぐ問われない代わりに、殿下の監視下で、恋人かもしれない怪しげな存在、という役回りを演じることになった。

そしてその役回りのおかげで、もう歩けるというのに、大衆の面前でお姫様抱っこされるという羞《しゅう》恥《ち》を味わったのだ。

酷《ひど》い。噂を流すくらいなら、ここまでやらなくてもいいじゃないかと訴えたのだ。でもやるなら徹底的にせねばどこかでボロが出ると、完璧主義の殿下に押し切られてしまった。

リーナ様は殿下から事情を聞かされていて、殿下の対応が演技だと知っている。だから少しは遠慮してくれてもいいはずなのに、子爵令嬢とともになぜか悪乗りをしてくる。

脅されて権力争いに利用されるなんていくらなんでも酷いと思いませんか。ヴィンセント様に愚痴ったところ、彼からは和《なご》やかにこう返されたのだ。

「その役目を長らく、カタリーナ様が引き受けておられました。僕としましても、コレットには感謝しかありません」

つまり私に味方はいない。長年嘘をつき続けてきたことへの天罰だろうか。

こうして令嬢方の厚意でどこもかしこも磨かれて艶々《つやつや》になったのに、遊ばれて精神は疲労困憊《こんぱい》。そんな訳の分からない状態で令嬢方と別れて、あてがわれた部屋に戻ると、アデルさんが出迎えてくれた。

「お疲れ様です、コレットさん」

今日の午後からは、水車を使った製鉄事業の視察に向かう予定。昨夕到着して一泊、滞在は今日一日だけなので、とても慌ただしい。それを気遣って、髪を整えに来てくれたのだ。

「いつもありがとうございます」

普段は自分で整えるけれども、さすがに貴族のお嬢様たちと並ぶので、アデルさんの力を借りられるのは心強い。櫛《くし》を手にしたアデルさんにお礼を言うと、彼女は珍しく困った顔だ。

「あの、コレットさんには私、謝っておきたくて」

「謝る？　私に？」

どういうことだろう。梳《くしけず》る手を止め、アデルさんは私の右耳の後ろをかき分ける。

「コレットさんが殿下の元で働き始めた最初の日に、この傷跡に気づきました」

ドキリとした。

自分でも忘れていた傷。ううん、ここに傷があるのは知っていたけれども、それをいつ、どこで負ったのかは私自身さえ気にも留めてなかった。すっかり治っているし、後遺症もなかったから。

「何気なく、殿下にお話ししました。その時には、殿下もさほど気になさる様子ではなかったですし、まさか例の少年が……いえ、捜し人の性別が勘違いだとは思いもよらず」

アデルさんはそこまで言うと、かき分けていた髪を戻し、労《いたわ》るように撫《な》でた。

その手つきが、あの薬を打たれた晩に殿下がしたのと同じ仕草、同じ位置だったことにようやく気づく。

「私は……私たち侍女は皆、コレットさんが好きです。あなたは殿下やヴィンセント様を前にしても物怖《ものお》じせず、むしろ職務に夢中で……いままでそういう女性をあまり見たことなかったですし、殿下に厚遇されていても驕《おご》ることなく、むしろ私たちを労《ねぎら》ってくれましたから」

「い、いえまあ、あの殿下の相手は、実際大変そうですし。良家の出身である侍女の皆さんより身分は下、平民ですよ？」

アデルさんはくすりと笑いつつ、でも……と続ける。

「コレットさんが素性を隠していたのは、それなりの理由があったでしょうに、暴《あば》くような形になってしまって申し訳ありませんでした。殿下がお守りしてくださると信じておりますが、身の危険まで伴うとなったら話は別です。もしコレットさんがどうしても退職を願っているのでしたら、私からも殿下にお願いしようかと」

「ま、待ってください、退職って？」

確かに最初は望んでいた。でもそれをアデルさんがどうして知っているのだろう。

「実は、偶然耳にしてしまったのです。殿下が早くどなたかと結婚されたなら早く退職できるのにとおっしゃられているのを」

「あ、あれはその……」

あの呟《つぶや》きを聞かれてしまっていたとは。

あの時は、とにかく素性を隠し通さねば後がないと思っていたし、かなり本気だったのは事実だ。

でも……。

隠していた秘密が明るみになっても、殿下はただ理由を尋ねただけで、処分を保留してくれた。状況はもう、変わったのだ。

「アデルさん、心配してくださってありがとうございます。でもここまで来たら、逃げてもどうにもならないと思うので、殿下の提案に乗ることにしました」

「コレットさん、それで本当にいいのですか？」

「はい。実は私、どうしても、守りたいものがあるんです。だからもう逃げるわけにはいかないから」

そこまで言うと、コンコンとノックが鳴る。

振り返ると、既に扉が開けられていて、殿下が待っていた。

「支度は済んだか？」

「いま、すぐに終えますのでお待ちください」

アデルさんが慌てて私の髪を整えてくれる。殿下が迎えに来るなんて聞いてない。

「もう出発の時間でしたっけ？」

「フレイレ子爵から、お前もともに昼食をと言われている」

「え、困ります」

「かしこまる必要はない。食事が終わればすぐに出発する。アデルたちは別で荷物をまとめて、街道に先回りするのは、コレットも聞いているな？」

「あ、はい。視察が終わってすぐにそのまま発《た》てば、明日の昼にはお城に戻れるからですよね」

ここはティセリウス領よりも、王都寄りにある領地だ。往路よりも復路は時間がかからない。

「護衛もアデルたち侍女も忙しい、世話をかけるな」

アデルさんが整え終わると、殿下はずかずかと部屋に入ってきて、私のそばまで来た。そして椅子に座っていた私の膝と背中に手を入れると、そのまま抱え上げられてしまう。

「え、ちょ、まだやるんですか、その嘘を」

「いいから黙っていろ」

そのまま有無を言わさず、連れ出されてしまった。

殿下は私の体重などものともせず歩く。そして前を向いたまま、小さな声で話し出した。

「コレット……大きな声を出さずに、聞け」

殿下の低い声色に、何か異変があったのを察する。

「サイラスを護送していた者が襲われた」

「……っ！」

驚きに息をのむ。それと同時に、私の背に回された腕に、力が入った。

「護衛の人は無事ですか？　それに、サイラスは……」

「護衛は怪我をしたものの、命に別状は無い。サイラスは無傷だが、襲撃者を逃している。再度の襲撃を回避するためにジェストを応援に向かわせた」

「いったい、誰がそんなことを……」

「ティセリウス領の人間か、もしくは視察団の中か」

もしかして、近衛《このえ》兵を疑っているの？

「サイラスの件を知っている者は、限られているからな。とにかく、フレイレ子爵は領内の警戒を強めてくれてはいるが、手が足りない。王都に戻るまでコレット、お前は私の側を離れるな」

平民で会計士でしかない私が殿下の側を片時も離れずにいるには、相応の理由がいるだろう。だから殿下は、私が嫌がっても嘘をつき通すふりをして、私を抱えてくれていたのか。

そう思うと、私は頷《うなず》くしかなかった。

それから私たちは、フレイレ子爵夫妻とご令嬢アメリア様、招かれているリーナ様と、それからヴィンセント様も加えて昼食を取り、予定通り視察に向かった。

ここでも私と殿下は、同じ馬車での移動だ。リーナ様はアメリア様とともに、フレイレ子爵家の馬車に同乗している。もちろん用意された馬車は、殿下がティセリウス領で乗せられたと聞いた、威光を見せびらかすような屋根無し仕様ではなく、普通のものだった。ああ、良かった。

同行していたのは子爵家の警護のみならず、殿下が連れてきた護衛と近衛が多数。武装した兵が車列を囲み、仕方がないとはいえ、物々しい雰囲気となった。

出発してしばらくすると、大きな川の岸に出る。そこから上流へ向かって、細い山道を登った先に製鉄所があるという。

馬車の窓から見える河川は、ゆるやかな水面をたたえ、そこを船が荷を乗せて下っていくのが見えた。

「あれはゼノス商会の船ですね」

船尾に掲げられた旗には、馬を象《かたど》ったゼノス商会の紋章が見える。リーナ様たちの商談は上手くいき、ゼノス商会は早速資材運びと製品の流通を請け負ってくれたらしい。今はまだ立ち上げて間もないこともあり地味な業績だが、近日中には設備が整う。生産はこれから軌道に乗り、水車を利用したことで人件費が削減できて安価で提供できる。あっという間に評判を呼ぶに違いないと、商会からも太鼓判を押してもらえたようだ。

始まりは、事業として立ち行かなくなり、損害を最小限で畳むための相談だった。まさかここまで規模を拡大して蘇《よみがえ》る姿を見られる日が来るなんて、あの時に誰が想像できただろうか。

そして最後の仕上げが、今回の殿下の視察だ。

この程度の王室の威光なら、ばんばん借りたらいい。殿下だって領民が潤い、安定した領地経営を貴族ができると、国が豊かになるのだから、悪いことは一つもないはずだ。この事業の主は、あくまでもアメリア様だ。最大の出資者はカタリーナ様。子爵令嬢が始めた学園の卒業試験のための事業が大成功を収めたら、結果として後押しする殿下の評判も上がるに違いない。派閥としての立場だけで貴族様があれこれ批判すると、大人《おとな》げないと恥ずかしい思いをするのはどちらなのか、考えたら分かることなのだ。

そうして到着した製鉄所では、村の責任者がしどろもどろになりながらも、殿下に増設したふいごの動力設備のしくみや生産計画を説明して回った。

山林に囲まれた村は、想像していたよりも小さかった。そんな村で最も大きい建物が、水車小屋からこの製鉄所になったそうだ。製鉄所はかつての水車小屋よりも、たくさんの仕事を村に与え、物が行き交うようになった。仕事に関わる者たちだけでなく、村で生活する人々は皆、この事業に希望を見出しているようで、その顔は明るいものばかりだった。

しばらくは鉄の需要はなくならないだろう。アメリア様から、必ず村での雇用を主体でやっていくという言葉が、彼らをより安心させているようだ。

リーナ様とアメリア様のお二人も、満足そうに視察を見守っていた。彼女たちの努力が実るには、たくさんの人々の助けや協力があってこそだろう。その一助に私も加わることができたのなら、嬉《うれ》しい。心からそう思える一日だった。

そうして無事に視察を終えた私たちは、製鉄所に設けられた休憩所で、王都への帰還の準備が整うのを待っていた。製鉄所の従業員たちが使う広い部屋の奥に、殿下が寛《くつろ》げる場所を用意してくれてあった。製鉄所の外では帰りの旅の準備をするため、近衛たちが忙《せわ》しなく行き来している。

事業の代表であるアメリア様はご自分の執務室を持っており、今はフレイレ子爵とともに、そちらにリーナ様を案内しているところだ。私にできることはもう何もない。

ただ周囲の慌ただしい様子を、殿下の隣でぼんやり見ていた、そんな時。私と殿下の前に、一人の近衛が、駆け寄ってきたのだった。

そんな予想外の動きに、周囲を警護していた護衛が、殿下を庇《かば》って素早く立ちふさがる。

「レ……バウアー卿《きょう》！」

それがレスターだと気づき、私が呼びかけると、殿下がすぐに手を上げて護衛を下がらせてくれた。

するとレスターも私の方を見て、ホッとした表情で微笑《ほほえ》み返す。あの日以来、直接会えていなかったから心配していたけれど、どうやら元気そうで安心した。

「殿下、彼と少し話したいのですが」

「あちらは仕事中だろう、職務放棄とみなすが？」

その言葉にムッとすると。

「姉弟で同じ顔をするな」

殿下が呆れた様子でそう言うのでレスターを見ると、むくれた表情をすっと無に戻すのが見えた。

そう言われると、すぐに感情が顔に出るところは、姉弟揃って同じかもしれない。思わず笑いがこぼれた。だがレスターの方は、凛々《りり》しい顔を一瞬しか保てなかったようだ。殿下の言葉に驚き、狼狽《ろうばい》したように、私と殿下を見比べている。

「弟を放っておくと、色々と他への影響が出そうです、殿下」

「仕方ない、少しの間ならば許す。ヴィンセント、人払いをさせろ」

ヴィンセント様はすぐに、近くにいた近衛や子爵家の使用人たちを遠ざけさせる。さらに護衛たちを外側に立たせて、視界を塞《ふさ》いでから、レスターを呼び寄せた。

「……レスター、体はなんともない？」

「え、あ、はい。コレット」

「いつも通り姉さんって呼んでくれていいわよ。殿下にはすっかり知られてしまったから」

「え……ええと、知られたって……まさか」

レスターが信じられないといった面持ちで、殿下を見る。

「コレットがコレット＝ノーランドであるならば、卿が義理の弟であることは、すぐに分かる。まさか、父親の再婚相手の連れ子と、いまだ姉弟として繋がっていたのは意外だが」

「血なんか関係ありません、レスターは今でも私の、大事な可愛《かわい》い弟です」

「……姉さん」

レスターが、感極まって私の前に跪《ひざまず》き、手を取った。

「姉さんが無事で良かった。足は動く？　まだ今日も殿下が姉さんを抱えていたそうだね、治らないなら僕が抱えて帰るから！」

「おい、レスター＝バウアー」

いつものレスターの暴走に慣れてない殿下が、呆れたように止めに入る。だがレスターはもう遠慮をするつもりがないようで。

「だから僕は言ったんだ、殿下に関わるといいことなんて無いって。これからは僕が姉さんを、一生守っていく、だから一緒に帰ろう？」

「ちょ、ちょっと、レスター」

さすがに殿下の前でそれはないだろう。レスターがいつまでも私を慕ってくれるのは嬉しいが、今はまだ正体が殿下以外に知られるのはまずい。

だがそこで殿下が横から手を伸ばし、レスターの腕を締め上げる。

「あ、っつ！」

「一旦下がれ、命令だ、レスター＝バウアー」

素早くレスターは握っていた私の手を離し、三歩ほど下がった。だがその顔は不服そうだ。

「レスター、話を聞いて。今はまだ視察中で、あなたも職務中。詳しいことは後で……王都に戻ったら必ずするから、今はまだ知らないふりをしていて欲しいの」

「でも姉さん……」

「お願い、レスター」

拝むように手を合わせると、レスターは渋々ながらも承知してくれた。そしてレスターは殿下に向き合うと。

「今は姉さ……コレットの希望を汲《く》むだけです。いずれ返してもらいますので」

その言葉に、殿下はすっと目を細めて、低い声で言った。

「そもそもお前のものでもなかろう」

「はい、恐れながら殿下のものでもありません」

「いいや、私の部下であることは事実だ」

ちょ、ちょっと二人とも。どうして火花を散らせるように睨《にら》み合っているの!?

だがそこで出発の準備が整ったことを、ヴィンセント様が告げると、殿下は頷く。

「レスター＝バウアー。大事なものを守りたいのならば、まずは王都まで役目を果たせ」

さすがにレスターも、それ以上は殿下に逆らうことはなかった。

会話は打ち切られ、殿下の合図で護衛は元の配置に移動し、レスターも近衛たちの元へ戻る。そして殿下を乗せた馬車を先頭に、視察団は製鉄所を出発した。

その後、予定していた通り、領主館に戻ることなく私たちは街道の途中でアデルさんたちと合流し、そこで馬車を乗り換えてフレイレ領を発つ。殿下が子爵夫妻と挨拶《あいさつ》を交わしている間に、私はアメリア様とリーナ様にお別れを告げ、再び王都で会う約束を交わす。

色々あって長く感じた旅程だったが、夜通し馬車に揺られて、朝には王都に帰り着く予定だ。

すっかり私の定位置となった座席に収まり、流れていく緑豊かなフレイレ領の景色を眺《なが》めていると、同じように窓の外を眺めていた殿下が呟く。

「お前の弟は、姉への執着が異常すぎるな」

殿下がいきなり言い出した。そりゃあ、私たちの姉弟愛は強い絆《きずな》で結ばれているので……そう言おうとしたら、殿下が無言で私に窓の外を指し示してきた。

なんだろうと思って覗《のぞ》くと、私の位置からは見えにくい馬車の前方に、レスターが騎馬で走っていた。するとレスターは私に気づいたらしく、微笑み返す彼に小さく手を振る。

「あいつは外ではなく、馬車内を警戒しているようだな。こちらを振り返ってばかりだ」

「殿下も人が悪いですね。分かっていて彼を煽《あお》ったでしょう、しかも何度も」

呆れた様子でそう言うヴィンセント様。

「え、そうだったんですか？　殿下がレスターをどうして？」

「あれで気づかないとは、貴女も相当ですねコレット」

「失礼ですねヴィンセント様、なんだか睨み合っているのは、私だって気づいていましたよ」

ヴィンセント様には苦笑いで「はいはい」とあしらわれてしまう。

「コレット、前にも言ったはずだがバウアー男爵家は、末端ではあるがデルサルト派に属する、生粋《きっすい》の騎士輩出の家系だ。それだけでなくレスターは養子で、産みの母親はブライス伯爵家の人間。ブライスといえば、デルサルト公爵を王に推すことを憚《はばか》らない派閥の長。つまりお前の弟は向こう側の人間だ、当面は近づくことは禁止だ」

「禁止って……でもレスターは、派閥とか権力争いには無関心です、とても良い子なんですよ？」

「あれが良い子という図体か。しかしたとえ本人が善良であっても、家督を引き継ぐために従わざるを得ない場合もあるものだ。それともコレット、弟をこちらに寝返らせる力がお前にあるとでも？」

「それは……」

殿下の言うことはもっともだ。私には、そんなことをさせてレスターを守ってやれる権力もなければ、知恵もない。

「お前のことだ、よほど弟が大事だからこそ、必死に無関係を装っていたのだろう？」

町で遭遇した時のことや、関係を疑われた時のことを言っているのならば、その通り。レスターとの親密さが知られてしまうと、殿下のような聡《さと》い人ならばすぐに私の素性に辿《たど》り着くに違いない。そうなったらレスターまで罪に問われかねない。レスターを守りたい。

「……だって、家族ですもの」

「家族か。実際にともに育ったのは、三年ほどではなかったか？」

「そんなことまで知っていたんですか？　十年も前に没落した家なのに」

「その没落が、ちょうど同じ十年前だからだ。消えた少年を捜索する過程で、令嬢の死を知った。だから余計に記憶に残っている。あの悪名高いリンジー＝ブライスが、元婚約者だったノーランド伯爵家に後妻として入り、前妻の残した娘を隔離して食事もろくに与えていなかったらしいと。娘の亡きあと、生家に戻ったお前の継母《ままはは》は、ノーランド伯爵家の財産を……」

「やめてください！」

両手で耳を塞ぎながら、叫ぶ。

「聞きたくありません、その話はしないで！」

殿下とヴィンセント様は、驚いたように顔を見合わせている。だけど、これだけは譲れない。私にとって、最も耳にしたくない話題なのだから。

「その人の話を私にするなら、一切協力を拒みます。それが困るんでしたら、二度と口にしないでください！」

最悪だ。

気分が悪い。困惑する殿下たちを無視して、そのまま膝掛けに包《くる》まり、横になってしまったのだった。


次に目が覚めると、辺りはすっかり暗くなっていた。

ガタゴトと揺れる馬車のなか、小さな壁掛けランプが一つだけ振動で揺れていて、それに合わせて照らされる室内も揺れているように見えた。

むくりと起き上がると、近くから声がかかった。

「気分はどうだ？」

「……はい、悪くないです」

「そうか、ならば一度馬車を停めよう。ヴィンセント」

「はい、承知しました」

ランプから離れているせいか、薄暗い中では殿下の表情を窺い知ることができない。

ヴィンセント様が手を伸ばして、御者に知らせる呼び鈴の紐《ひも》を引っ張る。すると壁に取り付けられた小窓が開き、そこから冷たい風が吹き込んできた。

「停めてください、休憩を取りましょう」

御者が返事をすると、すぐに小窓が閉じられ、馬車の速度が緩められていく。それと同時に、周囲に併走しているだろう近衛たちの、馬を制御する声と乱れる蹄《ひづめ》の音が響く。

ヴィンセント様が、点《とも》していなかった残りのランプに火を入れて、室内を明るくしてくれた。

もしかして寝ている私のために、あえて暗くしていてくれたのだろうか。

あんなに失礼な態度をとって、ふて寝をしたのに。子供が拗《す》ねるような態度を取ってしまったことが恥ずかしくなり、恐る恐る殿下を窺うと、私のお腹《なか》が派手にぐうと鳴った。

「食事を用意しよう」

「すみません……」

お腹の虫のおかげで、気まずさがうやむやになったまま、私はアデルさんに世話をやかれて遅い食事を取った。食べ終わるのを見計らったように、視察団は休憩を切り上げて出発するという。

なんだか私のためだけに休憩を入れてくれたようで、本当に申し訳なくなってしまった。殿下にはちゃんとお礼と謝罪をしなくちゃ。そう思っていたのに、馬車に戻ると、殿下に先に謝られてしまった。

「先ほどは、配慮に欠けていた。すまない」

「い……いいえ、私も気分が悪いだなんて言って、ふて寝してすみません」

「それは構わない、元々薬のせいで体力が落ちているはずだ、この後はろくに休憩は取らずに王城へ入る。コレットはそのまま寝ているといい」

時刻はそろそろ日付が変わる頃だそう。殿下とヴィンセント様はどうするのだろうか。

「私は慣れている。視察の場合は、こうした移動も少なくない」

「起きているつもりですか、なら私も……」

殿下は首を横に振り、私に横になるよう勧めた。

「コレットは帰城後に会計処理の仕事があるだろう、いいから寝てしまえ。着いたら起こす」

私が起きていても何の役にも立たないだろうけれど、王族の前で眠れという方に無理がある。いや、さっきまで寝ていたけれども。

しかし勧められるままに毛布に包まると、すぐに瞼《まぶた》が重くなる。そういえば、食事と一緒に薬湯も飲んだからかな……。

襲い来る眠気に負けて、座席に横になり、クッションに顔を埋めた。サイラスから薬を飲まされて以来、やけに殿下が優しい。私が、長年捜していた少年だと分かったからかな。

そう思ったら、なんだか胸の奥がざわざわと騒ぐ。

殿下に協力することにしたけれど、その後はどうなるんだろう。ううん、それ以前に会計士としての私はもう必要なくて、別の人を雇うのかな。

いや、今はまだ考えたくない。

私は意図的に、明日から待っている仕事について考えを巡らす。殿下の視察には、出費も多いが献上品として持ち帰るものもある。それらを仕分けして、公務として財産目録に加えるもの、そのまま同行や準備に奔走した臣下へ特別賞与として与えるもの、それから私的な交流として私財管理下に入るものなどに分けられる。

それらの分配は殿下と財務会計局の担当者が決めるが、決められた後の私財処理は私が一手に引き受ける。そういう仕事のことを考えていると、ざわざわと騒いでいた心が凪《な》いでいく。

明日の仕事の予定を立てるのが、ちょうどいい現実逃避だったらしい。すぐに気持ちよく寝入ることができた。


そして次に起きた時には、もう馬車の中ではなかった。

起き上がって、ねぼけ眼《まなこ》で周囲を見渡す。見覚えのない部屋の、見知らぬ寝台。少なくとも豪華すぎない落ち着いた壁とベージュのカーテン、一人用というには少し広いが、広すぎない寝台。殿下の部屋ではないことにホッとしつつも、知らぬ間に寝かされているのもどうなの。

私は起き上がって手当たり次第にクローゼットを開ける。するとそこには私が視察に持っていった鞄《かばん》が置かれ、中に入っていた服を出して綺麗《きれい》にかけられていた。

その中の一着、いつもの仕事用の服を手に取り着替えた。

色々なことがあったけれど、どうやら無事に視察から戻ってこられたらしい。

昨日、殿下から出張延期を申し渡されているので、恐らく殿下の私室の近くだろうと当たりを付けて、部屋を抜け出す。するとやはりそこは殿下の私室に続く廊下で、寝かされていたのは侍女たちの控室のうちの一室だったようだ。

「コレットさん、おはようございます」

部屋の位置を確認していると、会計局本院のイオニアスさんと遭遇する。まさかこんな所で彼に会うとは思わず、驚いてしまう。どうやら殿下の護衛の一人に、案内されて来たらしい。

「おはようございます、イオニアスさん、珍しいですね、こちらでお会いするなんて」

「コレットさんを迎えに来ました。後ほど本院で、視察後の会計処理のための会議があります、参加されてはどうですか？　前任者もよく参加されていましたし、後学のためにもいいかと思いまして」

「そんな会議があったんですか、初耳です」

「形式的なものですので、いなくても問題はありませんが、コレットさんがお仕事の手順を覚えるのにちょうどいいと思います」

「私はもちろんお願いしたいですが、他の参加者の方々はどなたが？」

「私を含めて殿下の公務担当会計士が三人、本院の院長と顧問が同席いたします」

「院長と顧問、ですか……」

大物と同席会議。少々尻込みしているとイオニアスさんが……。

「そもそもラディス殿下と日々顔をつきあわせている人が、何を怖《お》じ気《け》づく必要がありますか」

「さすがに、殿下は別ですよ」

「ラディス殿下ならば蔑《ないがし》ろにされるという意味ですか？」

「ち、違いますよ、殿下はもちろん敬っています。そうじゃなくて、よく知らない方とは違うという意味です」

少々冷めたような目で見られたが、とりあえず納得はしてもらえたようだ。

「それでは、行きますのでついてきてください」

「え、今からですか⁉」

「迎えに来たと言いましたが？」

「でも私、視察でメモしたノートや仕事道具、ペンすら持っていません」

「そんなものは、あちらで用意します。それにあくまでも主な議題は公費会計についてですし、いずれまとめた資料はこちらに届くのですから、あなたは聞くだけでかまいません」

「はあ……分かりました」

つまり私を牽制《けんせい》しておきたいから顔を出せ、けれども口出しは無用、ということかな。

庶民納税課の職員たちからも、同じようなことをよくされたっけ。まあそれも仕事かなと、ついていくことにした。護衛はそのまま何も言わずに、私たちの後に続く。殿下の私室一帯を越えても付き従ってくるので、イオニアスさんはチラチラと後ろを気にしている様子。何か言いたいけれど、大男の護衛には言い出せないのか。

私たち三人は、そのまま会計局本院に入り、以前通された応接間を越え、さらに奥へと進む。

最奥、と言っていいだろうか。厳重に鍵がかけられた大きな金庫の前を通り過ぎているのだから。

さらに一本の細い通路があり、しばらく歩いた先に、扉が見えた。だがなぜか扉の前には、近衛が待ち構えている。そして私たちを認めると、近衛自ら奥の扉を開けてくれる。

そして驚いたことに、扉の先は部屋ではなく、庭が広がっていた。

「通行は、会計士の二人のみ許されている」

近衛がそう告げて、最後尾についてきていた護衛を止めた。

なんだか嫌な予感がして、私もまた足を止める。そんな私をイオニアスさんが振り返り、首を小さく横に振ってみせる。眉を下げ、申し訳なさそうにしながら。

そんなイオニアスさんの顔、初めて見た。

ああ、逆らえない人からの命令なのだと、私は悟る。

ええい、ままよ。私は腹を括《くく》って、足止めされている護衛を振り返り「行ってきます」と告げて扉をくぐった。

足を踏み入れた先は、とても美しい庭園だった。

小鳥が鳴く声と、蝶《ちょう》が飛び交う庭には、赤い薔薇《ばら》が咲き誇っている。その薔薇の傍《かたわ》らに、三人の男性が立っていた。

イオニアスさんに先導されるまま、その人物のところまで行くと、こちらに気づいたようだ。振り返った三人の中央にいる男性の姿に、私は足を止めてしまった。

こ、これはまずい。さすがに、いくらなんでも、まずい。

一歩も動かなくなった私に気づき振り返るイオニアスさんも、明らかに動揺している。

「謀《はか》りましたね、イオニアスさん」

「い、いえ、コレットさん、私もまさか……バギンズ顧問だけだと」

「これ以上、私は先に進めません。申し訳ないですがイオニアスさんだけで行ってください」

「そういうわけには……お願いします、コレットさん。後でどんな謝罪でもいたしますので」

そう言いながらにじり寄るイオニアスさんから数歩下がったところで、背中になにか固いものがぶつかった。

嫌な予感がして振り返れない。でも後退を阻《はば》むそれを確認するために、見上げると。

「陛下がお待ちである。勝手に下がることは許さぬ」

野太い声で言うのは、さきほど扉を守っていたのと同じ近衛兵だ。

退路は断たれた。

はぁ……。

誰にも聞こえないように深くため息をつき、私を待つフェアリス王国元首である人の元へ歩いた。

この国に生まれて、この国で育ったからには、その絵姿を見ないで過ごせる者などいない。誰かさんと同じ、見慣れた赤い髪には既に幾筋かの白いものが混ざってはいるが、とても目立つ色だ。貴族家には精霊王を連想させる薄い色素を好む者が多いが、平民では濃い色の髪をもつ者は少なくない。もちろん赤髪の者も多いがために、国王陛下は若い頃から国民に親しまれている。そして澄んだ空を連想する水色の瞳《ひとみ》と、穏やかに微笑むお顔は肖像画通りで、私を待つ間もただ何も言わずに佇《たたず》んでいた。その静かさが品格となって、かえって近寄りがたいほどの圧に感じられる。

私は御前で仕事着のスカートの端を持ち、膝を折って頭を下げて、御言葉を待つ。

「突然呼び立ててさぞ驚いただろう。そなたが、コレット＝レイビィだな？」

「はい、ラディス＝ロイド殿下の元で私財会計士を任されております、コレット＝レイビィと申します」

「そうか……病み上がりと聞く。体調はどうか？」

それを受けてようやく顔を上げ、ゆっくり頷く。

「すでに快癒いたしました」

「そうか、それは良かった。そなたの活躍は、バギンズやトレーゼから聞き及んでおる。それに、倅《せがれ》が色々と迷惑をかけているようだな」

迷惑、とはどういう意味だろうか。強引に会計士にされたことか、それとも過去の件……？　私は「はい」とも「いいえ」とも答えづらく、笑みを貼り付けて首を傾《かし》げてみる。

「ラディスも私同様、フェアリス王家の性質……執念深さを多大に引き継いでおる」

執念深さ。あぁー………。

私が遠い目をしたせいか、陛下が静かに笑った。しかし殿下はまだしも、陛下も？

「陛下、そろそろ本題に入られませんと、時間が足りなくなりますぞ」

「分かっておる、バギンズは細かいのお」

陛下に横から口を挟んだ人物が、バギンズ子爵らしい。彼の肩からは、床まで引きずるほどの長い会計士襟《カラー》が垂れている。裾は私のものと同じく二股に分かれており、会計局最高位を表す黄金の玉房が付けられていた。

彼は私の視線に気づき、応えるように微笑む。初めてお会いしたけれども、豊かな白髭の、明るそうなお爺《じい》ちゃんだ。ついでに頭頂部もすっきり明るい。

もう一人は、若いけれども厳しい顔立ちをした人物。鎧《よろい》を着て、長剣を携えている。恐らく彼は近衛だろうけれども、どこかで見たような顔立ち……。

「コレットよ、私は倅と賭けをしたのだ」

陛下の言葉にハッと我にかえり、その真意を探ろうと次の言葉を待つ。

「あの宝冠を鳴らせた者を探し当てたのなら、ラディスの勝ち。見つけ出せねば私の勝ち」

「……賭け、ですか」

相手が陛下でなくて殿下だったら、何を言い出すのだと問い詰めたいところだ。しかし、同時に何やら嫌な予感がする。

陛下は怪訝《けげん》な顔をしているだろう私を見て、フッと柔らかく笑った。

「そう、賭けだ。ラディスは無事に私との賭けに勝てたようだな」

当然だけども、陛下は既に殿下が捜し人を見つけたことを、そして私が誰なのかも知っているということか。まあ、そうでもなければここに呼び出される理由もないだろう。

「もし負けていたら……殿下はどういう対価を支払う予定だったのでしょうか？」

「廃嫡、だな」

思わず陛下を二度見してしまった。いやいやいや、おかしいでしょう。殿下はただ一人の陛下と王妃様の御子で！

そんな私の狼狽に、陛下は平然と続けた。

「負けるつもりはないと、本人が言っておった。事実、徴が消えないかぎり、いつかは見つけられただろう」

「徴が消える……ああ、死ぬまでですか。期限が長ければいいという問題ではないように思いますが」

「心配いらん、そもそも適当なタイミングで私が終わらせるつもりでいたからな」

終わらせるって……陛下が？

飄々《ひょうひょう》とした陛下と、苦笑いを浮かべるバギンズ子爵、それから視線を外している若い近衛を見比べて、腑に落ちた。

「徴の相手を見つけられない場合が、どうして陛下の勝ちになるのかが疑問でしたが……陛下が少年の正体を知っていたのなら、確かにそこで賭けは終了できますね」

「左様、コレットはラディスよりよほど賢いな」

殿下も相当抜かりない人だと思っていたが、その父親もまたとんだ狸《たぬき》だ。結局、私は逃げられない運命だったのだと悟る。

「でも少し酷くないですか？　探し出せって言われても、殿下は少年だって思っていたのですから」

「だが視野を広げさえすれば、すぐに分かることだ」

そりゃそうだけど、そもそも探す相手の性別が違ったら、捜すのに苦労するわけで。実際、殿下は十年の月日を要している。

「それじゃあ、陛下はどうやって知ったのですか、十年前に忍び込んだのが私、ノーランド伯爵令嬢だと……それに、分かっていてなぜすぐに罰しなかったのですか？」

「早急に調査ですべてが判明したわけではない。断片的に報告が上がり、それぞれの点を結ぶための手懸りを、私がたまたま握っていたにすぎない。そなたには悪いと思ったが、ラディスの執念深さを利用するために、あえて放置を決めた」

「利用……？」

「あまり公にしてはおらぬが、ラディスは生来体が弱かったのだ。幼い頃はほんの些細な風邪もこじらせる有様。一粒種ということもあり、王妃たちが過保護に育てたのだ。聡い子であったラディスは、心配する周囲に遠慮し、自らその柵の内にいることを良しとしていた面もあるが」

そういえば、初めて出会った時の殿下は、木登りも出来ないし、投げたオレンジを受け取るのも精一杯の様子だった。そして細さは、当時のレスターと違わないほどだった。あの時は、二歳も年上だなんて思わなくて、だから彼が王子殿下だと、考えもしなかった。

でもそうか。そんな殿下だからこそ、私の細さや顔色の悪さを、あんなにも気にして……。

「だがあの事件以来、逞《たくま》しくなった。原動力が怒りなのか、後悔なのか、はたまた本当に恋であるかは知らぬが。勉学に勤《いそ》しみ、与えられた領地を自ら回し、体を鍛え、臣下に侮《あなど》られぬよう振る舞うことを覚えた。まあ誤解によって多少、人間不信というか偏屈にはなったが……それで唊《けしか》けてみたのだ、宝冠の相手を見つけ、契約を果たすまで立太子はならぬと」

へえ、そんな過去があったのだと感心しながら聞いていたのだが、最後の台詞《セリフ》に首を捻る。

「契約を、果たすとは……？」

「ああ、賭けは二段構えになっている。一つ目は徴の相手を見つけ出すこと、二つ目は徴の意味をそのまま履行すること」

「徴の意味って……宝冠のですか？」

「王位継承は、宝冠を妃《きさき》とともに得るのと同義。履行が条件だ」

「ちょ、ちょっと待ってください陛下……その妃が、まさか私だなんて」

言いませんよね？　そう問いかけたところで、陛下を守護する近衛が動いた。

「もう来たのか、早いな」

呆れたような陛下の声につられて視線を移すと、薔薇の庭園を越えた向こうから、殿下が歩いてくる。

しかもまだ遠いのに、ありありと分かる不機嫌さを、全身から醸《かも》し出している。

そんな殿下があっという間に陛下を遮るように立ち、私を背に庇った。そして相変わらずにこやかに佇む陛下へ、殿下はこう言い放ったのだ。

「陛下のご命令通り、宝冠の相手を見つけました。私の勝ちです」

まあ、そう言いたくもなるのは分かる。殿下が苦労していたのを見ているので、同情を禁じ得ない。

だというのに、殿下が次に続けた言葉に、私は驚きのあまり目玉が飛び出るかと思った。

「当然、続く賭けも私の勝ちです。私はこのコレットを妃とします」

は……はあぁっ⁉

唖然《あぜん》としながら殿下を見上げるものの、表情は真剣そのもの。

しばし緊張の糸が張り詰めたまま、誰も言葉を発しない。だがその糸を切ったのは、陛下だった。

「だそうだが、コレット。そなた、ラディスと結婚したいか？」

まるで近所のお爺ちゃんにお菓子をいるかと聞かれたかのような、軽い問いかけだったせいもあると思う。

「え、嫌です」

思わず素直に答えてしまった。

しまったと我に返ったのは、それからだいたい十拍くらい後だろうか。

静寂の中、バギンズ子爵が持っていた杖《つえ》を落とした。

同時に、厳しい顔立ちをしていた近衛の彼がそのまま顔面蒼白《そうはく》になり、そっと振り返った先の殿下は、眉間に皺を寄せている。その顔面が「なにを言っているのかお前は」と訴えていたが、もはや私は、ある種の悟りを開ききっていた。

一度口から出してしまった言葉は、拾って戻せない。

勢いのままで口にされたことをお断りしたとしても、まさか処刑されるほどフェアリス王国は独裁でも狂国でもないと、信じている。いや、信じたい。

「は……はっはっは！」

笑い出したのは、国王陛下だった。

「なんとも小気味良い振られ方ではないか、さすが我が倅……くっくく」

「父上……」

苦虫を噛《か》みつぶしたような顔で何かを言おうとする殿下を、陛下が手で制する。

「まあ待て、理由を聞いてみようではないか。コレット、自由に発言を許す。ここで口にしたことは、どのようなことでも一切不問とする、むろん不敬罪になどにもさせぬ、約束しよう」

陛下の言質《げんち》を取ったので、私は頷き、改めて殿下に向き直った。

「殿下、私は平民です」

「……だがお前は、ノーランド伯爵令嬢で」

「もうノーランド家はありませんが？」

殿下が口を引き結ぶ。この人は、噂通り頑固で、でもだからこそ公明正大で『王子殿下』な人だ。そんなことは関係ないと、切って捨てるようなことを言わない。

「私は、両親のように好きな人を見つけて、きちんと恋愛をして結婚したいと願っています。誰かに命令されるわけでもなく、自分の意思で」

「私では不服なのか」

「殿下は、宝冠の徴がある相手だから、私を妃にすると言っているんですよね？」

再び押し黙る殿下。

「むしろ私の方が聞きたいくらいです、殿下。どうして宝冠とやらが鳴ったくらいで、馬鹿正直に私を妃にと口にするんですか。馬鹿ですか？」

「ば、馬鹿と言われるのは心外だ、しかも二回も」

「だってそうでしょう。平民として育った私には分かります。この国の大半の人は、その宝冠の伝説こそ知っていますが、見たこともなければ、いまだ現存するだなんて知りません！　それでも、この国の王家は民の信頼を得ています。それがどういうことか理解していないんですか、殿下」

「分かっている、だからこそ民を裏切らないと誓い、心に留める意味で、ここに宝冠があるのだ」

「まったく分かってないです！」

「何をだ！」

「宝冠なんてなくても、殿下が継ぐなら王家もこの国も、安泰だって言っているんです！」

殿下が驚いた顔をして、でも何かを言い募ろうとしたのをぐっと飲み込んだ。

だから私は彼に今度こそ届くよう、ゆっくりと、けれどもしっかりと繰り返した。

「宝冠の徴なんて、毎日を懸命に暮らす国民にとっては、どうだっていいんです。そんなのに囚《とら》われて争いが生まれるのなら、殿下が本当に望む相手と徴が現れたって、嘘八百だろうが素知らぬ顔して発表してくれた方が、よほどいいです。平民だって、ちゃんと見ています。陛下が長い年月をかけて国を豊かにしてくださったこと、それを引き継いで殿下が努力なさっていることも。だから私は前にも言ったんです。そんな徴に囚われてしまうなら、いっそ壊してしまいましょうって」

「コレット、それはさすがに買いかぶりすぎだ。諍《いさか》いは、既に起きているのだから」

殿下は、ジョエル＝デルサルト卿のことを言っているのだろう。まあ、そういう継承争いが生まれる隙《すき》、つまり十年前の事件に私も関わっている。その責任は、私だってできる範囲で取るつもりだ。

けれどもそれは、殿下の妃になることとは違う気がする。

……いや、待てよ？　そもそもあれがなければ、殿下はぼんくらに成長したかもしれないから、むしろ感謝されるべき？

うん、まあ深く考えるのはよそう。「もし」を突き詰めても、生産性は上がらない。

「殿下が、それら諍いの要因を必ず収めてくださるのなら、私も喜んで協力します。昨日もそういう約束をしたはずですよね。でも私は、私を好きになってくれる人と結婚して幸せな家庭を築きたいんです！　だから殿下もそういう方を見つけてください」

殿下が囲う恋人の件は、了承している。私だって約束を違えるつもりはない、会計士の仕事だって放置したくないから。

でもなぜか殿下は難しい顔をして、唸《うな》っている。何が気に入らないというのか。

と、そこで再び陛下が割って入ってくる。しかも何やら、笑いを噛み殺したかのような顔で。

「宝冠は曲がりなりにも国宝である、壊されたら困るということで、私から二人に猶予をやろう」

え、二人って、私もその賭けに巻き込まれるんですか？

自分を指差していたら、陛下が和やかに頷く。

えええー、嫌な予感しかしない。

「コレットに断られたということは、二つ目の賭けは私の勝ちだ。ラディスが使えないまま成長するくらいならば、ジョエルにこの王位を渡しても同じと考えていた。だがジョエルは、ラディスが立太子しないのをいいことに、配下の者たちを好きにさせすぎた。今回のティセリウス領で起きていたことは、報告を受けてジョエルにも通達してある。よって、賭けを延長する」

「ちょ、ちょっと待ってください。私、断りましたよね!?」

賭けの延長で、未来の王妃をごり押しされたら敵《かな》わない。

「私から愚息への情けだ、選択肢をやろう。ラディスは二つのうちから、どちらかを選ぶがいい。一つは先ほども言った通りコレットを口説《くど》き、契約を履行して王位を得る。もう一つは、ジョエルを推す派閥を黙らせ、王位に相応しいことを内外に示す。どちらかを成せば勝ちとする。期限は半年後、隣国ベルゼ王国との和平条約締結三十年の式典が執り行われる。その祝いの場で、誰を次期国王とするか発表するつもりだ」

「半年後、ベルゼ国王の立ち会いの下、ですか」

気を引き締めた殿下に、陛下は満足そうに頷いた。

「ちょうどよかろう、そもそもあの宝冠は、ベルゼ王国からの贈り物でもある。それまでに私のみならず、他国の王に侮られぬだけの足場を固めてみせよ」

へえ、そんな式典が予定されていたんだと、私は他人事《ひとごと》のように聞いていたのだけれども。

「コレット、そなたはラディスに協力し、ラディスが次期王と認められれば諸々の詐称は不問、無罪放免とする」

なるほど、どちらにせよ殿下とは一蓮托生《いちれんたくしょう》。つまり殿下が王位継承者として立太子すればいいわけか。でも。

「……もし殿下が負けたら、私はどうなるのでしょうか」

「偽りの死亡届、また身分を詐称した者への処罰は、どうなっておったかな、バギンズ？」

陛下がバギンズ子爵に問いかけると。

「ええ、確か、貴族であっても禁固刑、または金貨一万枚の支払いでしたな。払えた者はおらず、禁固刑を受けた者の記録が、かなり古いですが残っております」

「い、一万枚⁉」

私の計算能力をどう働かせようと、一生かかっても払えない金額だ……それに禁固刑だなんて。どうしよう、脂汗が滲《にじ》む。

すると側の殿下が呆れたような様子で言った。

「そこが最も、焦《あせ》るところなのか？」

「だって！」

「気にする必要はない、勝てばいいのだから。お前は俺に協力していればいい」

……あ、そうか。みんなが幸せになる道を、殿下が背負っているのか。

なんだか殿下の背後に後光が……見え……見えない！

殿下が、いつもの殿下らしく、悪魔の微笑みを浮かべている。

「半年後、覚えておけよ、コレット」

「何をですか、私の自由を祝ってくださるってことですか？」

「私は、諦めるとは言っていない。賭けの条件を二つとも達成してみせる」

「はあ⁉」

「何か文句があるのか」

「ご自慢の執念深さを、そんなことに発揮されなくてもいいですから！」

いつもの言い合いになりそうなところで、陛下に止められた。

「ラディスは少し外せ、コレットと話が残っておる」

「ですが……」

渋る殿下だったが、陛下が繰り返した。

「徹夜で帰城したのだろう、とっとと戻って休むが良い」

あ、そういえばそうだった。ただでさえ一週間の視察があったのに、最後は徹夜。さすがに殿下も疲労困憊なはず。

陛下の指摘は的を射ていたようで、殿下はため息をつきつつも従うことにしたようだ。改まって、陛下の前で胸に手を置き臣下の礼をしてから、来た道を戻っていった。ただし、後ろ髪を引かれる様子を見せながら。

「この庭園も、殿下のお部屋と繋がっていたわけですね」

「そうだ。さてコレット……早めに用事を済ませる。あの様子ではそなたが戻らねば、心配で寝るどころではなさそうだ」

陛下がしょうがないといった風に笑った。初めて見せる、父親らしい顔だ。

「私も、陛下にお尋ねしたいことがありました」

「言ってみるがいい」

「はい、どうして、私にまで猶予をくださるのかなと……本当に契約が解除できないのでしたら、ご命令で一旦は形式的に婚姻を結ばされることも可能だったのでは」

なのに、私なんかの意見を聞き、条件付きで自由を保障してくれた。

陛下は、私の言葉に頷いてみせた。そして側にまだ控えていた、バギンズ子爵を振り返る。

「そなたがラディスの求めに応じるつもりならば、手を尽くすつもりでバギンズを伴った」

「私は、あらたにもう一人、娘を養子にできると喜んでここに参りましたが……残念ですよコレットさん」

バギンズ子爵の言葉に、困惑するしかなくて。

「どうして？　なぜそこまで？」

「罪滅ぼしを、したかったのだ」

「陛下……？　どういう、ことですか」

「かつて、私は強く結婚を望んだ相手がいたのだ。それは王妃ではなく、今のそなたとよく似た女性であった」

あまりの驚きに、私は空いた口が塞がらなかった。

確かに、聞いている。お母様がお父様と恋をして結ばれる前に、強く結婚を望まれた相手がいたと。その求婚から逃れるために、一度ティセリウス伯爵家に養子に入ったのだと。

まさか、そのお相手が……陛下？

「あの頃はまだ若く、断られるなどと考えていなかった。まるで先ほどのラディスと同じようにな」

陛下は殿下の去った方を見ながら、そう言って再び笑った。

「だがこっぴどく振られ、落ち込みもしたが、私は王妃を得てラディスを授かり、かつての傲慢《ごうまん》だった己を恥じた。だが償いたい相手は、気づいて後悔した頃には既におらず。ならば、その忘れ形見の希望くらいは、叶《かな》えてやろうと思ったのだ、ラディスが連れてきた暁《あかつき》には。だが……まさか自らここに舞い戻ってくるとは思いもよらなかったが」

くっくと笑い出した陛下に、左遷と思って王城にやって来たあの日を思い出し、言い訳をする。

「それはバギンズ子爵のせいで、私の意思じゃありません」

責任が飛び火して、バギンズ子爵は「私は一切知らされておりませんでしたぞ」と苦笑いだ。

そう、すべてはあの日に動き始めたのだ。

「コレット、シャロンは安らかに眠っておるか？」

その言葉に、ハッとする。

親族がいない母を、悼《いた》み、こうして惜しんでくれる人は、もうレイビィ家の両親の他にはほとんどいない。

だから私は泣きそうになりながら、何度も頷いた。

「父とともに、母の名を冠した修道院に……」

「そうか、私から花を手向《たむ》けることを、許してもらえるだろうか？」

「……はい、はい、もちろんです。きっと両親は喜びます、ありがとうございます」

そうして、陛下との不意打ちの面会は終了した。

まさか殿下のように庭を突っ切るわけにもいかないので、ずっと待っていてくれた護衛さんとともに、来た道を帰る。

途中、イオニアスさんに全力で謝られたけれども、彼とて国家最高権力者には逆らえる道理はない。

「大丈夫でしたよ」と笑って誤魔化しておいた。

そうして帰り着いた。

もちろん、王城で帰る場所といえば殿下の私室しかないわけで。

仕事場へ出勤するだけなのに、なぜか初日のように緊張する。

そろりそろりと様子を窺いながら、いつものように裏口から入ると、室内はしんとしている。殿下がお休みなら、はなからアデルさんか護衛官に止められていただろう。

けれども、いつも通り「どうぞ」と通される。

一週間ぶりの私の机には、視察の荷物とともに届けてもらった、視察中に出た請求書やら領収書などが山積みとなっている。それらが、ふいに風で舞った。

「あ、ちょ……わああ」

追いかけて拾って回っていると、追い風でまた舞っていく。

元凶はテラスに通じる窓だ。まったく、いい迷惑だと文句を言いつつ閉めに行くと、テラスの長椅子に部屋主が寝転がっていた。

「ちゃんと寝台で寝ないと、疲れが取れませんよ」

朝の冷たい風も、体にはよくない。側に放り出してあった膝掛けを手に近づくと、背もたれ越しに睨まれた。

そしていつの間にか腕を掴まれている。

「どうしたんですか、殿下」

ただ手首を掴まれているだけなので、どうってことはないけれど。十年前、この手に掴まって庭園の植木の下をくぐり抜けた日のことを思い出す。離れていても、あの日からずっと、私たちは運命をともにしてきたのかもしれない。

「また逃げられた」

酷い言いがかりだ。

「逃げたのでしたら、殿下の目の前にいるのは誰なんでしょうね」

「絶対に捕まえる、覚えておけ」

こちらを見上げる殿下の目が真剣で、少しだけ鼓動が速まり、本当に逃げ出したくなる。

「だ、だから何のことですか…………って、あああ！」

「なんだ」

私の叫びに、殿下が驚いて手を離した。

「殿下、殿下、半年後って、半年後ですよ！」

「……だから何のことだ」

「納税申告ですよ！　今年の会計書類をまとめて、申告をするんです！」

「そんなことは知っている。だから会計士《コレット》を雇ったのだから」

「その死ぬほど忙しい時期に、式典をやるなんて、国中の会計士を殺す気ですか！　信じられません！」

なぜか殿下ががっくりと膝に肘をついて頭をかかえ、大きなため息をついている。

いやいや、ため息つきたいのは私ですよ。だいたいねえ、あの膨大な私財の管理だけでも大変なのに、締めの時期に合わせて、死ぬほどお金のかかる行事をするんじゃないっての！

握り拳《こぶし》を作って悶々《もんもん》としていると、その腕と腰を掴まれ引っ張られた。

「ひゃあっ！」

ぐるんと、視界がひっくり返る。

気づくと、殿下が寝そべっていた椅子に、背をつけていた。

そして転がった私に覆い被さるように、殿下が腕をついてきて……。

至近距離だから、その琥珀《こはく》色の瞳に、焦る私が映っている。

「ちょ、あの……殿下？」

「俺は、一度決めたことには執念深い。それは重々承知しているな？」

私はその迫力に負けて、うんうんと頷くしかできなくて。

「だから、殿下がデルサルト卿に勝てるよう、協力しますってば」

「分かってないのか、それともわざとか？」

呆れたような声とともに、殿下の左手が私の右耳の後ろを撫でた。だからそこはくすぐったいってば！

「触られてどうだ？」

「猫と勘違いしていますか？」

クスクスと笑いながら身を捩《よじ》ると、殿下の手が離れた。

いったい、何だったのか。

「触られて嫌悪されないならいい、時間はある。今日はここに戻ってきただけで、許してやる」

そう言うと、側にあった膝掛けを私の頭にばさりと掛けた。同時に、目の前に迫っていた圧迫感から解放された。

「嫌悪？」

殿下の意図が読めなくて、長椅子に寝転がったまま、触れられた髪を押さえる。

「猫を妃に迎える趣味はない。嫌悪されているのならさすがに退くが、そうでないのなら……覚悟しておけ」

その言葉に、私はようやく私に触れた殿下の意図を悟る。そして誰も見ていないとはいえ、殿下に組み敷かれていることに気づいて、言葉にならない悲鳴をあげながら、真っ赤になって殿下を押しのけて起き上がった。

そんな私を見て、笑いを噛み殺すようにして顔を背ける殿下。僅《わず》かに見えた耳が赤くて、まさか殿下も同じように照れているのかしらと二度見する。

それを誤魔化すかのように、殿下は起き上がった時に床に落ちた膝掛けを拾い、再び私に押し付けると、くるりと背を向けた。

「寝る、一時間後に起こしてくれ」

そう言って、振り返らず部屋へ戻ってしまった。

………私はというと。

長椅子に転がり、渡された膝掛けに包まる。長椅子にほんのり残る熱を背中で感じて、しばらく動けなかった。

駄目だ、顔が熱い。

顔だけじゃない、掴まれた腕も、触れられた頭も。

殿下が触れても、嫌じゃなかったことを、言われるまで気づかなかった。でもそれはお姫様抱っこの時もそうだったし、殿下も同じだと……異性としては見られていないと思っていたから。

……なのに、あんな風に照れる姿を見せるなんて、反則だ。

一向に頬の熱が引かず、私は膝掛けの中で頭を掻《か》きむしる。

一時間じゃなくて、もっと寝てくださいって、いつもだったら遠慮なく叫んでいたのに。そんな余裕は微塵《みじん》もなくて。

それが、ちょっと悔しかった。

番外編　執念と、辿り着いた先で咲く花の名前

「今、何と言った？」

ティセリウス領の城下町の外れ、寂《さび》れた診療所の診察室で、ラディスはヴィンセントが報告した言葉をすぐに理解できなかった。

毒に侵されたコレットを保護し、領主館に預けてとんぼ返りで戻ってきたラディスは、ほんの少し息が上がった状態だった。だが出迎えたヴィンセントの方が、よほど動揺しているように見える。

「もう一度、繰り返してくれ」

ヴィンセントは、困ったように眉《まゆ》を下げながら、同じ言葉を告げた。

「コレット＝レイビィは、コレット＝ノーランド伯爵令嬢……つまりこの二人は、同一人物だと思われます」

「それは……確かなのか？」

ヴィンセントはもちろん、ともに出迎えた護衛頭のジェストも頷《うなず》く。

「証言とともに、状況から鑑《かんが》みて、その可能性が高いかと」

ラディスは言葉を失い、ヴィンセントと護衛頭の顔を見つめたまま、しばし固まる。

ヴィンセントは気さくな性質であるものの、そのような悪い冗談を言う人間ではない。

「……詳しく、説明してくれ」

たっぷりと間を取ってラディスの口から出たのは、そんな間の抜けた言葉だけだった。

ラディスが領主館へ往復していた間に聞き取ったサイラスの証言を、ヴィンセントとジェストからまとめて報告を受ける。

まず告げられたのは、サイラスの狙《ねら》いが、最初からコレットであったことだ。

サイラスが十年前にノーランド伯爵令嬢を治療したのは事実だが、治療の甲斐《かい》なく亡くなったのは、真っ赤な嘘《うそ》だという。十年という年月もあり、令嬢のことなどサイラス自身もすっかり忘れていたが、昨夜ラディスから問われて思い出した。焦《あせ》りはしたものの、そんな昔の偽証を今さら素直に白状する気もなく、適当に誤魔化《ごまか》すつもりでいたのだ。

だが都合よく話をし始めたところで、同席していたコレットの存在に気づいた。

十年前の令嬢にそっくりな娘。だがサイラスはコレットを観察しているうちに、違和感を覚える。他人の空似ならばいい、だがもしコレットが自分の予想通り令嬢本人ならば、なぜ何も言わないのかと。もしかしたら、彼女は素性を隠しているのではないか。それならば今すぐ捕えられることはないかもしれないが、彼女の状況次第では、いつ気が変わって過去の罪で裁かれるか分からない。そんな風に怯《おび》える羽目になるのは御免だと。

ならばと、サイラスは以前から考えていたという、逃亡計画を早めることにしたのだ。ちょうど目の前のコレットは、例の失踪事件の女性と同じ色の髪と瞳《ひとみ》を持つ。彼女を売れば、逃亡資金を得られて、邪魔者も消せる。そうして密出国してしまえば、どんな権力を使おうが追ってこられない。一石二鳥を狙っての犯行だった。

「サイラスの予感は正しかったということか」

「はい……当人であり素性を隠しているのならば、必ず口止めをするために訪ねてくると考えていたようです。実際に、コレットは自ら診療所行きの使いを買って出ました」

ラディスは、昨夜のコレットの様子を思い出す。ブルグル漬けをいくつも口に入れ、咽《むせ》込んだのは酒のせいではなく、サイラスの証言に焦っていたのだ。だが館に帰る頃《ころ》に見せた、使いは自分に任せろと言い切る姿には、後ろめたさを感じなかった。僅《わず》かな時間で腹を括《くく》ったのだろうと悟り、ラディスは舌打ちをする。

「それでサイラスは、事前に毒を用意して待ち構えていたのか」

それにはジェストが頷く。

「助手の女は、言われた通りに茶を淹《い》れて出しただけだと証言しております。あらかじめ茶葉に毒を仕込んであったのでしょう。ですが注射針を持ってきたくらいなので、助手も分かっていたはずです」

「動きを封じて、コレットを誰《だれ》に渡すつもりだったのか」

ラディスの怒りに満ちた声に、ジェストは渋い表情を浮かべて「それについてはまだ」と首を横に振る。

「逃亡を計画していただけあって、あの闇医者には余罪が山ほどありそうです。ここの診療所の二階にいる患者ですが、彼らの症状から約束の石の副作用の可能性があります。しかもとても荒事に向いていそうな、人相の悪い若者ばかり」

「約束の石か……水門広場の船頭も、石の誓約がかかっていたな」

ラディスの呟《つぶや》きに、ヴィンセントがため息をつく。

「石は非常に高価です、言い方は悪いですがその辺の組織犯罪で使うには、とても割に合いません」

「ああ。その金を出してでも体面を重んじねばならない種類の人間が、その先にいるということだ……いよいよ、目に余るようになったな」

だが身分の高い者たちの規律を正すことができるのは、王族とそれに連なる公爵家のみ。

コレットは、ラディスが直接雇った部下ではあるが単なる会計士、ヴィンセントやジェストとは違い庇護《ひご》すべき対象だ。

ラディスは、開いた掌《てのひら》に目を落とす。

ぐったりとした小さな体を落とさないよう、ラディスは細心の注意を払いながら抱きかかえて、コレットを馬で運んだ。

己が下した命令で、彼女を傷つけたのだと、その判断を悔やみながら。

「殿下……宝冠の件を知る由《よし》もないサイラスが、虚偽の診断書の件を自白してまで、コレットの出自を偽る理由はないと思います。彼女のことを、どう判断するつもりですか？」

ヴィンセントの問いに、ラディスは言葉に詰まる。

その様子を見ていたジェストが、代わりに問うのは、そもそもの疑問だ。

「当時、コレットさんが死んだことにされた理由は、何だったのでしょうか？」

「死亡偽装についてサイラスに指示を出したのは、当時のノーランド伯爵夫人だそうですが、詳しい理由については知らないとの一点張りです。昔から金さえ出せば、何でもやる医者らしく……加えて日付の改ざんもしています。つまり殿下と出会ったあの日には、まだコレット＝ノーランド伯爵令嬢は、書類上でも生きていたのです。既に雇われていたサイラスが頭の傷を治療し、数日意識がなかったものの、その後は回復した。その後に死亡届の書類にサインしたそうです」

通常でも、貴族名簿への登録や削除届は、葬儀などが終わってからであり、特段の調べがなされるわけではない。貴族家同士は横の繋《つな》がりが密であり、本来は偽装のしようがない。

だがノーランド伯爵家は、令嬢の死よりも一年ほど前に家長を事故で亡くし、令嬢の後見という名目で後妻が財産を管理していた状況。ノーランド伯爵家に傍流はなく、唯一残った令嬢も亡くなり、後継者を失い爵位返上となった。

「ヴィンセント、受理された伯爵令嬢の死亡原因は、何だったか」

「確か、幼い頃から患う持病の悪化だと記憶しておりましたが……あのコレットのこととして聞くと、病という言葉がいささか白々しく聞こえるのが不思議といいますか」

ヴィンセントは爽《さわ》やかに笑い、その横でジェストも苦笑いを浮かべる。

今のコレットだけを見ると、病気という言葉とは無縁だ。

ラディスは、コレットが会計士として自分の元に来た日の記憶を遡《さかのぼ》る。

金に目がないあのコレットが、見え透いた嘘をついてまで、破格報酬である私財会計士に就くことを避けようとしたことが、どれほど不自然だったか。今のラディスにはそれがよく分かる。

「今さらながら、コレットが十年前の少年と同一人物だとして考えると、すんなり納得できる事柄がいくつもありますね」

ヴィンセントもまた、ラディスの最も側《そば》でコレットに接してきた。

「王都を出発した初日、馬車酔いでひどい顔色のコレットに、殿下が飴《あめ》を差し上げた時です。彼女が何と言ったか覚えていますか」

『いつも持っているなんて、どれだけ飴好きなんですか』

ラディスがコレット＝レイビィに飴を与えたのは、その日が初めてだった。

その時のやり取りに、ラディスも微《かす》かにひっかかりを覚えたのを記憶している。同乗していたヴィンセントもそれは同じだったらしい。そもそもラディスが時おり口にする飴は、執務室に常備してあり持ち歩かないし、飴自体はラディスの母……つまり王妃が作ったものだ。ラディスが手ずから与えぬ限り、側近ですら触る者はいない。

「まだありますよ殿下、バウアー卿《きょう》の件もです」

ジェストも思い当たる節について、口を挟む。

「レスター＝バウアー男爵令息。彼は養子に出される前には、レスター＝ノーランドと名乗っていたはずです。彼は後妻として入ったノーランド伯爵夫人の連れ子で、死亡した伯爵令嬢の義理の弟であり、あの日に登城していた可能性が高いでしょう。血が繋がっていない義理とはいえ、幼い姉弟が反目しあうとは限りません。我々癖の強い護衛ともあっさり打ち解けたコレットさんならば、なおのこと不自然ではありません」

「ああなるほど、だから卿はあれほど殿下に張り合って、彼女を守ろうとしたのですね」

ヴィンセントが呑気《のんき》に相槌《あいづち》を打つ。

「ええ、地下牢《ろう》でも、互いに心配しあっていましたので、本当は恋仲ではと疑ったくらいです」

目の前でジェストとヴィンセントが頷きあう中、ラディスは眉間《みけん》に皺《しわ》を寄せると「実は」と前置きをする。

「初日だったな……アデルから叱責された。コレットの髪を整えた時に、右耳の後ろに古い傷あとがあるのを見つけたらしく、年頃の女性の傷を晒《さら》すのは酷なことだから、髪型については厳しくするなと」

つまり少年だという頑《かたく》なな思い込みさえなければ、探し当てる材料は初日から手にしていたということになる。

「殿下、もうこれは確定と判断してもよろしいのでは？」

「は……はは」

ラディスは力なく笑いながら、狭く古びた診療所の壁にもたれて天を仰ぎ、右手で顔を覆う。

「灯台下《もと》暗しとはこのことか……コレットが、俺の探し求めていた、徴《しるし》だったなんて」

ラディスの胸に、いくつもの感情が襲う。

十年かけてようやく辿《たど》り着いた達成感、予想外の相手だったことへの驚きと、三カ月余りも側に置いて気づかなかった己への恥辱、それから彼女が分かったうえで隠していたことに対する憤慨。

だがそれらのどの感情よりも大きいのが、徴の相手が「男」ではなかったことへの安堵《あんど》。しかもそれが……。

「僕は、コレットであってくれて良かったと思いますよ、他の誰でもなく」

いくつもの感情が一気に押し寄せ、容易に言葉にできないもどかしさの中で、良かったと口にするヴィンセントの意図を図りかねていると。

「それには私も同感です」

　普段は警護に関することや雑談以外では、あまり意見を主張することのないジェストまでもが、ヴィンセントに賛同する。

「都合のいい相手だと言いたいのか？　確かに、今さら私の置かれた立場について説明する必要はないし、トレーゼ侯爵家にも顔が通る。だが危険な立場になるにもかかわらず、コレットを守るべき家はないのだ、それを良かったと言えるのか？」

　ラディスは改めて大事なことを思い出す。

　徴の相手が少年だったならば、ラディスが妃《きさき》を迎えられないという事実が改めて判明するだけだ。デルサルト派はラディスが王に相応《ふさわ》しくないと糾弾するだけで済む、少年を傷つける必要はないどころか、いてくれた方が都合は良いくらいだ。

　だがそれが女性で、ラディスの側に既に存在するとなれば話は違う。継承権争いに先んじていたジョエルを飛び越えて、何の問題もなくラディスが玉座に就けると思われるだろう。

「駄目だ、危険すぎる。公になる前に、何とかせねば」

　コレットは、ラディス以上に危険な立場に置かれる。

「何とかとは、どちらの意味ですか。それ次第で我々の行動が変わります」

　表情を引き締めたジェストが、続けて問う。

「選択は二つです、殿下。今まで通り殿下の側で準備が整うまで隠し置くか、それとも遠く離れた場所で契約解除の日を待たせるかです」

今できる契約解除とは、どちらかの死。つまり永遠の離別だ。

「……分かっている……王都に到着するまでには、結論を出す」

それでも今ここで結論を出すことを避けたのは、改めて本人、コレットと話をしたいとラディスは思ったからだ。

聞きたいことが山ほどある。

「サイラスは近衛《このえ》に任せず、先に王都に送り、慎重に余罪について取り調べる。ヴィンセントはその手配をするようトレーゼ侯爵へ手紙を。移送には護衛官を使う、ジェストにはその人選を任せる」

「承知しました」

だが動き出そうとするラディスを、ヴィンセントが止める。

「お待ちください、三人しか同行していない護衛官を移送に回すと、殿下の護衛が手薄になります」

「サイラスが偽証したのはノーランド家だけとは限らない。それに誘拐事件の方と繋がりがあれば、証言されると都合の悪い人間が、手を回す可能性がある。今後のためにも、それだけは避けたい。それに私ならば、己の身は己で守れる。それだけの鍛錬を積んできたことは、お前もよく知っているだろうヴィンセント。それでも不安ならば、剣を持つお前が側を離れぬことだ」

ヴィンセントは仕方なく、といった風にその場は引く。

そうしてサイラスの護送を決め、ラディスたちは視察から戻る近衛たちと合流する。そちらはそちらで、混乱を極めていた。密出国を斡旋《あっせん》していた船頭と、船を管理している水門関係者、大勢が捜査の対象になったのだ。事態を重く受け取り、自ら捜査を買って出たティセリウス伯爵だったが、ラディスは彼が直接関与したとは限らないが、ある程度知っていたのではないかと疑っている。だがそれでも伯爵を立てて、捜査を一任することを決めた。

どちらにせよ、今回の件は公となる。たとえ一領民の犯したことでも、密出国を斡旋していたとなれば、中央行政庁に属する法務局がともに扱うべき案件だ。それはティセリウス伯爵も分かっているのだろう、自らの保身のため協力する姿勢を取らざるを得ない。

そうして一通り後処理を終えると、時刻は既に日付が変わっていた。

ラディスは自分にあてがわれた部屋に向かう。

暗いままの部屋は静まり返り、最奥に進むと広い客室に天蓋つきの寝台が一つ。そこには、ぐっすりと眠るコレットが横になっていた。

医師の見立てでは、毒が体から排出されてしまえば、後遺症は残らない。アデルを通して報告を受けていた。だがそれには、もうしばらく安静にしている必要がある。

ラディスは寝台の端に座り、寝息を立てるコレットを見下ろす。

初日以来、コレットは長い金の髪をまとめずに下ろしていた。その髪が一筋、横になった口元にかかっていたのを、ラディスは指で掬《すく》う。

「なぜあの日、短かったのか……」

ラディスの小さな呟きに、コレットが反応することはなかった。

ラディスが少年の恰好《かっこう》をしたコレットと出会った運命の日。それはラディスが将来王となった時に、手足となって働く側近を選ぶために、高位貴族の令息たちが招待された会食の日だった。

国内の貴族は常に王都に滞在しているわけではないため、招かれるのは常に同じ顔ぶれとは限らない。それがまたラディスにとって、会食に苦手意識を抱く原因になっていた。だから約束の時間間際に赴《おもむ》けばいい。そんな風に考えていたところ、招待客の何人かが数日前の悪天候の影響で馬車が立ち往生して、遅れると連絡があったのだ。ラディスはこれ幸いと、侍女を下がらせて庭に向かったのだった。

だが庭に出るとすぐに、植えられていた樹木の枝から、何かが落ちてきた。

驚くラディスの目に映ったのは、鮮やかな金髪が印象的な、貧相な体格の少年だった。

「お前、今日の招待客か？」

ここが王子の私室に繋がる庭だと知らなかったようで、道に迷ったと告げながら立ち上がった少年は、背が低く招待客にしては年齢が幼く見えた。

集められた貴族令息たちは、ラディスと同年代ばかりのはず。そう思って少年を眺《なが》めると、服装は上質なものだろうが、少しばかり古びていて、寸法が合っていない。

「招待客の家臣か……」

色白というよりも、青白い肌。ラディスを不思議そうに見上げる紫色の瞳は、まるで人形のように大きく、睫は長い。貴族家の小間使いならば、侍女を呼んで戻らせればいい。だがどうせ待たされるだけの時間なのだから、誰に何も言われまい、そう思って少年の腕を掴む。

だがその細さに、ラディスはぎょっとする。

「……来い」

「え？　あ、でも」

「顔色が悪い、しっかり食事をとっているのか？」

考えるよりも先に、少年を私室に招き入れて、自分の飴を与えていた。

「側近候補に招かれたのなら、健康管理はしっかりせねばならない。それも勤めだと、トレーゼ叔父上が言っていたぞ」

一向に飴を食べようとしない少年の口に、飴を放り込む。

すると恐縮して固まっていたと思っていた少年が、頬を上気させて「美味《おい》しい」と笑った。

こんなに美味しい飴を食べたことがない。そう言う少年に、まだ舐めるかと聞くと、目を輝かせて二度頷く。

一掴み飴を小瓶から出して少年のポケットに押し込むと、彼は「ありがとう」と顔を綻ばせた。

ずっと体が弱いことを心配されて、大人《おとな》たちに囲まれて育ったラディスにとって、誰かに食べ物を施すということは経験がなかったせいか、彼の反応は非常に新鮮だった。どこか胸の奥が、柔らかく温かいような気さえしてくる。

目の前の少年に興味がわき、庭に連れ出し尋ねる。

「お前の名前は何というのだ？」

「チェスの相手はできるか？」

矢継ぎ早に質問するが、相手は口いっぱいの飴で、返事ができない。それもそうかと納得し、仕方がないので待ってやってから、そんなに腹がすいていたのかと聞くと。

「そうみたい……でもずっとご飯が食べたいと思えなくて」

「まさか、食事を与えられてないのか？」

驚いてラディスがそう聞き返すと、少年はただ首を振るだけだ。

「遠慮しなくてもいい、もっとやろう。これは母上が俺のために作ってくれた飴だ。美味《うま》いと言ってくれたら、俺も嬉しい」

ラディスの申し出に、少年は首を横に振る。

「ありがとう、あなたのお母様は料理上手《じょうず》なんだね。わた……僕のお母様は、ちょっとへたくそなんだ」

「そうか……じゃあ、もっといいものをやろうか？」

「え……でも僕は王族の人と会わなくちゃいけなくて」

「王族？　それなら目の前に……」

少年はそこで大きな腹の虫を鳴らしてしまい、慌てる。

「正直な腹の虫だな。会食の開始時間が子息たちの遅刻で延びているらしい。だから大丈夫だ、もっと遊んでやる」

ラディスはそう言って、再び彼を引っ張ってさらに庭の奥へ向かう。

彼の様子から、自分が王子であることを知らないのだと悟り、ラディスは呆れつつも、どこかほっとする。

現王のただ一人の子として、ラディスは大事に育てられてきた。王族らしく振る舞うことは覚えたものの、同性の気安い友人には恵まれなかった。

だが目の前の少年は、ラディスを王子だと知らない。

貴族の子息だろうが、その従者だろうが、その事実の前にはどちらでもいい。ラディスにとって、それがどんなに気楽なことなのかを知る、初めての経験だった。

「うわあ、立派な木だね……いい匂い」

背を伸ばして鼻をくんと鳴らす少年に、庭師のマリオが笑って「どうぞ」とオレンジの実を差し出す。

それをラディスと少年は、二人で分けて食べた。

こんな弟がいたら、毎日が楽しいだろうと思った。

周りがラディスにしてくれたように、大事に庇護してやれるだろう。痩せっぽちではなく、ともに鍛えて逞《たくま》しく成長しあえる。

だがすぐにラディスは、自分が兄の地位には程遠いことを思い知る。少年は軽々と木に登って実を取れるのに、ラディスは木に登ったことすらない。それどころか、ラディスに向けて投げられたオレンジを、上手く受け取ることもできず笑われてしまったのだから。

ラディスは立場をかさに彼を跪《ひざまず》かせたくなくて、弁明をせず嘲笑を甘んじて受ける。だがこのままでは、年上としての矜持《きょうじ》にかかわる。だから少年に宝物を見せて驚かせようと考えた。

そんな子供らしい思いが後に、長年にわたって後悔を抱える出来事を招くことになるとは、その時のラディスには予想もつかないことだった。


身をかがめ、眠るコレットの様子を窺《うかが》うラディスの目には、白い肌が一層白く見えてならない。それは窓から入る月明かりが、床に敷かれた青い絨毯《じゅうたん》に反射したせいだけではないだろう。

かがむラディスの影が揺れたのと同時に、コレットの瞼《まぶた》が上がる。目が覚めたのかと思えば、まどろみの中にあるかのように、紫色の瞳は焦点が合っていないようだった。

それでも何度か瞬《まばた》きをした後、ラディスを見上げるコレットに、声をかける。

「具合はどうだ」

「……大丈夫です、寝返りくらいはできるようになりました」

そう言いつつ起き上がろうとするのをラディスが止めると、コレットは彼の寝床を奪ったことを気にしている様子。具合の悪いコレットを追い出してまで、休もうなどと思ってはいない。だから代わりに「ヴィンセントの寝床を奪う」と答えると。

「ヴィンセント様のところはやめた方がいいですよ、また変な噂に拍車がかかりそうです」

毒を盛られてなお、相変わらずの減らず口に、ラディスの方が閉口する。

「無事に、仲介業者を捕まえられたのはいいですが、せっかく値段交渉をしたのが、無駄になっちゃいましたね」

「あくまでも情報収集のために客を装うと知っていただろう、まさかあわよくば出国するつもりだったのか？」

この期《ご》に及んで逃げようとでも言うのか。ラディスが笑えない冗談だと呆れる一方で、コレットは横になったまま声を上げて笑う。

毒を盛られただけではない、拘束されて暗い地下に閉じ込められたのだ。恐ろしい思いをしたに違いない。それでも普段と変わらない気丈なコレットを見て、ラディスの胸に改めて後悔と老医師への怒りが湧く。

初めて湧き上がる渦を巻くような感情を持て余し、コレットを直視できず横を向くラディスだったが、彼女の側を離れることができない。

ラディスの様子を窺うようなコレットの気配に、あらためて彼女が無事であったことに、心の底から安堵する。

「間に合って良かった」

本心が、思わず口からこぼれた。

今日のことがあったから、それだけが理由ではない。

「こう何度も、目の前で人が行方不明になられると、いくら俺でも落ち込む」

安否が分からぬまま見失った過去を、そのまま踏襲するところだったのだ。ふがいない自分を変えたくて、この十年もの間、ラディスは努力を重ねてきた。

だが過去も、現在も、ラディスの自信を砕いた者は、コレットだった。

「殿下は、例の少年を捜しあてたら……どうするつもりですか？」

ハッとしてコレットを見下ろすと、彼女の瞳は不安に揺れている。

なぜ、それを気にする？　少年が自分だからか。

そう問いただしたいと思うのと同時に、コレットが黙ったまま仕事を続けていたことを考えると、彼女なりの事情があることは察せられ、言葉が出ない。

ラディスは寝台に横たわるコレットの方に手を伸ばす。

ちょうどそこは、右耳の後ろ。そっと髪を掻き上げるようにして撫でると、指に触れるのは微かに盛り上がった古い傷跡。

「そうやって、答えを誤魔化そうとしていますね」

「答え？」

「宝冠の契約を破棄させるって言いました。それって少年を殺すってことですよね」

突拍子もない言葉に、また何を言い出すのかこの者はとラディスは呆れる。確かに彼女の言う通り、相応の対処をすると言ったことは間違いない。だがそこまで短絡的な人間だと彼女に思われていたのなら、心外だ。

「俺が、私怨で人一人殺す人間に見えるのか、お前には」

「ご自分がどんな顔で言ったのか知らないんですか？」

そうして目元を指で吊《つ》り上げて、鬼のような形相《ぎょうそう》だったと告げるコレット。

確かに、十年前の出来事のせいで様々な困難に直面し、悪い噂にはラディスのみならず側近一同が辟易《へきえき》していたのは事実だ。だがその感情を顕したことが、彼女が名乗り出ることを躊躇《ためら》った原因の一つだったと分かり、ラディスはため息をこぼす。

「デルサルト派の手に落ちれば、利用されかねない。保護するつもりだった……」

憤りは、少年に向けられたものではない、密《ひそ》かに探していたのは心配だったからだ。怪我を負い、生きていても重い障害を抱えているかもしれないと。

だがそれが杞憂《きゆう》だったと分かり、安堵から傷跡を撫でる手に力が入った。するとコレットがくすぐったそうに身を捩る。柔らかい毛質の髪が、するりと指の間を滑って逃げていく。まるで猫のようだ。

「じゃあ、殺さないんですね？」

「ああ、殺すことはない。約束する」

絶対に、殺すわけがない。他の誰でもない、あの日ともに黴を顕したお前をどうして殺すことができようかと、ラディスは笑う。

約束をとりつけると安心したのか、コレットは微笑《ほほえ》みながら眠りについた。

それを見守り、ラディスは深くため息をつく。

弱ったコレットを見てしまうと、真実を問い詰めることができなかった。今は問い詰めることよりも、まずは体を休めて回復することの方が重要だと気づいたからだ。

己が断罪されることを恐れているコレットが、ラディスに正体が知られたと分かれば、思いつめるだろうか。いや、むしろ何をしでかすか分からない。ここがティセリウス領で、出張中という状況でなかったら……あの日のように逃げ出すかもしれないと。

ごそごそと、まるで猫のように体を丸めて眠るコレットが、寝返りをうつ。

彼女を、守らねばと強く思う。

理由はまだ、ラディス自身も分からないまま。コレットが自ら雇った部下で、責任があるからなのか、それとも……。


結論が出ないままに迎えた翌早朝。

ラディスはヴィンセント、ジェストとともに、今後の視察について、綿密な打ち合わせに臨んでいた。

午前中には、サイラスを連れて護衛官二人がティセリウス領を発《た》つ。

残る護衛官はジェストのみ。ティセリウス領での視察は昨日をもって中断となり、予定よりも一日早く、次のフレイレ子爵領へと向かうことになった。

そこで問題となるのは、やはりコレットの処遇。

まだ本人に素性が明るみになったことを伝えていないと、ラディスは二人に告げる。

「……となると、まだ結論は保留ということですか」

ヴィンセントの問いに、ラディスらしくなく「そうなるな」と曖昧《あいまい》な返事を返すと、それを聞いていたジェストの方が、やれやれと肩をすくめた。

「そうして悩んでいる時点で、答えは出ている気がしますが」

「コレットの身の安全は、私が責任を取らねばならないと考えている」

そんなラディスの言葉に、珍しくジェストが反論する。

「本当に、彼女の安全だけを考えるのならば、悩む必要などありません、すぐに手放すべきです。完璧な安全圏を作った上で、誰にも手を出されない立場を与えて。そうですね……嫁ぎ先になる家がいいでしょう。例えばバウアー家など」

ラディスは反射的に手を伸ばし、ジェストの胸ぐらを掴むと、低い声で告げる。

「レスター《あれ》はデルサルトの派閥に属する者だ、そんな所に行かせられるわけがないだろう！」

「徴の解除が叶った暁《あかつき》に、殿下が別の令嬢を迎えらえて王位に就きさえすれば、派閥などどうとでもなります。誰かの婚約者にさせてしまった方が、危険は遠のくはず。バウアー卿ならば、何としてでも彼女を守り切るでしょう」

コレットにとって、最も危険なのはラディスの側である。ジェストはただその事実を伝えているに過ぎない。それが分かっていても苛立《いらだ》つ自分に、ラディス自身も困惑している。

そうして緩むラディスの手を、ジェストが簡単に振りほどくと、遅ればせながらヴィンセントが仲裁に入る。

「まあまあ、落ち着いてください殿下。ジェストも煽ってどうするのですか……コレットがまだ回復していないのですし、幸いにもサイラスはこちらで身柄を確保できました。コレットの存在が公になるまで、時間がまったくないわけでもありません」

「いいえ、そうとは限りませんよ」

あっさりと、ジェストが否定する。

「サイラスの口を封じるために交渉しようとしたほどの賢いコレットさんが、正体を隠し切れていると思うわけがありません。回復した彼女が、今後どう行動するか安易に想像がつきます」

ジェストの懸念は、ラディスも昨夜のうちに考えたものだ。

「誤魔化しきれないとなれば、逃げるだろうな……しかも、予想外の手を使われる可能性もある」

ラディスがため息交じりに言うと、残る二人も頷く。

「そうなったら守り切れません。だから早めに手を打つべきです。囲い込むか、離すか。もちろん、前者ならば、未来の王子妃として我々が全力でお守りする所存です」

にやりと口角を上げるのを見て、まだ煽ってくるつもりなのだと悟り、その手に乗るつもりはないラディスだったが……。

「バウアー卿がご不満でしたら、うちの愚息にご紹介ください。まだ良い相手はいないようですし、コレットさんなら妻も大歓迎でしょう。それに息子は親の贔屓目《ひいきめ》ではありますが、けっこう出世頭だと……」

「それも却下だ！」

結局ジェストに煽られ、感情的に言葉を遮るラディス。

そもそも、ジェストの息子はラディスと同年齢だが、近衛所属だ。レスターと似た条件をあえて出したジェストの思惑が読めずにいると、ヴィンセントも、違う方向から進言をする。

「彼女は虚偽申告しているとはいえ、歴《れっき》とした伯爵家の血を引く令嬢です……元がつきますが。それでもやりようはいくらでもあります、つまり殿下が彼女を受け入れる覚悟次第ですよ」

なぜお前たちが、そうまでしてコレットを囲い込ませようとするのか。ラディスがそう問おうとしたところで、甲高《かんだか》い声が廊下から響いた。

「……何やら騒がしいですね」

ジェストが部屋の扉を開けると、コレットの部屋の護衛を任せていた者が戻ってきた。

コレットに何かあったのかと、ラディスはどうして持ち場を離れたかと問いただすのだが、語られた予想外の出来事に頭を痛める。

「ティセリウス伯爵令嬢が、私の部屋を薄着で訪れ、しかも寝台の中のコレットを見つけて激高しただと？」

昨夜のうちに、ラディスの宿泊する部屋への出入りを、一切禁じてある。ティセリウス領の領主館とはいえ、今は二つの大きな事件の捜査中であり、ラディスの命令には正当性がある。当然ながらティセリウス伯爵もそれは承知なはずで、あえてラディスに近づき、己の正当性を疑われることは避けるだろうと見ていた。

「令嬢の暴走か？」

ラディスとて様々な場数を踏んでいる。視察中にその地の令嬢から色目を使われたことは幾度とあり、今回の視察中もそういった目で見られている自覚はあった。

「ご令嬢というより、伯爵夫人の暴走かもしれません。夫の窮地を察して、娘を差し出すことで己は難を逃れようとしている可能性もありましょう」

そんなやり取りをしているところに、令嬢の叫び声が届く。

「あの女が、殿下を辱《はずかし》めたのよ！　痛いわ、離しなさい無礼者、私を誰だと思っているの！　誰か、ティセリウス家の者を呼びなさい！」

拘束されて引きずられるようにして、領主の居室の方へ連れて行かれる令嬢。

「あの様子では、コレットのことをすっかり誤解されたようですね、これが北端のティセリウス領でなかったら、あっという間に既成事実化しそうです。殿下の側には女っ気が無かったので、特にこの手の話題は、火を付けたように燃え広がるでしょうね」

「……そうだろうな」

面白《おもしろ》がるような言い草のヴィンセントと、遠ざかる令嬢の声。騒動はまだまだ終わらないらしいと、ラディスは笑うしかなかった。

「コレットが絡むと、どうしてこうも事が大げさになるのか」

十年前の騒動だけではない。ただラディスの私室で会計士の仕事をしていただけで、知らず知らずの内にコレットは変動の中心にいる。

きっかけこそカタリーナが先とはいえ、フレイレ子爵領の事業にコレットが助言しなければ、彼女が視察に同行することはなかったろう。そしてコレットが視察へ同行しなければ、多くの行方不明者の件がラディスの耳に入ることはなかっただろうし、サイラスは上手く切り抜けてのうのうとしていたはずだ。それだけではない、そもそもコレットがラディスの元に来る羽目になったのは、彼女自身がバギンズ子爵令嬢の嫁ぎ先である商会を、自ら助けたからだ。

恐らく彼女はどこにいようとも、嵐の目であることは変わらないだろう。

そして今、ティセリウス伯爵令嬢が騒げば騒ぐほど、瞬《またた》く間にコレットはラディスを籠絡した女として噂になるのは間違いない。このまま何も手を打たなければ……。

ならばと、ラディスは腹を括った。

「コレットは私の側に置く。このまま寝室の件を誤解させたまま、それを肯定するようにこちらからも噂の火を放つ……コレットには悪いが、罪に問われる恐怖心を逆手に取って役割を与える」

「殿下、いくらなんでもそれではコレットへの危険が増します、守るためではなく、利用されると受け取られますよ？」

ヴィンセントが待ったをかけた。投げやりになるなと言いたげだが、ラディスはむしろいたって冷静であり、腹を括ったことでいつも以上に思考は明瞭だった。

「コレットの存在が、貴族勢力の均衡を崩す。そうして焦るほどに、自《おの》ずと尻尾《しっぽ》を見せるだろう。長引かせずに、決着をつけるための好機とする」

ヴィンセントとて、それが最良と理解しているからか、ラディスの覚悟を前に黙るしかない。

ジェストのみならずヴィンセントもまた、コレットの存在を好意的に受け入れているからこその、心配なのだ。そんな二人の様子を見て、ラディスは逆に問う。

「指を咥《くわ》えて待っていたなら、デルサルト派は私を放っておいてくれるのか？」

答えは分かり切っている。徴の相手が見つかった以上、ラディスを排除しない限りジョエルに王位は巡ってこない。それが「女性」となったらなおさらだ。

ラディスが王位継承争いから退くか、立太子するか。道は二つに一つ。

「既にコレットは渦中にいる。協力させて、こちらを害する意思を持つ者たちを引きずり出し、決着をつける。それがコレットのためにもなる」

「しかし彼女には、どうやって協力を請《こ》うつもりですか？」

「多少の脅しと方便で会計士を続けさせるよう丸め込む。コレットも死にたくはないだろうからな」

ラディスは昨夜の、死罪にならないことを確認して安堵したコレットを思い出す。ラディスとて罪悪感を抱かないわけではないが、仕方がないと諦めた。

「そもそも、いつまでも隠し通そうとしたコレットも悪い……お前たちに誤解がないよう言っておくが、あくまでも互いの安全確保と利益優先、その先のことは未定だ」

ラディスの決定にジェストは何か言いたげに目を細め、ヴィンセントは「まだそのようなことを」と言って肩をすくめた。

「ジェスト、護《まも》る命が二つとなったからには戻り次第、鍛錬のやり直しを頼む。それからヴィンセント、ダディスに繋ぎを。恐らくコレットを追及したとしても、すべてを喋《しゃべ》らない可能性がある。再調査の依頼内容を、コレット＝ノーランドとコレット＝レイヴィに関わるすべてに変更だ」

「承知いたしました」

二人の側近は、恭《うやうや》しく頭を垂れた。

コレットはこうして、本人の知らない間に、名実ともに王子様の訳あり会計士となる。

その後ラディスは、ティセリウス領からフレイレ領へ移動する車中で、コレットに協力という名の下の脅し……もとい、身の安全を図ることに成功する。コレットの闇雲な逃亡を阻止し、そのまま私財会計士として働き続けることを約束させたのだ。

だがラディスがほっとしたのも束の間。

まだ日が昇らない朝、夜通しで王城へ戻ったその数時間後のことだった。コレットが私室から連れ出されたと連絡を受けた。

しかも犯人は父王、そしてバギンズ子爵を伴っていると聞き、ラディスは手にしていた羽根ペンを握り潰していた。

そしてコレットが向かった先が会計局本院金庫の奥と聞き、さらにラディスの苛立ちが最高潮に達する。その様子に、側で報告を聞いていたトレーゼとその補佐が、慌てて後ずさる。

「あえてその場所を選んだのだろうな……トレーゼ、報告の続きはヴィンセントに任せる。悪いが私は席を外す」

トレーゼの返答を待たずに、ラディスは走り出した。

会計局本院の最奥は、たとえ王子であるラディスであったとしても、事前に許可を得ずに入ることは叶わない。だがそこから、王の居住区にある小さな庭へ繋がっている。王の庭は、宝冠の庭へも通じる。つまり、ラディスの庭にある隠し通路から、宝冠の広場を通れば辿り着く。

ラディスは舌打ちしたくなるのを堪《こら》えながら、行政庁を出て反対方向、己の私室へ向かった。

距離的には遠回りだが、それしか道はない。

私室のテラスを出て庭を突っ切ると、そこは鍛錬に使っている芝の広場がある。そこの生け垣の一つを手で広げると、細い道が隠されていた。久しく通っていないその道に身を滑り込ませて進むと、宝冠を戴《いただ》く精霊王の像がある庭に出た。

像を横目に庭を通り抜けるラディスの頭に、鐘のような音楽が鳴り響く。それは十年、変わることなく奏で続ける呪いともとれる王の証《あかし》。だがそれに、今は気を取られる暇はなかった。

さらに垣根をくぐり、着いた先に佇《たたず》む四つの影に大股で歩み寄ると。

「もう来たのか、早いな」

気の抜けた言葉をかけたのは、ラディスの父だ。

なにをわざとらしいことか、この狸《たぬき》が。とそう思ったものの、それを口にするほど子供でもないが、ラディスの眉間にはしっかりと皺が刻まれている。

王が一介の会計士を呼び出すのはありえない。つまり父王には、既にティセリウス領での出来事が筒抜けだったということだ。誘拐に巻き込まれたことか、それとも令嬢が巻き起こした誤解か。それともコレットの素性か。

だがわざわざラディスではなくコレットを呼び出し、何を吹き込むつもりなのか。ラディスは素早くコレットを背に庇《かば》い、父王と対峙《たいじ》する。

「彼女に何を……」

父王と、その横には会計局顧問のバギンズ子爵、その二人を守るように立つ近衛は、国王の警護に配属されているジェストの息子だ。

彼の顔を見て、ラディスの脳裏に、ジェストの言葉が蘇《よみがえ》る。

そして考えるより先に、口にしていた。

「陛下のご命令通り、宝冠の相手を見つけました。私の勝ちです。当然、続く賭けも私の勝ちです。私はこのコレットを妃とします」

そう宣言すると、王は静かに笑い、ラディスの後ろで成り行きを眺めていたコレットに問う。

「だそうだが、コレット。そなた、ラディスと結婚したいか？」

するとコレットは、さほど躊躇《ちゅうちょ》する間もなく答えた。

「え、嫌です」と。

ラディスがその言葉の意味を呑《の》み込むまでに、王はひとしきり笑う。それだけでなく、口を挟む暇を与える前に、ラディスが立太子する手助けをさせるよう、コレットを言いくるめてしまったのだ。

そして視察から未明に帰城した後、一切休息を取っていないラディスを、体《てい》よく追い出す。

結局、駆けつけたラディスは何もできず、コレットをそこに置いたまま、私室に戻らざるを得なかった。

もちろん、父王の言う通りにはいそうですかと休めるわけがない。

居室で長椅子に座ったままのラディスの元に、トレーゼの執務室から戻ったヴィンセントが声をかけた。サイラスの尋問が終わったらしく、ジェストも伴っている。

「殿下、戻られていたのですか……それでコレットは？　一緒ではないのですか？」

「追い払われた」

「……誰にですか」

「父上に」

「いったい、何があったのですか」

ヴィンセントの問いに、ラディスはどう答えたらよいかしばし考える。だが他に言い方が思いつかず、ありのままを口にする。

「私の妃になるのは嫌だと、断られた」

「は？」

抱えていた書類を机に置こうとしていた手を滑らせる、ヴィンセント。

はらはらと舞う書類をジェストが拾い、聞き返す。

「ええと、誰からですか」

「コレットの他に誰がいる」

「ちょ、ちょっと待ってください、殿下。コレットを妃になさるかどうかは、先送りにされるっておっしゃっていたじゃないですか、それなのに王子妃に迎えたいと、請われたのですか？　直接コレットに？」

ヴィンセントの言う通りだった。コレットを側に置くのは、自分のみならず彼女の安全確保のため。

今はまだ、それ以上でもそれ以下でもないと、保留にすることを決めたのはラディス自身だ。

「ヴィンセント、俺は、王に足る男だろうか」

突然の問いに、ヴィンセントは首を傾《かし》げながら、ラディスの額に手を当てようとするが、その手を「熱などない」と振り払うと。

「何を言い出すかと思えば……そう思っていなければ、こんなに身を粉《こ》にしてまで仕えませんよ」

「それは、宝冠の徴がなくともか？」

珍しく拗《す》ねたように顔を背けるラディスに、ジェストの方が「ははあ」と訳知り顔でにやりとする。

「さしずめ、宝冠の徴があるからって調子に乗るなとでも言われましたか」

「逆だ」

「……逆とは？」

宝冠がなくとも、ラディスが王に相応しいと、コレットは言ったのだ。

その言葉をふいに思い出し、ラディスは咄嗟《とっさ》に二人から顔を背ける。

最も長く側に仕えてきた彼らにすら、見せたことがない照れを隠すために。

そしてラディスは、己の中に常にあって、それでいて近頃は充分に飼い慣らしたと思っていた衝動がくすぶり始めていることに気づく。

あの場で咄嗟にコレットを妃にすると口にしたのは、ラディスが唯一逆らえない相手がいたからだ。

ようやく探し当てたものを、奪われまいと。

だが当のコレットからは、拒絶された。

「いいや、ジェストの言う通りだ。宝冠の徴があるから、そこに固執しているだけだと言われた」

「コレットさんがそう言ったのですか？　殿下に？」

ジェストが純粋に驚いたような顔をしながら、「殿下よりは聡《さと》いと思っていたのに」と呟き、ヴィンセントもそれに「そこは似た者同士……」などと訳の分からないことを囁《ささや》き返す。

この二人に話したのが間違いだったと気づき、ラディスは長椅子にドサリと身を横たえる。

「もういい、二人とも休憩しろ、私も仮眠を取る」

ラディスが珍しく休息の許可を与えると、二人は一転して口を閉ざして慇懃《いんぎん》に礼をする。

「分かりました。では今後の対応は、後ほど改めてお聞きすることにいたします」

そう告げて、二人は退室したのだった。

静かになったテラスの長椅子で、ラディスは瞼を伏せる。

すると幾ばくも経《た》たないうちに、小さな足音が近づいてきた。ラディスが動くことなくそのままでいると、そっと覗き込む気配がして、その細い手を捕まえる。

「また逃げられた」

求めれば、遠ざかる。

捕まえたと思っても、手に入らない。

コレットは逃げてなどいないと言いながら、ラディスの気持ちなどおかまいなしで、いつものように会計申告期限の話にすり替えられてしまう。

ラディスはそんなコレットが忌々《いまいま》しくて、気づけば長椅子に組み敷いていた。

お前は自分が口にしたことをまったく分かっていないのだと、分からせたかった。

父母のように、恋愛結婚をしたい。そう言ったのをもう忘れたのか。

組み敷いてなお、猫扱いするなと言うコレットに、ラディスは心の中で深いため息をつく。

「猫を妃に迎える趣味はない。嫌悪されているのならさすがに退くが、そうでないのなら……覚悟しておけ」

はっきりそう告げると、大きく見開いた紫の目に、ようやく己だけが映る。

ラディスは悪戯《いたずら》が成功した子供のような気持ちになる。言葉の意味を悟ったコレットが、悲鳴をあげて自分を押しのけるのが、いやに楽しい。

ラディスは真っ赤になったコレットに満足する。

「寝る、一時間後に起こしてくれ」

そう告げてみたはいいものの、眠りにつくことなどできるものかと独《ひと》り言《ご》ちる。

執念で辿り着いた先で、膨らむ蕾《つぼみ》のような感情。

それが花開き、名がつけられるまで、もう少し。

あとがき

はじめまして、小津カヲルと申します。

『王子様の訳あり会計士　なりすまし令嬢は処刑回避のため円満退職したい！』を手に取っていただき、ありがとうございます。

本作は光栄なことに、第一回アイリス異世界ファンタジー大賞にて金賞をいただきました。受賞は今作が初めてでしたので、連絡をいただいた時には嬉しすぎて、動物園の熊のように部屋でうろうろと歩き回ってしまいました。


実はこの作品は、とても時間をかけて作り上げたものです。

最初に書こうと決めたのは、受賞よりも約一年前でした。アイデアは浮かんだものの、色々と事情が重なり、書く時間を確保出来ずに執筆を延期。しかし諦められず、一年間あーでもない、こーでもないと設定やお話の展開を頭の中で捏ねくりまわす日々を送り、思いの丈をぶつけるかのごとく執筆。そのおかげで、これでもかと設定が詰め込まれるはめに……。

受賞の後も、じっくり加筆修正に取り組む時間をいただけました。ネット掲載時には書ききれなかった部分や、曖昧だったところが多々あり、気長につきあっていただいた編集さまには、とても感謝しております。今イチ甘さの足りない本作に「恋愛マシマシで」というキーワードが飛び交う打ち合わせは、非常に楽しかったです。

そうして発案から書籍として形になるまで、二年以上。受賞のみならず関わった時間の長さでも、本作は私にとって、非常に思い入れのある作品となりました。

主人公たちについても少しだけ語らせてください。

コレットは、少々破天荒ではありますが、案外努力家な女性です。不運な境遇ではありますが、養父母に助けられて生きてきたので、真っすぐな人物に見えたらいいなと思いながら書きました。可愛いのに、強い女性が私はとても好きです。

一方でラディス殿下は、冒頭からかなり拗らせています。彼はコレットと同じく、真面目で努力家。いわゆる堅物ですので、不遇の王子として色々と苦労が絶えなかったことでしょう。可哀そうに……書いたのは私なのですが。

コレットとラディス殿下の二人は、似た者同士。いざという時には同じ方向を向ける、男女の相棒っていいよね。なんて考えながら書いたせいもあり、なかなか恋愛的雰囲気にならない。特にコレットが……。

ということで、番外編にて殿下に頑張ってもらいました。こちらは書下ろしですので、ネットで既に読まれた方にも、改めて楽しんでいただけると嬉しいです。

最後になりましたが、美麗なイラストを描いてくださいましたiyutani先生、ありがとうございます。私の脳内でつぎはぎ状態だった本作のイメージを、見事に繋ぎ合わせて素敵な世界に創り上げていただきました。書店やネットにて、まずイラストが目に入り、興味を持っていただいた方も多いのではないでしょうか。

そして本作をお読みいただいた皆様、大勢の方々の応援があって、ここまで辿り着くことができました、心より御礼申し上げます。

またお会いできる日を願って、これからも切磋琢磨してまいります。

小津カヲル

王子様《おうじさま》の訳《わけ》あり会計士《かいけいし》
なりすまし令嬢《れいじょう》は処刑回避《しょけいかいひ》のため円満退職《えんまんたいしょく》したい！

2023年9月5日　初版発行

初出……「王子様の訳あり会計士」
小説投稿サイト「小説家になろう」で掲載

著者　小津カヲル

イラスト　iyutani

発行者　野内雅宏

発行所　株式会社一迅社
〒160-0022 東京都新宿区新宿3-1-13 京王新宿追分ビル5F
電話　03-5312-7432（編集）
電話　03-5312-6150（販売）
発売元：株式会社講談社（講談社・一迅社）

印刷所・製本　大日本印刷株式会社
ＤＴＰ　株式会社三協美術

装幀　世古口敦志・前川絵莉子（coil）

ISBN978-4-7580-9578-5

Printed in JAPAN

おたよりの宛て先

〒160-0022 東京都新宿区新宿3-1-13 京王新宿追分ビル5F
株式会社一迅社　ノベル編集部
小津《おづ》カヲル 先生・iyutani《イユタニ》 先生